葬式同窓会

乾ルカ

Inui Ruka

中央公論新社

Contents　目次

八月十一日正午
カナダトロント　5
八月十日
風冷尻山山中　6
柏崎優菜　15
北別府華　63
再び山中　104
一木暁来良　114
柏崎優菜　163
碓氷彩海　171
北別府華　219
三たび、山中　228
望月凜　236
水野思　278
四たび山中　284
柏崎優菜　291
モルゲンロートと白麗高校　319
かつて高校生だったものたち　325

装画　雪下まゆ
装幀　bookwall

葬式同窓会

八月十一日　正午　カナダトロント

着信があった。誰だろう。私は電話が煩わしい。半年前からそうだ。また取材の申し込み？

彼にはかかってきているの？

「電話？」

彼がスマホを覗き込もうとする。私は彼を軽くたしなめ、体で画面をガードした。

私にだけ取材を申し込むマスコミは珍しい。

登録のない番号だ。でも、見覚えのある数列にも見える。誰？

分かった、これはあいつだ。

でもあいつが私に？　今頃何を？

黒い予感が胸をよぎる。

これは、死の知らせではないのか。

父か母に何かあったのでは。

八月十日　風冷尻山山中

「ビバークするか」

彼があまりにあっさりそう言ったので、オレはいささか驚いた。日は傾いてはいるが、まだ完全に沈んではいない。仰げば空にはまだわずかな青みが残り、ところどころに浮かぶちぎれ雲は、西日を受けて茜に輝いている。

風冷尻山の山頂部分も、低い木々の隙間からくっきりと見ることができた。

「もうちょっと粘ったら、登山道に戻れるんじゃないですか？」

道迷いをしているのは事実だった。登山道からは外れ、周囲は灌木帯。地面には土に混じって石や小さな岩が転がる。加えて木々はその根を縦横に張り巡らし、足元の具合はあまりよくなかった。

「戻れるかもな。でも、戻れないかもしれない」彼はリュックのベルトを摑みながら、あたりの様子を吟味する。「ビバークするにも準備がいる。君はあとどれくらい歩けそうなの？」

正直なところ、オレの右足首はひどく痛んでいた。最初はズキズキ、ジンジンの小太鼓程度が、しだいにボンボンの大太鼓に、今はバンバンドカドカバインバインと、大音量のティンパニにグレードアップ済みだ。

痛みには慣れているはずなのに、正直、冷や汗が滲むほどきつい。これは自重のせいもある。とはいえ、オレがあとどれくらい歩けるかなんて、彼には関係ないのでは？　オレと彼はパーティーではない。たまたまそこで会っただけ。道を外れて灌木帯に分け入り、どこがいいか場所を探しながらさまよっていたら、いきなり背後から声をかけられた。そっちに行けばますます迷うぞと。街角でアンケートいいですか、とか話しかけてくる人みたいに、あっけらかんと。

いきなりのその声に驚いて、とっさに振り向いた拍子に足を滑らせた。木の根の盛り上がりが、あんな凶悪なトラップになるとは知らなかった。

要するに彼は、オレの怪我に責任を感じているのかもしれなかった。

「あなた一人なら戻れるんじゃないですか？」

気にする必要はないと伝えるつもりで言うと、彼はまたあっけらかんとこう答えた。

「君のためを思って言ってるわけじゃないから」

オレの怪我に責任を感じているんじゃなかったのか。小さな裏切りにあったような気分で言い返す。

「いや、だったら一人で戻ればいいのでは？」

「君、首でも吊るつもりだろ」

不意打ちで核心を突かれ、オレは分かりやすく絶句してしまった。

彼の声は耳に優しく、口調は穏やかで、真実を見抜いてやったという傲慢さはなかった。だからこそ、衝撃だった。

そうだ。オレは死ぬつもりで、この山に来た。背負ったリュックに登山装備的なものはほとんど入っていないが、ロープだけはある。オレはオレの体重に耐えられそうで、適度な高さに生えた枝を探していた。

いてもいなくてもいい人間はいる。なんならいない方がよりいい人間だって。

悲しいことに、これは思い込みじゃない。世間にそうジャッジメントされたから、オレはここにいる。

「君に個人的な興味はないけど、なんかスルーするのもな、って気になってしまった。ここらで人を見ると思わなかったしな」

彼は灌木の具合や地面の具合を確認しながら、ゆっくりと場所を移動した。そう大きい移動ではない。オレが足を引きずりながら、余裕でついていける程度だ。

オレは後に従いながら、彼を品定めする。年齢はおそらくオレと同じくらい。二十代半ばから後半。中肉中背をさらにトレーニングで絞った感じの背格好。山に慣れていそうな身のこなし。

顔は――百人の若い男に「この顔になりたいか？」と尋ねたら、八十人くらいは「なりたい」と答えるレベル。

オレも八十人の中の一人だ。

久しぶりに他人の容姿を羨(うらや)んだ。もうそんな気分にはならないと思っていたのに。

「この辺にするか」

彼が大きなリュックを地面に下ろした。ビバークに適した場所が見つかったようだ。

周囲の枯れ枝と枯れ葉を拾い集めた彼は、それを一枚のマットの形に整えると、その上にオレンジ色のシートを広げた。シートは彼が持っていたトレッキングポールと組み合わさり、程なくテントの形になった。

　オレはうっかり感心した。

「すごいな。それ、テントだったんだ」

「俺はツェルトって言ってるな。同じものだけど。英語とドイツ語の違い」

「山登りする人はみんな持ってるもの？」

「みんなはどうだろうな。でも登山するなら持ってた方がいい装備だよ。日帰りの予定でも狂うことはあるから」

　つまり、彼の予定もオレのせいで狂ったということか。

　彼は勝手にビバークの段取りを進めていく。眺（なが）めているうちに、携帯コンロで湯を沸かし、レトルトカレーを温め皿に盛った。沸いた湯で作ったコーンスープ付きだ。

　彼はそれを半分オレにくれた。食べる気など少しもなかったのに、カレーの匂いを嗅いだら、彼が差し出すフォークを受けとらずにはいられなかった。

　食べ終わるころには、山の日はあっという間に落ちていて、足元の状態すらおぼつかない。彼は使い終わった容器を丁寧（ていねい）にティッシュで拭うと、袋に入れて固く口を閉じた。

　空を仰ぐと、シルエットと化した木々の向こうに、さっそく星々が瞬（またた）いている。

　葉擦れの音が波のように響いた。

「冷える前にツェルトに入るか」

　そう言う彼の顔も影に塗りつぶされている。オレは少し考えた。トイレに行きたくなったらどうするんだ？　多少離れたところで用を足すとして、この場所に戻って来られるのか。戻らなければならない決まりもないのだが。

　ツェルトの内部は高さがなく、圧迫感を覚えたオレは、入り口に引き返す。きわの部分に腰を落ち着け、外に脚を出す体育座りの姿勢をとった。すると彼も無理やり隣に来て、同じようにした。

　小さなマグライトの明かりが、二人の間に一つ。

「足、どう？」

　彼に言われて、右足首を検(あらた)めた。案の定、腫れで足首が消失している。彼は横で「うわっ」とたじろいだ。

「象みたいだな」

　失礼だとは思わなかった。オレもそう思ったからだ。彼はテーピングテープと冷却シートを渡してきた。

「なんで持ってんの？」

「簡単な救急キットは持ってるよ」

　知らなかったが、登山というのはそういうものなのだろうか。オレが認識している登山は、ハイキングと呼ぶべきそれだったのかもしれない。

腹回りの肉が邪魔だったが、なんとか体を折り、ところどころ彼に補助を頼みながら患部をテーピングで固定すると、かなり楽になった気がした。冷却シートを当てると、さらに痛みは和らいだ。骨折まではしていないようだ。

「君、テーピング上手(うま)いな」

彼はそんな言葉でオレの手際を称賛した。

「どうも」

「見かけによらない。スポーツに縁遠そうなのに」

オレは軽く笑って流した。昔取った杵柄(きねづか)だと言えば、そこから話題はきっと広がった。でもそれはオレにとって、話したくないことなのだ。

「君、名前は？」

体を落ち着けるまで待っていたのだろうか。今更のような彼の問いを、オレはつっぱねた。

「教える必要性を感じない」

「なんで？」

「今だけだろ、一緒にいるの」

「まあそうだけど、不便じゃん。名前を知られたくない事情でもある？」

「知られたくないっていうか、たまたま今一緒にいるだけでしょ、って言ってる。君は電車で隣に座った人にも名前訊(き)くの？」

「そんなにカリカリするなよ。誰にも知られず一人で死ぬつもりで山に入ったのに、邪魔が入ったくらいで」

また図星すぎて即座に返せない。そんなオレの様子に、彼は言う。

「当てちゃったみたいだな」

「まるで先例を知ってるみたいだね」イラっとして、オレは反撃を試みた。

「山で死なれた人でもいるの？」

彼の口が半開きになった。どうやら今度はこちらが当ててしまったようだ。ついでだ、意趣返(いしゅがえ)しだ。

「それってこの山？　君は追悼登山でもしてたわけ？」

いったんツェルトは沈黙する。

「じゃあ、適当に柿ピーって呼んでいい？」おもむろに彼が言った。「今夜、多分少しは話すだろうけど、名前がないのは面倒だから」

「なんで柿ピーだよ」

「行動食として優秀だ」

「勝手にしていいよ。どうせ一晩こっきりだ。こっちは追悼登山とでも呼べばいい？」

「元気戻ってきたな。とりあえず、今すぐ死にそうな顔じゃなくなった」

彼はこちらを横目で見ながらニヤリとし、キャップを取って前髪をかきあげた。

「追悼登山とは少し違う。叔父(おじ)が死んだのはこの山じゃない」

「じゃあ、君をなんて呼べばいいんだ」

八月十日　風冷尻山山中

「任せるよ」

「君は、ただの趣味の山登りでここへ？　近所に住んでるの？」

「札幌（さっぽろ）住みだよ」

「ＪＲからバス乗り継いでわざわざ？」

「車だよ。登山口の手前に駐車場あるだろ」

「そんなの知らないし」

「グリーンのＳＵＶ」

「だから聞いてない」

「ここには来たのは、そうだな、ちょうどよかったからかな。天気もよさそうだったし。なんか色々整理整頓できるかな、と」

山中で整理整頓というワードを聞くとは思わなかった。多分説明してもらっても理屈は分からないだろう。オレは話を盛り上げなかった。

しばしの沈黙が落ちた。

すると、彼はツェルトの端から顔を外に出して、一転、明るい声を上げた。

「すごい星だな。これ明日の朝きっと晴れるぞ」

オレが調子を合わせて外を見るとでも思っているのか。オレは動かなかった。彼は外に顔を出しながら、いきなり話題を変えた。

「柿ピーくんは同窓会に出たことある？」

「ない」

「俺の高校、半年前にあったんだ。厳密に言えば同窓会じゃないけどね」

「同窓会じゃないなら、何なんだよ、それ」

彼の顔がツェルトに戻ってきた。下に置いたマグライトの光が、彼の顔に独特の陰影を作る。

「葬式」

オレの心臓がイソギンチャクのように縮んだ。

柏崎優菜

――たとえ……としても、君とは付き合わない。

その言葉が聞こえた瞬間のショックを、どう説明すればいいのか。多分あの時、自分の細胞は一万個くらい死んだと、優菜は思っている。涙が出てきて、止められなくて泣いてしまった。

そばにいた彩海が驚いたように言った。

「どうして優菜が泣いているの？」

「知らない」

嘘だった。本当は何が起きたか分かっていた。

失恋したのだ。死んだ細胞は恋心だ。

とっくに水を涸らした丸い噴水の代わりに、優菜は昼休み中泣いた。華が呆れた目で見ていることも分かっていたけれど、どうにもならなかった。

＊

白麗高校前のバス停で降り、校門前に立つ。柏崎優菜が出勤する時間帯は、ちょうど一時間目の真っ最中になる。

二月第三週の水曜日。校舎の窓という窓はすべて閉じられ、内部に寒気の流入は許さないという断固たる決意が窺える。春はまだもう少し先だ。

校舎に入る前、優菜はこうして校門のあたりからしばし白麗高校校舎を見上げる。この習慣は、実際に白麗生だった頃にはなかった。

遭遇すればいいことが起こる月夜の力士、なんていう校門力士の都市伝説が、この白麗高校にはあったりする。

ルーティンは、もう一つ。

職員玄関で上履きに履き替え、生徒ロビーに入る。授業中の生徒ロビーは静かだ。購買もまだ開いておらず、一角はグリルシャッターが降りている。

生徒ロビーからは中庭へ続く出入り口がある。優菜はそこへと進む。

『噴水老朽化のため立ち入り禁止』

出入り口は優菜たちが三年生だった年の秋に閉ざされた。

ガラス越しに見える円形の噴水は、劣化を極め、もはや災害の遺構のようだ。水を噴くという役目を果たさなくなってから、二十年近く経っていそうだ。昔塗られていたペンキの色すら、今は判然としない。

優菜にとって噴水は、青春の象徴だった。懐かしくてもう戻ってこない時間の中に、手痛い失恋の思い出が光っている。だから、出勤すれば必ず眺めていたのだが、その習慣も今年中に終わりそうだ。

老朽化著しかった噴水の取り壊し工事が、ついに新年度の予定に組み込まれたからだ。

優菜は生徒ロビーを後にし、職員室に顔を出して朝の挨拶をした。

「あっ柏崎先生。先生、白麗高校出身でしたよね？」

数学教師の益子がいきなり訊いてきた。いかなる日も濃くアイラインを引く彼女の目は、エジプトのファラオを彷彿とさせた。

優菜がはい、と頷く前に、益子は先を継いだ。

「一年の水野思という生徒、分かります？」

「いえ。すみません」司書教諭の優菜は授業を持っておらず、必然、図書室を訪れない生徒とはほとんど交流がない。「その水野という生徒が、どうかしたんですか？」

「彼女のお父さま、国語の教師をされていて、ここ白麗でも教鞭をとっていたことがあるんですよ。ちょうど柏崎先生が在学していた時代にもいたかしらって思って。水野隆信先生。知ってます？」

古文漢文の水野。優菜はすぐにピンときた。スポーツマンらしい体軀、色黒で精悍な顔つき。陸上部の顧問をしていて、男子生徒の兄貴分みたいな立ち位置の教師だった。

「ええ、知っています」知っているも何も、水野は三年時の担任だった。「懐かしい。お嬢さん、ここの生徒だったんですね」

「水野先生、お亡くなりになったそうです」

いきなりの訃報（ふほう）に、優菜は絶句した。水野が死んだ？　あの水野が？　今何歳だ？　そんなに年寄りじゃない。当時三十代後半だったから、確かまだ四十代。異動になった先で、元気に古文漢文を教えているとばかり思っていた。

「今日の朝刊のお悔やみ欄にも出てますよ。私は新任の一年目だけ一緒だった」ファラオの眼差（まなざ）しは痛ましそうな光を帯びた。「お通夜（つや）、どうします？　明日だそうだけど……」

益子は通夜葬儀の情報を教えてくれた。もう何もかも決まっているようだった。

令和十二年二月十二日に水野は死んだ。

そうか、水野、本当に死んだのか。

優菜はプリントアウトしてもらった葬儀日程を眺めた。それから、かつてのクラスメイトたちはこの情報を知っているのか考えた。朝刊のお悔やみ欄に律儀に目通しする同年代は滅多（めった）にいない。同窓会から連絡が回るのかもしれないが、きっとこれからだ。母校に司書教諭として勤めた自分が、最も早く訃報を聞き知ったに違いなかった。

訃報を知ったら、彩海は参列するだろう。彩海はああ見えて不義理を嫌う。

今は大学院生の親友の顔を思い浮かべながら、優菜はメッセージアプリを立ち上げ、ふと指を止めた。

他の三年六組のみんなは？　卒業後、彩海以外とは会っていない。

私を含めて四十人、いや、三十九人。例えば、望月（もちづき）くんは？　彼は来そうだ。じゃあ、一木（いちき）くんは。

華は？

＊

窓の外は白っぽく曇(くも)っていた。草花を芽吹(めぶ)かせる日差しが散乱する空。春特有の空気感、明度、匂い。四月。慌ただしい新年度。新一年生のクラス。一年五組。

「ここに座っていい？」

優菜はお弁当を持って話しかけた。すでに机をくっつけて座っていた円香(まどか)、聖良(せいら)、そして華の三人が、こちらに目を向ける。

彼女たちの視線は、優菜から剝がれるや、すぐさま互いに結ばれた。三人は優菜の問いには何も答えず、ただくすくすと笑った。

ここに座っていい？　だって。うちらとお昼休みを過ごしたいみたい。

入学式から一週間くらい、一緒にお弁当食べただけなのに、仲間面するんだ。

友達だって勘違いしちゃった？　違うんだけど。

三人の声を、優菜は心で聞いた。

「ごめん、他で食べるね」

踵(きびす)を返すと、今度は背中が笑い声を聞いた。惨めな仲間外れに聞かせるためだけに発せられた嗤(わら)い声を。

優菜は教室を出た。

＊

「こんな寒い日に死ぬとか、意外だよな」

オレンジのやたら派手なマフラーを解いて、望月凜（りん）はこちらへ同意を求めてきた。

「なんか、冬のイメージなかったな。水野って夏っぽくなかった？　な？　そうじゃん？」

「日焼けしていたからじゃない？」

女子の一人が返すと、そこからまた水野をテーマにした会話が広がっていく。

「陸上選手じゃないのに、なんで陸上部の顧問してたんだろう？」

「他に適任者がいなかったんじゃね」

「白麗高校にはワンダーフォーゲル部がないからね」

「スポーツマンで体力ありそうだったのになあ。人間いつ死ぬか分からんもんだね」

斎場から歩いて十分ほどの居酒屋である。来店直前の予約だったが、大人数のグループが他にいなかったのか、掘（ほ）り炬燵（ごたつ）の和室に通された。

「北海（ほっかい）の大将（たいしょう）ってこんなところにも店出してたんだな」

優菜を含む十三名の元クラスメイトは、二卓に七人と六人に分かれて座った。優菜の卓は男性三名、女性三名の六人側だ。親友の碓氷（うすい）彩海が隣に腰を下ろした。

訃報を聞いて通夜に駆けつけた優菜らは、焼香後、まるでそちらが本来の目的だったかのように、飲みにいくこととなったのだった。通夜だけで帰った者も二名いたが、彼らも居酒屋移動組を羨んでいた。

水野を悼む気持ちがないわけではない。けれども、久々に懐かしい顔と再会できた嬉しさが勝っているのが、ありありと分かる。隣の卓では名刺交換している者もいる。

来月で卒業から丸八年になるが、同窓会は十年目に予定されており、公にクラスメイトが集まることは今までなかった。

まさにプレ同窓会だ——優菜は集った面々の顔を眺める。久しぶりに顔を合わせた元級友たちの外観に、以前と変わったところや変わらぬところを探し合う。自分も探されているのだろうなと、優菜は頰に軽く手を当てた。十八歳のころに比べて、体重は六キロ増えてしまった。輪郭が丸くなった自覚はある。

私はどんな大人になった？

参列する前は、再会を前にどこか気重だった優菜だが、実際顔を合わせてしまえば心の重石はいくらか軽くなった。旧友らが楽しげだからか。

それでも、なるべく華とは目を合わせない。

「望月、碓氷と再会できて嬉しそうだな」

「そりゃ嬉しいよ、昔から碓氷推しだもん。なあこれ、俺の動画チャンネルなんだけど、よかったら登録して」

「掘り炬燵助かる。俺、去年スノボで転んで膝打っちゃってさ」

「あのさ、俺たち世代の生き方とか社会貢献とか、そういうテーマの講演会っていうかトークイベントがあるんだけど、よかったら来ない？　北別府さん、どう？　柏崎さんも」

皆、オーバーコートを脱げば黒々とした服装である。おしぼりを運んできたアルバイトらしき若者が、おっという顔になった。

「スノボで思い出した。オリンピック、今日はフィギュアの新カテやってるな。デュオとかいうの」

「ミラノで追加された種目だっけ。ダンスとペアを足して二で割って新体操プラスしたみたいな。同性同士のペアでもＯＫってやつ」

「その種目、カナダの男性同士のペアがめちゃかっこいいんだよ」

「あ、小笠原ペア、ＳＰ二位だ。すごくない？」

「でも強い国が出てないでしょ。あっちの紛争は、なんだかんだで終わってないし」

「戦争始まったのって、うちらが高校生の時だったね」

「あそこらへんの国のスポーツ選手、気の毒だよな」

おりしも、冬季オリンピックが賑々しく開催されていて、水野の話題の隙間にオリンピックの話題が紛れ込むのは、致し方ない。

「ああいうスタイルのお通夜、珍しいよな。俺びっくりした」

そう言ったのは、外では派手なマフラーを巻いていた望月だ。高校時代から明るく陽キャでモテていた彼は、高校時代に唯一振られた相手である彩海の真向かいの位置に座った。

「大規模だったよね」

彩海を挟んで向こう側には北別府華が座った。

優菜は高校時代から華に対して苦手意識——かなり柔らかい表現だ——があった。華とは三年六組だけではなく、一年生のクラスも一緒だった。その一年時の思い出のせいだ。

はっきり言ってしまうと、優菜は華のグループから仲間外れにされていたのだ。近づけば無視され、離れれば嗤い声が聞こえた。それは一年間、二年次のクラス替えでグループが解体されるまで続いた。

三年生でクラスが一緒になったいじめグループのメンバーは華だけだった。彼女は二年生の一年間で記憶喪失となったようだ。過去のそういった行動を綺麗さっぱり忘れた顔で優菜に対した。正確には一度だけ思い出して、こう言った——色々あったかもしれないけど、それなりにいい思い出だよね、と。

だから優菜もまた、表向きは蒸し返すことなく振る舞い続けた。優菜もまた、二年生の一年間で彩海という友人を得ていたから、それができたのかもしれない。

でも、優菜は決して記憶喪失にはなっていない。

優菜は彼女の気持ちを想像する。ここに来る前、どんな気分だっただろう？　私に会うかもとは考えた？　気は重くならなかった？

華が来るなら行きたくなかったが、冠婚葬祭から逃げるのは社会人失格だと腹を決めて、優菜はようやく来たのだ。

　華の顔からは再会で高まったテンションしか窺えない。

「華のそれ、結婚指輪？　結婚してたの？」

「これは婚約指輪。結婚指輪は春くんに別のを買ってもらいます」

　華は薬指につけた婚約指輪を見せつけるように、左手を顔の前に上げた。優菜は小さな輝きから視線を横にずらす。

「うちのお祖父ちゃんが死んだ時は、家族葬だった。あんなに人が来るお通夜は初めてだったよ」

　華の対面の吉田和輝は少し早口だ。一応こちら側のテーブルにいるが、別の卓の話題にも顔を突っ込んでいる。彼が一番浮き立って落ち着きがない。北海道の言葉で言えば、おだっている。おしぼりで手を拭いていた彩海と、優菜の真向かいでドリンクメニューに目を通す一木暁来良は、彼らの会話に緩やかに頷いていた。

　優菜は自分の卓のメンツを眺める。

　吉田以外、来る前に思い浮かべた顔だ。この顔が揃うと、どうしてもあの日の昼休みが思い出されてしまう。みんなはどうなんだろう……。

「水野ってそんなにすごい先生だった？」

　華の言葉に、優菜の思考は破られ、通夜の話題に引き戻された。

　確かに驚くほど、盛大な通夜だった。

　水野は四十六歳で逝（い）った。死亡の前週まで、まったく普段と変わりなく勤務していたと、斎場で聞いた。現役教師の顔のまま他界したから、一般会葬のスタイルを取ったのだろう。新聞のお悔やみ欄にも、葬儀の日時や斎場情報がしっかり載っていた。北海道内は近親者だけで執り行う家族葬が比較的多いため、優菜を含めて元クラスメイトらは参列者が続々訪れる通夜に一様に驚いていた。

「まだ先生の親御さんは生きてたよな。めちゃくちゃ泣いてて気の毒だった」

「娘さんはいたけど、奥さんはいなかったね。あれ？　水野って結婚してなかったっけ？」

「してたよ。奥さんとの馴れ初（なそ）め話してたじゃん」

「離婚したんだよ。学校祭の時に陸上部の後輩から聞いた。一木も知ってたよな？」

「俺は今知った」

「それ本当？　初耳なんだけど」

「でも噂（うわさ）はあったよな。奥さんと上手くいってないんじゃないかっていう」

「あったあった。後期の授業とか、微妙にそっけなくなったんだよな。雑談しなくなってさ。前は大学時代にどうとかのろけてたのに」

「受験に向けて雑談減らしただけでしょ。私は気にならなかった」

「ねえ、彩海は近況どう？　今、大学院なんでしょ。途中で学部変わったって風の噂に聞いた」

　隣の卓の大谷（おおたに）から話しかけられた彩海は、おしぼりを丁寧に畳んで、おしぼりトレーに置いた。

「修士論文のためにデータ集めてる」

「へえ、何のデータ？」

「猛禽類のヒナ同士の争いについて」

「知ってる、兄弟で殺し合うやつでしょ？　怖いよね」

動物行動学の分野で世界の差別構造を紐解こうとしている彩海の研究テーマについて、優菜は少しも理解できないが、難しくてかつ、センシティブな分野に取り組んでいるんだなと感心はする。感心といえば、文学部から理学部へ転部した時も、驚かされる以上に感心したのだった。それほどまでに勉強にかけるバイタリティなど、優菜にはもとよりないからだ。

短いやりとりを終えると、彩海は優菜に話しかけてきた。

「優菜はどう？　司書教諭も年度末は忙しいの？」

「ううん、他の先生たちほどでもない。評定しなくていいしね。新年度早々に蔵書アンケート取ることになったから、その準備はしてるけれど。あ、あと、近々新聞局のインタビュー受けることになった」

「インタビューなんてかっこいいじゃない」

「他の先生が忙しいから、私しかいなくて」

「優菜って、白麗高校に勤めたんだってね。さっき小耳に挟んだ。図書館教諭だっけ？」

華が会話に首を突っ込んできた。優菜は身構える。

華の「私たちって、今はいたって普通の関係だよね」と言わんばかりの態度を目の前にするたび、優菜の胸には言語化できないわだかまりがうねる。言語化できないから、それを表現することはない。だから今も当たり前の顔で答えた。

「正確には司書教諭なの」

「それってやっぱ、非常勤なの？」

「うん」

相手が華であることを抜きにしても、この質問に肯定を返すことに、何一つ抵抗がないと言えば嘘になる。優菜もできれば常勤で勤めたかった。だが、募集自体がなかったのだから仕方がない。令和九年度採用の司書教諭は、どこも非常勤のみだった。優菜たちが高校二年生の二月、東欧の大国が隣国に攻め入り火蓋が切られた戦争は、いまだ完全に鎮火せず、日本のみならず世界を疲弊させている。物価はずっと高止まりで、有効求人倍率は低下の一途だ。

生活費をできるだけかけたくない優菜は、実家から職場に通っている。

ただそれでも、就活勝者と言えるクラスメイトもここにはいる。望月は都市銀行行員、一木は隣市の市役所職員だと聞いた。

かつての仲間が集まる際に生じる厄介な点の一つを、優菜は嚙みしめざるを得ない。かつては同じ立場だったはずなのに、今は明確に差が生じている、という。自分だけが幼いまま取り残されたような。

「でも、勤めるなら司書教諭と思ってたから、納得はしてるの。勤務開始が十時から四時半までなのは、単純に楽だしね」

華はあまり納得していない顔だ。「ふーん、そうなの」

常勤じゃなくて悔しいです、正社員の皆さまが羨ましくて夜も眠れません！　とでも言えば満足なのかもしれない。

「その隙間時間でキャリアアップしようとかはないの？　社会貢献とか。漫然と十時四時半の日々を過ごしてるの？」

隣のテーブルに出張していた吉田が、こっちに食いついてきた。微妙に冴えない外見は高校生当時とほとんど変わらないが、やたら血圧が高そうなエネルギーを感じるようになった。彼が話す内容にそれとなく耳を傾けていると、なんとなくだが自己啓発セミナーや宗教に似たにおいがする。

こういう卒業生も、同窓会あるあるなのかもしれない。

心の苦笑いを顔にも浮かべ、優菜は救いを求めるように一木を見た。一木はまだドリンクメニューを眺めている。

久しぶりの一木に、優菜の胸の奥がほんのりと暖かくなった。彼のことをこっそりいいなと思っていた、紺色ブレザーを着た自分を思い出したのだ。あの日の彼はショックだったけど、今振り返れば青春っぽいはちゃめちゃさがある。それにしても相変わらずいい顔だな。いつぶりだっけ。卒業式には会えなかったんだよな。どうして休んだのかな、残念だったな。授業中は眼鏡かけてなかったたっけ。コンタクトにしたのかな。眼鏡かけてると賢そうで、外すとかっこよくて、笑うと可愛いのハイブリッド。適度に明るく、時に物静か。そして、何となく浮世離れしている感。何考えているのか分からないというか。透明な水のにおいがする感じ。三年六組の男子の中で目立っていた望月よりも、潜在的な女子人気は高かった、その魅力は今も健在……。

「優菜？　ボーッとしないでよ」

華から突っ込まれてしまった。

「あ、ごめん」

「優菜が図書室の蔵書管理してるの？　配架する本を決める権限もある？」

ドリンクのオーダーをしながら、優菜は華との会話を進める。「一応、私が発注する」

「そうなの。やった」

「やった、とは？」

すると、華は満面の笑みになった。ブレザーを着ていた頃とさして変わらぬ――厳密にはこんな日にもアイラインとマスカラがやたら濃く、目の大きさへのコンプレックスが窺えたが――そんな華の素朴な、じゃがいもとわかめの味噌汁みたいな顔立ちが、笑うことで一段階彩度が上がる。

「実は私」コンマ一秒にも満たない溜め。「今、作家やってるんですよ」

華の一言に全員がどよめいた。なんならオーダーを取っていたアルバイトも「おおっ」という顔になった。華は続けた。

「『シンノベ！』っていう小説サイトの、シン・ノベルズ大賞って知ってる？」

「知ってる！　Z出版社がバックについてるんでしょ」

「そこでデビューしたの？　すごい」

「分かった。虹猫（にじねこ）ミックスがデビューした賞だ」

　今をときめく流行作家の名前を一人が出し、テーブルはさらに盛り上がった。虹猫ミックス、代表作は四季国（しきこく）シリーズ。クイズ番組で作家名を答えさせる問題になるくらいに有名だ。

「うっそ、虹猫ミックスと同門ってこと？　四季国シリーズ全巻持ってるよ」

「今度アニメ二期やるっけ」

「ねえ、虹猫ミックス先生に会ったことある？」

　しかし華は、矢継ぎ早の質問にいささかむっつりとなった。

「同じ賞の出身かもだけど、私の作品はもっと深いっていうか、作品の方向性は全然違う。私はさ、大学四年の時に最終候補になったんだよね、『君とニアラの異世界外交記（ルサンチマン・ドクトリン）』って作品で。それで担当がついたってわけ。ペンネームは多治真晴（たじまはる）」

「受賞したんじゃないの？」

「選考の流れによっては佳作に入ってたって後で言われた。ちなみにその時は虹猫ミックスも候補だったけど、講評では私の方がベタ褒めだったんだよ。だから厳密に言えばセミプロなんだけど、年内には上梓（じょうし）するつもりだから、もうプロって言っていいと思う。つまり、さっき『やった』って口走ったのは、近日中に世に出るであろうそのデビュー作を、白麗高校の図書室にも配架してもらえると思ったからで」

　この華の語りの間で、座の温度は微妙に下がった。

「へえ、すごいね」

ＡＩ音声のような情感のない「すごいね」を受け、華はスマートフォンで小説サイトを画面に出し、それを示しながら語気を強めた。

「このレーベルで担当者がつくのって、みんなは知識ないかもしれないけど、すごいことなんだよ。ほら見て、こんなに投稿作品がある。コンテストには万を超えるエントリーがあるから、倍率的には東大に入る方が簡単って言われてるほどなの。プロも応募してきて落ちてるんだよ？　そこで私は評価されたの。他にもプロフィールに書いているけど、掌編のコンテストで受賞経験もある。腕試しで一日で書いたやつなんだけどね、優勝しちゃった。つまり私、ここの小説サイトではちょっとした有名人なの。フォロワーもほら、こんなに」

「ふうん、来年は夢の印税生活？」

「もうファンがいるんだ」

華の熱弁も空しく、やはりそれらの言葉に熱量はなかった。望月が言った。

「すまん、俺はちょっとすごさ分かんねえわ。小説とか読まねえし。例えば今北別府ちゃんが逮捕されたとして、肩書作家で報道されると思わないんだよな。自称つくだろ。俺だって動画配信してるけど、それでプロの配信者って言っていいのか、みたいな」

一同が小説より空気を読めという目で望月を見たが、彼はこともあろうに火の粉を優菜へと浴びせてきた。

「司書教諭ならそういうセミプロ作家もチェック済みなのか？　なあ、柏崎さんは多治真晴って知ってた？」

ここで知らないと答えられる人は、鬼ではなかろうか。相手がたとえ華だとしてもだ。しかし知っていると嘘をつくのも、それはそれで苦しい。褒めそやすにも、華の実績はかなり微妙だ。

優菜は「『シンノベ！』はすごく有名だし、虹猫ミックスさんの本は全冊図書室に揃ってるよ」と言って誤魔化した。

表情はそのままで、眼差しだけを凍てつかせた次に、華は「ごめんごめん」と一転おちゃらけた。

「だよね、さすがにみんながみんな、本好きじゃないよね。あはは、そんな顔しないで」

空々しい言葉を脇にのけるように、誰かがメニュー表を開いた。「何頼む？　オーダー早くしよう」

「ザンギとラーサラ」

「刺身盛りとか頼んじゃう？」

「みんなでつまめるものがいい」

ドリンクが運ばれてきた。そこで話題はいったん途切れ、献杯となった。暖房で温もった室内で飲むビールの美味しさを、優菜は堪能する。恩師が死んでもビールは美味しい。

それからしばらく空腹を満たしながら血中アルコール濃度を高める時間になる。

飲んで食べてお喋りを楽しむ旧友らの姿に、同窓会の二次会はこんな感じなのだろうかと優菜が思っていたら、少し酔った顔の吉田が一木の肩を抱いて絡みだした。

「一木、おまえさあ、今は彼女いるの？」

「いない」

「相変わらずだなあ。作らないの？」

「その質問、既視感あるな」

「だって三年の時も訊いたし。便所で」

二人の会話に気づいた望月が、そこで声を大きくした。

「そういや俺ら、告白ブッキングしたよな」

あ、やっぱりこの話題来た。

二つの卓に座る面々も、どっと沸いた。各人が一つの思い出を共有したとそれで分かる。

「それ、覚えてる」隣の卓の金山がすぐさま反応した。「自ら身を切って話題を提供する望月くん、さすがの強メンタル」

「いやー、碓氷と俺、似合ってると思ったんだけどな。木っ端微塵でしたわ」

吉田が一木を責める。「望月はまだいいよ。あの日の一木のせいで、あれからしばらく三年六組ってだけで一年生から睨まれたよ。柏崎さんも泣いてたよね。関係ないのに」

自分にお鉢が回ってきて、優菜は気恥ずかしくなった。「忘れてよ、そんなみっともないこと。あの噴水、今年取り壊しになる予定だよ」

「そうなのか。あれ、見納めなのか」

意外なことだが、噴水の終焉予告に真っ先に反応したのは一木だった。自分の発言を聞いてくれていたと知り、優菜の心臓は勝手にオーバーワークしだす。が、一木の反応はそれだけだった。

金山がやむを得ないというように目を閉じ、手を合わせた。

「あれ、当時から古びてたからね。告白の聖地も老いには勝てず、か。安らかに、噴水」

「望月、撮影しに行ったら。思い出の場所がなくなるってよ」

「昼休みに中庭の噴水に来てください、って当時流行ってたん？」

当時の当事者である一木と彩海は、再会の席にこういう話題も仕方がないと割り切った顔だ。

実際、あの日のことが持ち出されるのは致し方ない。クラスの誰かが告白のために呼び出されたという情報は、高校生にとってなかなかのお祭りだ。しかも呼び出したのが望月で、呼び出されたのが彩海なら。さらに同じ時間帯同じ場所に、一木も一年生の女子生徒から呼び出されていたのだから、もはやカオスだ。

「待って、日付まで思い出せた。六月二十一日。夏至だったんだよね」

告白を見守ってくれと自ら頼んでいた望月は本望だろうが、一木を呼び出した一年生の女子は、廊下や生徒ロビーに群がる三年生のギャラリーにドン引きしたことだろう。

「あの日、望月を振った碓氷さんには、現在彼氏いるの？」

吉田の矛先が彩海に移った。彩海は性に興味を持ったばかりの子供をいなすような笑みを浮かべた。

「いないよ」

「なんで？　学業優先？」

「そういえば、船守ってどうしてるんだろうな」

その時、一木が言った。

「船守？」

座の面々がしばし考える顔になる。

次に反応したのは、彩海だった。彩海はつぶやいた。「五十歩百歩（ごじっぽひゃっぽ）を読まされた船守くんか」

「あー、あったね。激震の授業」

彩海が発した単語で、会話はまた色を変えた。優菜も思い出す。そうだ、あの授業。あれも強烈なインパクトだった。なのに何故（なぜ）か記憶の優先順位で二の次に押しやられていたのは、紛れもなく告白ブッキングのせいだ。

「激おこ水野もあの日だったんだよな。昼休みの望月たちの騒ぎがすごすぎて、うっかり忘れてた」

そうなのだ。より強いインパクトがある方に、話題は持っていかれる。高校生だった優菜たちにとって、多少荒れた授業より、クラスメイトの同時告白イベントの方が面白かった。

ともあれ、三年六組だった年の六月二十一日は、イベント盛りだくさんの一日だったのだ。

望月が自分の箸（はし）をタクトのように振り上げた。「激おこ水野、超スティックモード！　荒ぶる指示棒！」

「望月くん行儀悪い。それ箸置きに置いて。ねえ、船守くんって卒業の時いたっけ？」

「いや、あれきり不登校じゃなかった？」

「え、そうなの？　転校でしょ？」

「水野が早死にしたのって、そいつの呪いじゃない？」

「それはさすがに不謹慎」

「いや、呪ってるかもよ。あの時私、水野が訴えられるんじゃないかと思ったし」

「ねえ、今さらだけど」華が座の注意を惹きつけるように、指輪のはまった左手を卓の上で振った。「あの日だけどうして、水野怒ったんだろうね？　水野ってさ、ああいう怒り方する教師じゃなかったじゃん。一人をターゲットにして、まるで……いじめか八つ当たりみたいな。今だから言うけど、あまりにヤバすぎて、録音したんだよね」

「え、マジで？　そのデータどうしたの？」

「どうしたんだったかな、データが入ったＳＤカード……」

おおかた華も、昼休みの馬鹿騒ぎで失念したのだろうと優菜は思う。華も生徒ロビーまで見に来ていた口だ。

「虫のいどころが悪かったのかな。あの日だけ人が変わったようだった」

「水野的に何かイラつくことがあったのかな？　お通夜に水野の娘さんがいたけど、あの子なら何があったか覚えていたりして」

「日本人形みたいな子な。あの子の制服、白麗高校のに見えたな」

「うちの生徒だよ」優菜の出番になった。「今一年生だって。私は直接教えているわけじゃないから、どんな生徒かまでは答えられない」

「へえ、うちらの後輩か」

突然、襖を隔てた外から、どよめきが漏れ聞こえた。勘のいい何人かがスマホをチェックし、驚きをあらわにする。

「小笠原ペア、現在一位だよ！」

オリンピックのライブ配信で、今日の目玉の日本人ペアが、ノーミスの高得点を叩き出したらしい。

「東欧の強国がいないとはいえ、すごいね」

「男性の方、イケメンだよね」

「外国人じゃん、まさに東欧系の。強いはずだわ」

「お母さんが日本人で日本国籍選択したんだって。お父さんの国籍だったらオリンピックに出られないもんね」

「この人たちって結婚してるの？」

オリンピックの話題が一段落すると、また一同は、それぞれ三年六組での思い出話に花を咲かせた。学校祭のために製作した行灯、学校祭初日の夕刻、その行灯を担いで練り歩いたこと。後夜祭の花火。体育祭での望月と彩海の活躍。模擬試験。早朝講習。望月が全校女子人気のトップだったこと。水野の話題も当然あった。国語教師の水野、陸上部顧問の水野、授業中の水野の雑談、卒業式の後に水野がかけてきた言葉、それらの中に自分たちの近況や時事ニュースなどが混じり、時間は瞬く間に過ぎた。

そろそろ出るという頃合いで、誰かがメッセージアプリのアドレスを交換しようと提案した。

その場にいた全員が応じ、チャットルームも作られた。吉田は各人のメールアドレスも集めていた。

「イベントのテーマによっては、直接声かけたいからさ」

「個人宛にメッセージ送ればいいじゃん」

断りきれず、優菜はサブのアドレスを教えた。吉田は誰かの名刺の裏に、それを書き込んだ。

「名簿でも作るの？」

「柏崎さんの0420って何？　四月二十日が誕生日だっけ？　あれ、碓氷さんも四月生まれって聞いた気がするな」

アドレスに組み入れている数字を見て、吉田が訊いてきた。適当に誤魔化しながら彩海を見る。彩海はショートブーツに足を入れていた。

割り勘で会計を済ませる合間、ネット配信のニュースを見てみると、件の小笠原ペアは堂々金メダルを獲得していた。優菜は胸の中央に手を当てた。水野の通夜の日にこんなビッグニュースが重なるなんて、告白ブッキングと激おこ水野が重なったあの日みたいだ。

ニュースは五輪における日本人選手の活躍の話題がいくつか続き、円相場や日経のニュースの後ろで、東欧の片隅でいまだ止まない戦火の話題が小さく取り上げられていた。

「全然話し足りないな」

「どっか次行く？　終電まで二時間くらいある」

一部はすすきのに流れる気配だ。望月が一木の肩に手を回し、誘っている。

華が冬空に向かって言った。

「でもさ、色々あったかもしれないけど、今となってはいい思い出だよね」

以前も聞いたような言葉だった。

優菜は大学に戻るという彩海と共に、帰宅の途を選んだ。彩海と二人きりになると、優菜はほっとした。懐かしい顔ぶれだったが、やはりどこか気を張っていたのだろう。

「お疲れさま」

先に彩海に言われてしまった。優菜も同じねぎらいの言葉を返し、これから勉強をするという彩海の体を気遣った。

「無理しないでね。研究もいいけど睡眠はちゃんと取るんだよ」

「優菜、お母さんみたい」

「年度が改まったら、健康診断でしょ」

「毎年のことだから、今年もきっといつもの流れだよ。ところで例の噴水、なくなるんだね」

「もうボロボロだからね。うちらがいた時が還暦とすれば、今はもう百二十歳って感じ。中庭もあれからずっと立ち入り禁止のまま」

「あの噴水もいよいよか」

眩しいものを見たように、彩海の目元に力が入った。その表情は、懐かしんでいるようでもあり、何かを悔いているようでもあった。彩海が噴水に対して表したほのかな感傷に、優菜は軽い驚きを覚えた。

「あそこに心残りでもあるの？　やっぱりさすがの彩海も気になるか。中庭、思い出深いもんね」

彩海は懐古と悔恨の表情から一転、笑った。「ほんとにね」

その彩海とも、地下鉄駅の入り口で別れた。一駅ほどの距離を歩けば、優菜が使う路線の始発バスターミナルがある。

圧雪の上に滑り止めの砂利が撒かれた歩道の脇、水に濡れた号外が何枚か落ちている。小笠原ペア金メダル獲得の報だ。

濡れて地面に凍りついている号外を、小石を辿ったヘンゼルとグレーテルのように辿って歩く。優菜の視界に、水野の通夜が行われた大きな斎場が捉えられた。斎場前を通り過ぎれば、バスターミナルはすぐそこだ。

水野の娘や親族は、今夜は斎場内に泊まるのだろうか。

ふと、人影を認めた。斎場前の歩道から、ぼんやりと建物から漏れる灯りを眺める誰か。優菜は一瞬どきりとした。水野が蘇って、自分の葬式会場を見に来たのではないか、そう思ったからだ。

だが、そのイメージはすぐに消えた。人影は小さな山のようだった。体育会系だった水野とは似ても似つかぬ肥満体の男は、優菜に気づくと顔を伏せ、よたよたと歩き去った。

＊

白いカーテンが膨らんで萎む。心臓のように。三年六組の教室に、その日あまり風は入ってこなかった。南向きの窓はすべてカーテンが閉じられ、さらに隣り合ったカーテンは、手を繋ぐように角が結ばれていた。

二時間目の授業だった。

今日の教室はなんだか騒がしい。望月を中心に、男子たちが変に浮き立っている。楽しみなシークレットイベントを控えているという感じ。どうしたんだろう？

チャイムよりほんの少し遅れて、水野は教室に入ってきた。

教科書とその他の教材、出席簿、それから伸縮する銀の指示棒を使うのが水野のスタイルだった。

水野は教室を見回し、教壇に教科書類を置いた。

置かれた瞬間の音を聞いて、優菜は身構えた。何となくいつもと違う気はした。わずかに音が大きかったのかもしれない。朝のホームルームでも、口数は少なめだった。ただ、そこまで明確な差異ではなかったので、水野が指示したページを開いている間に、身構えは自然と解かれた。

水野が指定したのは、孟子の『五十歩百歩』のページだった。返り点も送り仮名もない白文だった。

「『静夜思（せいやし）』はこないだの一コマで終わりなんですか？」

誰かが声を発したが、水野は答えなかった。水野は手元の出席簿を眺めていた。

その時、船守がくしゃみをした。

なんということはない、ただのくしゃみだった。

「船守。おまえが読め」

水野は教壇から降りると、教室のほぼ中央の席に座る船守のすぐ横に立った。

「題名から全部読んでみろ」

銀色の指示棒を、水野はするすると伸ばした。

教室は奇妙に静まり返った――。

＊

図書室のカウンターで、優菜はノートパソコンを広げ、小説サイトにアクセスしている。読んでいるのは、かつて華がコンテストに応募し、認められたという『君とニアラの異世界外交記（ルサンチマン・ドクトリン）』だ。

『配架案内等、図書のお知らせを作成する時があれば、私の小説も紹介してほしい。作品一覧のページのＱＲコードはこちらです。印刷して使って。今後もデビュー作の発売予定日とか、逐一伝えるので、白麗生に宣伝してもらえると嬉しいです。よろしく』

通夜の翌日、華からはさっそくこんなメッセージが届いた。
こういう華の振る舞いを目の当たりにするたび、しこりを残しているのは自分だけで、華は何とも思っていないと痛感させられる。高校一年生の出来事なんて遠すぎるのか。三年六組の一年間は普通に過ごしたんだし、もうあれは完全になかったことというわけか。

両の手のひらに目を落とす。この二つの手で、弁当箱を抱えて一人校内を歩いた。小さな弁当箱なのに、冷めているせいか、いつも重く感じた。暖かで和気藹々とした教室内で弁当を広げた日は、入学して間もなく絶えた。

――華にとってあれは取るに足らないこと？　何だろう、この気分。この割に合わない感じ。どうしてモヤモヤするのは私だけなの。

ＰＣ画面に羅列する華が紡いだ言葉が、ドットになって崩れていくような幻覚。

ただ意外なことだが、華が書いた小説を、優菜は今のところ面白く読んでいる。作品は、思考に影響を与える奇病が蔓延してしまった異世界を舞台に、健全な思考や判断力を保ち続ける主人公九条マヒロが、サイラス公と皇女ヴァイオレットのカップルを成立させるべく活躍するというラブコメディだ。主人公は現実からの転生者なので、異世界の病気には罹らないという設定らしい。そんなことが現実にあるわけない、というツッコミはさておき、先が気になってつい次の話をクリックしてしまう。

先が気になるのは、作者が華だからかもしれない。作中の登場人物には、三年六組のクラスメイトを彷彿させるキャラが、多く出てくるのだ。

当然優菜も自分を探してしまう。

　学生時代の成績には結び付かず、また読む速度も速くないが、元々優菜は堅苦しい内容でなければ、文章を読むことをあまり苦にしない。先日新聞局から取材を受けた際、資料として受け取った白麗新聞のバックナンバーも面白く読んだ。白麗高校の歴史を、生徒の間に伝わる校内のジンクス、都市伝説から読み解いた連載コラムは、なかなかだった。中庭の噴水で告白すると不幸になる、だから中庭は閉鎖されたという伝説もあり、これについては幾許（いくばく）かの責任も感じる。

　噴水での告白については、華の小説の中でも似たような箇所を見つけた。第三章十五話の、サイラス公が伯爵令嬢アリエルに愛の告白をしようとするエピソードが、例の告白ブッキングを下敷きにしていそうなのだ。

　ここ、後で再読してみよう。望月くんと彩海を当てはめちゃうと、微妙にもやっとしそうだけど、でも荒れ果てた庭園の奥にあるラウンドスプリングって、どう考えてもあの噴水っぽいんだよね。てことは、この騎士イッチっていうのは、やっぱり一木くんなの？　主人公の九条くんが恋している光の魔導士ニアラにもモデルはいる？　なら、この下女ルギは……。うーん。

「柏崎先生、失礼します」

　カウンター越しに声をかけてきた男子生徒は、白麗高校新聞局の局長、二年生の下西原（しもいりばる）だった。白麗高校校内都市伝説コラムの筆者でもある。

「どうしたの？　もしかして、この前の高校時代インタビューのことかな？」

「はい。原稿を書いてたら、一つ確認したいことが出てきて」

白麗高校生時代は百人一首部で活動していたと答えたのだが、その活動内容に疑問が出たらしい。競技かるただと思い込んでいた下西原の誤解を解き、下の句かるたをのんびり楽しんでいたと説明して、ことなきを得た。

「危ない。誤報するところでした。あと、ついでと言ってはなんですが、締めの文章に悩んでいて。先生、よかったら在校生へ何かメッセージをもらえませんか」

「メッセージ？」アドリブが苦手な優菜は焦った。「待って、一日時間をくれない？」

「そんな深く考えなくても大丈夫です。先生の立場でも卒業生の立場でも、どっちでもいいです」

「じゃあ……こういうのは？　白麗高校で悔いのない青春を送ってください」

言ってしまってから優菜は後悔したが、下西原は喜んだ。「ありがとうございます、すごくいいですね。悔いのない青春か。肝に銘じたい」

「そんな、君に褒めてもらうなんて。君が書いた都市伝説コラム、とても面白かったよ。生物室に棲むゴキブリの話は怖かったし、中庭の噴水は取り潰されるのもやむなしって感じだし、やっぱり校門力士のインパクトはすごいよ」

「校門力士の都市伝説は俺も好きなんです。目撃したら幸運が舞い込む力士なんて、もう白麗の座敷童じゃないですか。実際目にした生徒が、判定渋かった志望校に合格したなんて噂もありますし、俺もできることなら受験までには遭遇したい。それじゃ先生、時間とらせてすみませんでした。記事は、来月発行号に掲載予定です」そこで下西原は、優菜のパソコン画面に注目した。

「先生もそういうサイトの小説を読むんですか?」

「ああ、これ?　実は作者が元クラスメイトなの」

「じゃあ、その人も白麗高校出身者なんですか?」

「そうだよ。君の先輩。これは何年か前の最終候補作で、どうやら今年本が出るらしい」

「へえ、出版されたら読んでみたいですね。今度白麗新聞でも取り上げさせてください」

スマートフォンの通知音が鳴った。下西原は画面を一目見て「うおっ」と驚きの声を発してから、決まり悪そうにそれを切る。

「すいませんでした、図書室内なのに」

「いいよ。他に誰もいないし。何の通知?」

「時事ニュースです。俺、新聞局長なんで。先生、すごいですよ」返ってきたのは、予想だにしていなかった答えだった。「例の東欧紛争、双方の首脳が停戦交渉するみたいです」

これには優菜も仰天した。

「本当?　もう何年もやれてなかったのに。いまさら交渉?　なんで?　攻め入った方なんて呆れるほど独善的だったじゃん」

「俺も一瞬なんで?　ってなったんですけど、アレじゃないですか。小笠原選手のメダリストスピーチ。このメダルに何の価値があるというのか、っていうあれです」

表彰式の翌日に行われたメダリスト会見において、小笠原ペアの男性選手、小笠原伊王(いわん)が自らのルーツを交えて語ったスピーチは、オリンピックの枠組みを超えた反響を呼んだ。全世界が彼の発した言葉を、週が変わった今もなお取り上げ続けている。

『どんなに賞賛されようと、私はもう一つの祖国へ帰ることすらできない。このメダルに何の価値があるのか、私が知りたい』

『私の夢は今も変わりません。金メダルを取ろうと夢は叶わない。私の夢は、オリンピックのメダルでも栄誉でもなく、当たり前でかけがえのない平和なのです』

出勤時間が遅い優菜は、ワイドショーを一時間ほど見ることができる。今朝も彼らの演技と会見のリプレイを目にした。

率直に言って、特段素晴らしいことは言っていないと思う。だが、なぜだか彼は凄まじく持ち上げられている。紛争当事国が停戦交渉を再開するほどに。

「個人的には、デュオを組んだ相手を称えた言葉の方が響いたな。あなたでなければ今ここにはいない、みたいな」

「日菜選手がパートナーでなければオリンピックには出られていなかった、ですよ」

「それ！　いいよね。二人が組むのは運命だったのかもって、感動しちゃった」

「俺、クラスの女子から聞いたんですけど、小笠原ペアってこれから一年休養するそうですね。三月の世界選手権は欠場だとか言ってました」

「オリンピックイヤーの世界選手権って、今までも割とメダリストの欠場はあったみたいよ。ピークが難しいのかもね。小笠原ペアの場合は、例の発言の影響がやたら大きくなっちゃって、もう試合どころじゃないのかも。今朝もワイドショーでは、実家に取材してたよ。札幌に取材班が入ってるみたいだね」

女性の小笠原日菜選手の実家は、茶色い外壁に大きなカーポートが特徴的な、一見して裕福だと分かる豪邸だった。フィギュアスケートはお金がかかるスポーツだと聞くから、家計に余裕がないとそもそも子供も取り組めなかったりするのだろう。

「メダリストの言葉で本当に停戦なんてことになったら、とんでもないっていうか、もう奇跡ですね。それこそ、事実は小説より奇なりだ」

下西原は一礼して図書室を出て行った。午後四時十分。

優菜は窓の外を眺めた。四面のテニスコートが眺め下ろせる。二月の下旬、外は昼の明るさだった。雪はまだ多く残っているものの、日々長くなる昼を実感するたび、優菜は何か新しいことを始めたいような、また新しく生き直せるような気分になりかけては、その一歩手前で立ち止まる。

これからもっと春らしくなる。だけど、春らしくなればなるほど、苦しかった時期を思い出す。華たちの仕打ちは、新年度早々に始まったからだ。

記憶が感情や思考に影響を与えるとすれば、春を迎えるたびに私は立ち止まるのか。これは一生続くのか。

華たちに当時を謝罪させたら、何か変わるのか。

――色々あったかもしれないけど、今となってはいい思い出だよね。

華がそれを言うのだけは受け入れ難い。

でも、こう思うことも間違いだと、人は言うのだろう。過去に囚われ取り残されて、大人になりきれていない証拠だと。華の言動の方が大人だと、おそらくは。

そして、優菜自身もどこかでそう思っているのだ。だから、ずっと何も言えない。

優菜の脳裏に船守の姿が浮かぶ。

船守はどうだろう。六月が嫌だろうか。今どうしている？

あの日、船守を苦しめた水野は死んでしまった。

＊

「柏崎さん、来てくれてありがとう」

三月最初の土曜日、優菜は市内のコミュニティセンターの一室に来ていた。

大学生から三十代向けのトークイベントである。ぜひ聞きにきてほしいとＤＭで再三誘いをかけてきたのは、吉田だった。通夜の後の居酒屋ですでにおってはいたが、彼は主催である宗教法人『光の真』の会員だった。メールアドレスまで収集していたのは、やはり名簿作成目的だったようだ。胡散臭いと言ってしまえばそれまでだが、先日再会したばかりの元クラスメイトに「それ、胡散臭くない？」と言ってしまえる度胸も、優菜にはない。

公の場で行われるイベントだから、滅多なことはないだろうと優菜は軽く考える。『光の真』自体は過激な団体ではなく、悪辣な噂は聞かない。

「ねえ、吉田くん。今日来てるのって、私だけ？」

定員八十名の室内は、半分ほど埋まっている。その中に、三年六組の旧友はいるのだろうか。

本音を言えば、政治や宗教に絡んでいるいないに拘(かかわ)らず、優菜はこのトークイベントに、あまり興味はない。若い世代がこれからの世の中をどう生きるか、どう生きれば社会に貢献できるか、社会をよりよくすることができるのか……大きな声では言えないが、割とどうでもいいことだ。優菜の人生の命題ではない。

イベントに参加した動機は、一木とまた会えるかも、という下心からなのだった。先だっての通夜で会った全員を誘っているなら、一木が来るかもしれない。

卒業してからコンタクトを取っていなかったのに、水野の葬儀で再会した途端、急に気になってしまう自分がよく分からない。ずっとログインしていなかったソシャゲにうっかり再ログインしたら、またハマってしまったみたいな現象なのか。

告白ブッキングの日、可愛らしい一年生に対して一木がとった言動に、あんなにショックを受けたというのに。

ただ、再会を機に一木とまた話せたらいいなとは思うが、あわよくば付き合えたらいいなという気持ちまでは起きなかった。これは彼の言動のショックを引きずっているせいかもしれない。

とにかく、些細(ささい)なことでもいくばくかの楽しさがあればと思ったのだった。それだけ優菜にとって春はストレス源だった。

「柏崎さん、この辺に座って。割といい席でしょ。よかったら、アンケートも出して行って」

席へと先導してくれた吉田は、優菜の隣の空席をキープするかのようにパンフレットを置いた。

「DMはみんなに送ったの？　他に誰が来るの？」

「六人テーブルの方は、柏崎さんと北別府さん、あとは一木に送った。北別府さんは来るって連絡があったよ」

華と顔を合わせることになりそうで、優菜はうんざりしてしまった。

「一木くんは？」

「あいつは分かんない。気が向いたらとか言ってたけど、どうかな。一木みたいに人生全部に塩対応なやつにも、絶対プラスになると思うのに」

吉田は優菜を残して、入り口付近に戻っていった。優菜はダウンを脱いで膝に抱える。

程なく、華が吉田に連れられてやってきた。華は吉田から優菜が来ていることを聞かされていたのだろう、隣に腰を下ろさぬうちから、真っ先にこう尋ねてきた。

「私の小説、読んでみた？」

やはり華は、高校一年時のあれこれ、クラスの女子のあれこれを、すっかり忘却の彼方（かなた）に追いやっている。分かっていたけれど、三年六組の時から、そんなことは。

「うん、全作品はまだだけど、ルサンチマン・ドクトリンは読んだ」優菜は一瞬のためらいを乗り越え、早口でそれを言い切った。「面白いね」

「そうでしょ。編集者も私の婚約者も、あれはめっちゃ褒めてくれた。ねえ、白麗高校出身者の作家って他にいる？　いるとして話進めるけど、その人たちの著作も卒業生の本みたいな感じで置いてあったりする？　してるなら、私のデビュー作もお願いね。著者謹呈するから」

華は自信満々である。自分の著作が元クラスメイトの司書教諭に認められないはずはないという確信が漂う。大きな賞の候補作になり、サイトでは数多くのファンがつき、デビュー作刊行を見据えているが故だろうか。

優菜はついおもねってしまった。

「ありがとう、その時は図書室宛に送ってね」

「ねえ、吉田くんってみんなに一斉ＤＭしたのかな」

「あの時一緒のテーブルだった中だと、私たちと一木くんに送ったんだって」

やがて、席もほぼ埋まり、開始時刻となった。三十代と思しき男性と、司会者らしい女性が登壇して、イベントが始まった。

「僕が今日皆さんに絶対伝えたいのは、皆さんには変えられる力が確かにあるということなんです。オリンピック、ご覧になりましたか？　フィギュアスケートのデュオで金メダルを取った小笠原ペア。皆さんご存じですよね。小笠原伊王選手の言葉は世界を動かしました。あの、八年続いた戦争が、終わるかもしれないんです。大きな国の偉い人たちが経済制裁しても、どれだけ働きかけても、国連が何を言っても頑として聞く耳持たなかったあの侵攻国首脳が、ついに明後日停戦交渉の席に着くんですよ」

講師の男性は、大学講師のかたわら、お笑い芸人として市内の芸能事務所に所属してもいるらしい。優菜の知らない名前ではあったが、エセ関西弁の語り口は軽妙で、聴かせた。

「実はね、あの小笠原くん、僕の中学の後輩なんですわ。当時はイワン・ワリエフ・小笠原くんやったかなあ。そんな目立つ子やなかった。スケート習ってるやなんて知らんかったレベル」

司会者がさらに盛り上げるべく、こんな合の手を入れる。「でもイケメンだったでしょ」

「僕とどっこいどっこいです、って何言わすねん。つまり僕が言いたいのは、小笠原選手って、別に特別やなかったんですよ。ここにいる皆さんと同じやった。それが頑張って頑張って、オリンピック出てメダル取って……で、スピーチしたらこれ」

「あの戦争がもし終わるとしたら、小笠原伊王選手は大功労者ですね。世界の救世主みたいです」

「みたいやなくて、まさしく救世主ですわ。ノーベル平和賞、もらえるんちゃいます？」

優菜の隣で、華が腕組みをし、さらに脚まで組んだ。壇上の男性の話は続く。

「つまりね、皆さんだって、小笠原伊王選手と同じことができるポテンシャル、あるんです。皆さんは自分らのことを普通や、なんの力もないと思ってるかもしれません。違いますよ。皆さんかてね、やろうと思えばできるんです。二月は小笠原選手やった。でも、三月は皆さんかもしれん。皆さんの一言があなたの現状を、ひいては世の中をよくするかもしれん」

聴衆の大多数は、彼の言を好意的に聞いているようだった。前方の数々の頭が、彼が話を進めるたびに前方へ動く。頷いているのだ。

「ここに来ている皆さんなら、きっと志があると思うんです。だけど、上手くいかない現実も味わっているんじゃないかとも思う。成績が上がらない、上司から評価されない、自分を理解してくれる人がいない、親や友人、職場、恋人、みんな本当の自分を分かってくれない……。どうしたらええんやろ、変えられるんやろって思いますよね。それにはね、行動です。小笠原選手も、言うべき時に言ったからこそです。何も言わなかったら、ずっと同じやった。だから、皆さんも動いてください。言葉を発してください。こうなればええな、こんな世の中にせにゃならんな、ってのは、しっかりアクションせないかんのです」

まだイベントも序盤というのに、割れんばかりの拍手である。目の前の椅子の男性が立ち上がった。スタンディングオベーションだ。優菜はたじろいだが、あたりでは同じように立ち上がって、熱烈な賛同の意を伝える来場客が相次いだ。

華は腕を組んだまま、むっつりとして立ち上がらなかった。

優菜と華が座る一角は、陥没地のようだった。優菜は猛烈な居心地の悪さと、ごくわずかな申し訳なさを覚えた。

イベント終了後、華は興奮冷めやらぬ来場客を尻目に、大股で会場を後にした。優菜は後を追わなかった。追う義理もないだろう。出入り口で書類のようなものを配っていた吉田に呼び止められたが、優菜はごめん、というように彼に手を合わせてみせ、会場を出た。

コミュニティセンターの建物を出る。華がそこに突っ立っていた。そこの下女、私に話しかけなさいと横顔で命じる高慢な悪役令嬢のようだ。

心の中で溜め息をつき、優菜は悪役令嬢に付き合ってやる。

「どうしたの？　何か嫌なことでもあった？」

華は風に身を竦めると、オーバーの前ボタンを閉めた。

「吉田くんが今日のイベントに声をかけたのって、私と優菜、一木くんだよね」

「一木くん、来なかったね……」

「彩海は誘わなかったんだ」

「研究があって忙しそうだから、吉田くんも気を遣ったんじゃない？　論文とかありそうだし」

「論文、ね」その時華は、鼻で笑ったようだった。「修士論文だっけ。充実してそうだね。でも彼女、社会に出たことないんだよね」

「そういえばそうだね。羨ましいなあ。ずっと学生なんて」

「望月くんも誘われてないんだよね」

「彼は銀行員だっけ。彼も忙しそうだよね。その割には居酒屋の後ですすきのに流れてたっぽいけど……華は一緒に行ったの？」

他のメンバーが誘われたかどうかを、なぜ華が気にしているのか、優菜には分からなかった。

「私は帰ったんだ。婚約者が待ってるから。望月くんのことだけど、彼動画配信してるって言ってたの、覚えてる？」

望月の投稿動画のいくつかを、優菜はざっと見ていた。

「うん。すすきののお寺巡りは面白かったよ。華も見た？」

「私は最新動画だけ見た。でもあまり登録者数は多くないね。望月って高校のころは目立ってたけど、学校というスモールワールドから出たら大したことないんだね。まあ、それが世界ってことなんだろうけど」

「言うなあ、手厳しい。最新動画といえば、水野の通夜のことも喋ってたよね。予定外に開催された一種の同窓会って。あと、例の告白ブッキングのことも……」

するとし、華は語気強く言った。「水野の授業は本当に謎なんだよ」

「謎？」

「みんな望月くんと彩海と一木くんの告白ブッキングに気を取られちゃったし、私も実際印象深いのはそっちだったけど、考えてみたらあの日は水野の授業の方がヤバいよ。謎が多い。だってそうでしょ。実は私、どうしてあの日に激おこだったのか、水野に何があったのか、あの通夜の晩から引っかかってる。棘みたいにね。優菜は気にならないの？」

――一人をターゲットにして、まるで……いじめか八つ当たりみたいな。

通夜の夜の華の言葉が思い出される。

「華の表現を借りるなら、どうしてあの時だけいじめみたいになったか、ってことでしょ？　気にならないわけじゃないよ、でも……」

「でも、私ほど気になってはいないって顔だね。つまり私のこの棘の正体は」華は自分の胸を人差し指で突いた。「作家の本能。創作意欲が疼いてならないの」

優菜は「すごいね」と反応した。咄嗟に出たものだった。でも口をついて出たことに違和感はなかったし、取り消すつもりもなかった。

ただ、言いたいことがないわけではなかった。

——気になるのは水野だけ？　授業をした側だけ？

——いじめられた側はどうでもいいの？

それは、口には出せなかった。口に出せば、華は激昂する気がした。

華とはワンブロック並んで歩いて、書店の前で別れた。華は歩く道々、水野が怒った理由があるはずだ、どうにも興味があると語り続けた。話を聞きながら優菜は、新しい作品のネタにでもするのだろうと思った。

イベントの二日後、停戦交渉の席で、争い合っていた両国首脳が歴史的握手を交わした。長く続いた戦争は終結した。二人の首脳はそれぞれの声明で小笠原伊王の名を出し、彼の言葉に打たれたと言った。

終業式が翌々日に迫った日の放課後、見慣れない顔が図書室に現れた。

「柏崎先生」

パソコンで華の小説を読みながら、言語化するには難しい、割り切れない思いを噛み締めていた優菜は、その声にはっと顔を上げた。

長い髪の毛を後ろで一つに結んだ女子生徒。色白の顔、細い首。

手には紙を持っている。二日前に発行されたばかりの白麗新聞だった。

カウンター越しに立つ女子生徒の顔は、優菜にも見覚えがあった。先月の通夜で見かけた、水野の娘さんだ。

「私、一年三組の水野思です」

「覚えているよ。お父さん、大変だったね」どういう言葉をかけていいのか、正解が見つけられず、優菜は手探りで言葉を継ぐ。「あなた、体は大丈夫？　風邪(かぜ)は引いていない？　無理していない？」

　誰と暮らしているのだろう。父親が死んで、一人残されたはずだ。

「元気です。ありがとうございます」

　少し話をすると、彼女は今、祖父母の家で生活しているとのことだった。

「ご飯の支度とか、掃除とか、しなくてよくなったから、楽になっちゃった」

「白麗には通学できるの？」

「乗り継ぎ四回で結構大変だけど、卒業まで頑張るつもりです。この一年で友達もできたんです」

　頼もしい答えだった。励ましの気持ちが伝わればいいと願いながら頷くと、思は手にしていた白麗新聞を差し出し、こう言った。

「インタビュー、読みました。先生、白麗高校の卒業生だったんですね。じゃあ当時、父とも関わりありましたか？　だから、先日の通夜にも来てくれたんですか？」

「あったなんてものじゃない。三年生の時の担任が、水野先生だったの」

　思は視線を下にし、ほんのりと笑った。「そうですか」

「あなたのお父さん、明るい先生だった。特に男子に人気あったと思う」

「父は基本的に仕事の話をしない人だったんですが、例外が一クラスあって、そのクラスのことだけはすごく話してくれたんです。今日クラスでこんなことがあったとか、年度が変わっても、あのクラスにはこういう面白い生徒がいたよとか。それがちょうど、柏崎先生がいたクラスのようなんです」

思いもよらなかったことを聞かされ、優菜は胸が一杯になった。

「本当？　なんか嬉しい」

「すごく褒めてました。あの時のクラスはよかった、みんないい生徒だった、あのクラスが最高だって……。聞いていたら本当に楽しそうで、理想のクラスで、それで私は白麗高校を受験したんです」

「そうだったんだ……」

もう二度と会えない恩師の一面を、こんな形で耳にするとは。

自分たちとの時間について、担任が家族とお喋りをしているなど、しかもそれが楽しいお喋りであるなど、想像したこともなかった。優菜の頭の中で、水野は教師の顔しかなかった。家庭人であったことは一度もなかったのだ。

「柏崎先生。二年になってもたまにここに来て、父の話を聞いていいですか？」

断る道理などあるわけがない。「いいよ、ぜひ来て。いつでも待ってる」

「ありがとうございます」

思はカウンターの中のパソコン画面に目を走らせ、いつぞやの新聞局員と同じ反応をした。

「先生、そのサイトの小説が好きなんですか？」

「好きっていうか」

胸のモヤモヤ感は、華の小説の第三章十五話、告白ブッキングを下敷きにしたと思しき部分を再読したせいだ。だが勝手に再読して勝手にモヤモヤしているこっちもいかがなものか。優菜は苦笑した。

「これね、結構面白いよ。長いのに、三日で読めちゃった。実はクラスメイトが書いたの。そういう目で読んじゃうせいか、出てくるキャラがみんな昔の級友のような気がしてね。モデルにしてる人もいるのかな、って。この作者も水野先生のお通夜に来てたよ。大学生の時にコンテストで候補作になったんだって」

「え、すごい。私も読んでるかも。このサイトの会員なんですよ、私」思いがけず、思の顔が輝いた。「なんていう方のなんていう作品ですか？　莉緒にも教えたい」

父を亡くしたばかりの思の顔が、華の話題で明るくなった。これは華の手柄だろう。優菜はノートパソコンを動かし、思に画面を向けた。

「あなたの友達、莉緒さんっていうんだね。見える？　どうすればいいかな。華はQRコードを送ってきたんだけれど、どうやってあなたに送ればいいかな」

「大丈夫です、ペンネームとタイトルが分かれば」思は自分のスマホを操作し、同じページを出したようだ。「出ました。多治真晴先生。すごい、一昨年の掌編コンテストで優勝してるじゃないですか」

「それ、一日で書いたんだって」

スマホ画面を見つめる思の瞳(ひとみ)に、尊敬と羨望が見え、優菜は視線を落とした。

卒業してからもうどれくらい経つ？　ましてや、高校一年生から勘定したら？　新年度がくれば、私たちの高校一年生は十年前の出来事になる。昔のことだ。華は引きずっていない。

なのに、通夜で再会して思い知らされた。

私はまだ全然許せていない。春に苦しいのは華たちのせいだ。

三年六組でも普通に接していながら、内心では華の反省や謝罪を待っていた。

＊

「おはよう、華」

だが華はこちらを見返すだけで、何も言わなかった。すぐにふいと顔を背け、一年五組の教室の奥に移動してしまう。窓際の一角でお喋りをしていた円香と聖良に合流した。

三人一塊になると、またこちらを見た。

片方の小鼻だけ引(ひ)き攣(つ)らせるような笑い方。

「柏崎」

戸惑(とまど)っていると、背後から話しかけられた。背の高い男子生徒。入学早々バスケ部に入部したという田沼だ。

「なあ、考えてくれた？」

田沼が快活に笑う。

「入部先決めてないなら、女子バスケ部に入れよ。その身長は絶対バスケ向きだって。高校からでもその身長ならやれる。隣のコートで女子やってるけど、雰囲気よさそうだよ。見学するなら俺から話通してやるからさ」

田沼から女子バスケ部入部を勧められたのは、一昨日だ。

窓際の三人の気配が怒りを帯びたものになる。

親しくなりかけてすぐのころ、円香が言っていた。

——田沼くんってさ、背が高くてかっこよくない？　どこ中から来たのかな？

高校生にもなって、こんなくだらないことで。

けれども、くだらないことで最下層に突き落とされるのも、学校生活なのだ。

北別府華

――死ね、吉田。

北別府華はイライラしながら自宅賃貸マンションのドアを解錠した。最近、ディンプルキーの回りが悪く、イライラを増長させる。

「華ちゃん、おかえり」

同居人で婚約者の井上春太（いのうえはるた）の声が飛んできた。声の響きが変だなと思いながらリビングに入ると、春太がフローリングの床に這（は）いつくばっていた。

ふきんを手にしている。どうやら床がうっすら濡れているではないか。

「何してんの春くん、何かまかした？」

「まかしてない。でも床から染み出してくるんだよね。拭くの手伝って」

一瞬理解が追いつかなかった。だが、春太の言ったことは本当だった。見ていると、ダイニングのシンク下から、目地に沿ってじわじわと水が染み出している。

「え、待って。漏水（ろうすい）じゃない？」

華と春太の部屋は四階だ。事態を把握して、華は青ざめた。

階下の住人は、水島（みずしま）という親子三人家族だ。子供は凪（なぎ）くんという五歳の男児で、かなり腕白（わんぱく）らしい。時々凪のぎゃあぎゃあというわめき声と、母親の万里乃（まりの）がそれをヒステリックに叱りつける声が、床を伝わり聞こえてくる。賃貸物件は、壁も床もそう厚くない。少しは我慢するが、華もたまに床を蹴って不快を伝える。

上階からの漏水で家財を濡らそうものなら、あの万里乃のことだ、目を吊り上がらせて怒りまくる。

「ここのところ華ちゃん、あちこちひっくり返して探し物していたけれど、そんなことで配管は傷つかないよなあ」

「私のせいにしないでよ、家具を動かす時は春くんだって手伝ってくれたでしょ。それより下に漏れてないよね」

華は階下の万里乃が苦手だ。華は家計のために、近所のスーパーで惣菜（そうざい）のパック詰め作業のパートをしている。もちろん不本意な労働だ。華の本心は作家として在宅で金を稼ぎたい。週四回、一日六時間のパートだが、精神的な負担は大きかった。

そのパートの出勤時、保育園バスを待つ万里乃と顔を合わせる。

マンション前のエントランスで、あるいは悪天候時は中のロビーで、万里乃は他の園児のママとお喋りしている。

男の子って大変よね。女の子のお母さんと話しても、全然違う。もう目が離せないんだから。凪ったら最近何をするか分からないのよ。かくれんぼすると、押し入れの布団に潜り込んだり、バスタブの中に隠れたりするのよ。

うちの子は冷蔵庫に入ろうとするわよ。

子育てって大変よねえ。手もお金もかかるのに、誰も手伝ってくれない。

子供がいない人には分からないわよね。

「子供がいない人には分からない」というのは、万里乃の口癖だった。先週も出勤を急ぐ華の背に、その声は届けられた。

事実かもしれないが、腹立たしい。こちらは子供どころかまだ籍も入れていない。それを知りながら言う聞こえよがしの声は、マウントを取ろうとしているようでもある。

考えすぎだろうか。いや、違う。私の勘は正しい。あんなどこにでもいるような女にマウントを取られるなんて、我慢ならない。華々しく作家デビューして見返してやりたい。

華はバスタオルを使って、必死に滲み出てくる水を拭った。

「気づいたら濡れてたんだよね」

春太は冷蔵庫に貼ってある緊急時の連絡先を確認し、管理会社に電話をかけた。

子供の頃に映画で見たベイマックスというのが、華が春太の体型に下す評価だ。夏でもダウンコートを着込んだようなむっちりした体つきの彼は、見た目の印象どおりにのんびりとしており、管理人へ状況説明する口調も世間話のそれである。

こんな時は多少乱暴でもいいのでは、相手を急かすくらいの方が、緊急事態が伝わるのではと華は思う。感情が安定しているのは春太のいいところなのだが、時と場合によってはイライラする。今はイライラだった。

それにしても何なんだ、この水は。

結局、管理会社から初老の男性がやってきて、シンク下の止水栓を締め、目地の水はとりあえず落ち着いた。

「華ちゃん、どうしたの？　機嫌悪い？」春太がやんわりと尋ねる。「今日行ったイベントで嫌なことでもあった？　小説のネタ拾えるかも、って出かけてったでしょ」

体型はベイマックスだが、春太は人の心に敏感だ。華は濡れたバスタオルを握りしめて、内心で舌打ちを繰り返した。

確かに嫌なことはあった。

吉田からの誘いを受け、どんな経験も宝の精神で足を運んだイベントだった。

登壇した男性は、世間の話題を集めるオリンピック金メダリストを切り口に使った。それ自体はよくあることだ。華の心を乱したのは、オリンピック選手を語りながら、華を含めた聴衆を語った点だ。

――小笠原選手って、別に特別やなかったんですよ。ここにいる皆さんと同じやった。

――皆さんは自分らのことを普通や、なんの力もないと思ってるかもしれません。

つまり、登壇者はあの会場にいた聴衆を、特別じゃない人間だと決めつけたのである。

力なき民草たちよ。自分自身の理想をもちつつも、それに現実が追いつかず、上手く行かない日々に不満の火種を燻（くすぶ）らせている負け犬たちよ。そんな負け犬でも世界を変えることができるのだ……。と、そう説けば、聴衆はカタルシスを感じるに違いないという安っぽい目論見（もくろみ）が透けて見えたが、華の気分を害した主役はそこではない。

イベントにはターゲットがある。

つまり主催者側の一員として、吉田はそういった満たされない凡人に声をかけたということになる。

誘われた柏崎優菜、一木暁来良、そして自分の三人は、吉田の目からは現実に不満を抱く負け犬のその他大勢と看做されたのだ。

屈辱。

優菜はこのロジックに気づいていないようだった。おめでたい、背ばかり高いだけのお子様。何か言いたそうでいて、肝心な時には言葉が出てこないといった愚鈍(ぐどん)さが優菜にはある。

そう、あの子は何も言えない、弱くて愚かな人間。仮に頭の中に何かがあったとしても、表に出さなければないのと同じだ。何も言わないけれどみんなは私を察してね、というのは、怠惰で虫がよすぎる。

人としてバカなんだろうな。高校時代から何も変わってない。

その優菜と自分が同類項にされたというのも、華のプライドに触るのだ。

「行く価値のないイベントだった」

華はリビングを出た。洗濯機にバスタオルを投げ入れて、自分自身に言い聞かせる。

私は人とは違う。その他大勢なんかじゃない。見返す、絶対だ。

華は「よし」と声に出すと、リビングにとって返し、ライティングデスクでノートパソコンを立ち上げた。二人で暮らす賃貸に書斎などないが、華は持ち前の集中力で、どこでも執筆することができる。春太もそっとしておいてくれる。

屈辱と苛立ち(いらだ)のマグマの底で、固まった決意があった。自分には小説がある。新しい作品を書くのだ。それであらゆる障壁をねじ伏せる。

デビュー作が出版されたら籍を入れようと春太と話し合って、二年経った。最終候補になったコンテストからは四年だ。

当初想定していたより上手くいっていないのは華も分かっている。通夜の後の飲み会ではおくびにも出さなかったが、次に編集者を唸(うな)らせるような原稿が書けなければ、見放されるかもしれないという恐怖が、もうずっと華の眠りを浅くしている。居酒屋では自慢したサイトでの読者数も、実は四年前に比べたら半数なのだ。

旧友たちにそんな弱みを悟られたくなくて、書籍刊行を控えている有望作家と、逆に虚勢を張ってしまった。あの場の独特な雰囲気がそうさせた。あれは前触れなくスケジュールに組み込まれた同窓会だった。久しぶりに顔を合わせたクラスメイトらに舐(な)められ、下に見られるなんて、冗談じゃなかった。華は見下されることが一番嫌いなのだ。

でも通夜には行ってよかった。あの日の水野はミステリーになるという閃(ひらめ)きを得られたからだ。その閃きは、すでに簡単なプロットにして、担当編集者の森村(もりむら)に送っている。従来の作品と毛色があまりに違うためか、いまだ返信は貰(もら)えていないが、華自身は手応えを感じていた。

主人公は三十四歳の男性教師だ。名前は何にしようか。水島、水上(みなかみ)、山上(やまがみ)、神部(かんべ)。神部がいい。

イケメンで明るく生徒に人気がある、女子高校生が憧れるような。視点人物の一人に女子高校生がいてもいい。可愛くて賢いけど、周りの見る目がなくて埋もれてる子。名前はニアラ……じゃなくて、藍良にしよう。その先生がある日突然豹変するところから、物語はスタートする。どうして彼は豹変したのか、その日に何があったのかが全体を貫く謎だ。

大人になった今なら、先生も人間だと理解できる。虫のいどころが悪かったのなら、きっとそんな気分にさせた何かがある。謎に彩られた骨太の人間ドラマでみんなをアッと言わせてみせる。

森村の返事を待ちきれず、華は書き始めている。そもそも最近の森村はそっけなく、すべてのレスポンスが遅い。彼の判断を待っている暇はないのだ。

せっかく繋がった同級生たちにも訊いて、水野の情報を求めてみよう。もっと調べたらもっと膨らんでよくなる。

『教壇に立った神部のこめかみには、太い血管が浮き上がった。それは昇り竜のようであった。雲を突き抜け天を目指して翔る竜の姿……』

こんなことになるなら、あのＳＤカードをなくすんじゃなかった。あの日の音声をもう一度聞きたい。録音したはずなのに、どこに行ったの。部屋の中をひっくり返して探しているのに、どこにもないのだ。

＊

左の薬指に小さな逆剝けができている。

ミクロの針が仕込まれたかのようなささやかな痛みに、華は少し口を尖らせた。

教壇にはもう水野が立っていたが、華には余裕があった。華は文系の成績がよく、古文漢文も学年でトップテンを逃したことはない。国語に関していえば、このクラスで華の上に立つのは碓氷彩海しかいなかった。

今日は多分、前回の『静夜思』をさらってから、次の作品に進むのだろう。その合間に、水野お得意の雑談がインサートするかも。水野は女子よりも男子に受けがいい。スポーツや大学時代のサークル話をよくするからだ。奥さんとの馴れ初め話に生徒たちが囃し立てる、そんなブレイクシーンを何度見聞きしたことか。おっさんの恋愛話なんて女子高生は興味ないのに。

そんなことより、今日は教室の雰囲気がいつもと違う。男子の落ち着きが足りない。震源地は望月。

何か企んでる？

水野は『五十歩百歩』のページを開くよう指示した。華は耳を疑った。なんの予告もなく、いきなり次の作品になった。慌てて当該ページを開いて見れば、白文だった。送り仮名も返り点もない。

「船守。おまえが読め。題名から全部読んでみろ」

教壇を降りて、船守の席まで行った水野の足音は、さながら死刑執行人だった。

華はそっと振り向いた。華の席は一番前だ。斜め後ろの生徒越しに、水野が好んで着用する緑色のジャージの背が飛び込んできた……。


授業の途中から、華は机の中のスマホで音声を録音した。

録音しながら、華はイライラしていた。

何、この授業。水野も大概だけど、船守も船守だよ。

船守って、成績悪かったよな。どんな授業でもパッとしないし、前にチラ見した答案用紙もバツばっかりだったっけ。

授業時間も残り五分という頃合い、船守は乱暴に引き戸を叩きつけて教室を出て行った。

華は手探りでスマホの録音を切った。

教室では彩海が水野の注意を引くためか、無意味に近い質問をしている。

「先生。前回の授業でやった『静夜思』に関する質問をします。山月(さんげつ)の情景が出てきますが……」

華はそんな彩海の態度に鼻白(はなじろ)んだ。自分を何様だと思っているの。教室の空気を私が変えてみせます、みたいな？　優菜を友達にしてるのも、自分の公正さのアピールと思ってしまう。あんな何の取り柄もないつまらない子を友達にする意味はない。二年前の私たちは正しい。こっちにだって友達を選ぶ権利はある。

「山のことなら先生詳しいよな」

今度は望月だった。ますます白けた気分になる。華が鼻白んだ彩海の行動に、望月は明らかに賛同を示したからだ。

望月は畳み掛けた。

「先生の山の話、面白いし」

華はフンと鼻を鳴らした。みんな、バカばっかり。

＊

あの録音データは、どこに行った？

キーボードを叩く手を止め、華は記憶の上に堆積（たいせき）した埃（ほこり）を払いにかかった。だが積年の埃は厚く、糊（のり）のようにこびりついてしまっている。程なく華は記憶の掘り出しを諦めた。

結局データは公開しなかった。

あの授業の直後、望月は『今日の昼休みに中庭の噴水のところへ来てくれ』という、告白のための呼び出しメッセージを彩海に送った。しかも、仲のいい男子たちに見守らせながら。教室内がどっと湧き、指笛まで鳴る中、スリリングなアトラクションの行列に並んだといった顔の望月と、スマホを手に軽く睨むような目つきをしていた彩海が思い出される。どうりで朝から男子たちに落ち着きがなかったわけだ。望月は自分の告白までエンターテインメントにしてしまった。荒れた水野の授業についても、望月らが興奮のまま『超スティックモード』『荒ぶる指示棒』などと囃したため、クラスは逆に冷静になった。告白に向けて自分の気分を盛り上げるべく、いつも以上に明るく振る舞った望月のせいというかお陰というか、三年六組は目新しい恋愛エンターテインメントに興味を移した。

船守はその後、ぱたりと学校に来なくなったが、クラスでも大きな問題にならなかった。存在感の薄い生徒だったし、白麗一のモテ男子望月の告白がどう決着するかの方が、生徒にとってはセンセーショナルで面白かった。加えて、白麗でトップテンに入るモテ男子一木が、同じ日に後輩を壮絶に振ったことも大きな話題だった。あまりの壮絶さに、生徒ロビーから一部始終を見ていた華も見知らぬ後輩に同情し、一木には怒りを感じた。

船守については、一週間くらい経ってから、そういえば最近見ないな、と気づいた。

録音したデータはSDカードに移してどこかへしまったはずだけど、どうしたっけ。確か一度パソコンで聞こうと思ってカードスロットに挿した気はする。捨てた覚えはないけれど……。

「溜め息ついて、どうしたの？　筆が進まない？」

春太に声をかけられた。

「昔の昔のSDカードのことを考えてたの。ここに引っ越すタイミングで処分しちゃったのかなあって」

「コーヒー、淹れようか。夕食は俺が作るよ。カレーでいい？」

「いらない。夕食も勝手に食べる。今、集中して書きたいんだ」

「じゃあ、食べたくなったタイミングで食べて。食事を抜くのだけはやめようね。体によくない」

　春太は会話の最後までニコニコを絶やさず、キッチンに引っ込んだ。華は冷蔵庫から玉ねぎやじゃがいもを取り出している春太に声をかけた。

「テレビ、音出して見ていいよ。私は気にならないから」

「華ちゃんのその集中力で、『君とニアラの異世界外交記（ルサンチマン・ドクトリン）』が生まれたんだなあ」

　春太がうっとりと言ったので、華は少し気分がよくなる。

　春太は新卒で就職した職場の先輩だった。二つ歳上の春太は面倒見がいいばかりでなく、仕事を離れてもなにくれとなく華のことを気にかけてくれた。そのうちネット小説も好んで読む趣味があると知り、一気に距離が縮まった。春太は華のペンネーム多治真晴と『君とニアラの異世界外交記（ルサンチマン・ドクトリン）』を知っていた。読者だったのだ。

　春太はいつも言う。華ちゃんはすごいね、華ちゃんも華ちゃんの作品も好きだよ、ルサンチマン・ドクトリンは本当に面白いよ。ラウンドスプリングでサイラス公とミクの告白がかち合うなんて、どうしたら思いつくの？　天才だよ。

　第三章十五話のことだ。

　称賛が撤回されるのを恐れ、実際にあった出来事をそのまま下敷きにしていることを、華は黙っている。

華は再びキーボードを叩いた。二千字ほど打ち、時間を確認すれば、午後八時過ぎになっていた。バスルームから鼻歌が聞こえる。

パソコンの電源はそのままに、華はライティングデスクの引き出しを一つ一つ検めた。筆記用具や細々とした文具のほか、印鑑、通帳、切手、今年の年賀状などの他、スマートフォンの付属機器があった。何度も見たとおりだ。

目指すＳＤカードはどこにもなかった。

『水野がいきなり怒った授業のことだけど、あの時私以外にも録画録音した人はいない？』

その夜、華は通夜の日に作ったグループチャットに投稿した。

『昔のこと蒸し返すのって、基本過去に拘泥して進歩のない人みたいだけど、私はそうじゃない。次作の参考にしたいだけなの。情報でもいいです。少しでも思い出したことがあったら、ここに投稿か私宛に直接メッセージください。お願いします』

翌日の日曜、午前中に管理会社の初老男性と修理業者がやってきた。業者は程なくシンク排水部の経年劣化によるものと突き止め、その部分の部品交換をした。ＳＤカードを探して家具を動かしたことは関係なかった。

「ね、私は悪くなかった」

「そうだね、華ちゃん」

階下の水島一家の部屋に影響はなかったが、確認のために何度も電話をかけ、天井を見てもらっている。菓子折りでも持って挨拶に行くべきかもしれない。

菓子折り一つだとしても、予定外の出費は痛い。バスタオルも駄目にした。キッチンに敷いているマットも、あのままにしておけばカビが生える。諸々を総計すると、出費は五桁に届いた。

春太の給料は高が知れている。勤め先のインテリア企業は、一昔前までは大手の隙間でそこそこ息ができていたが、近年の業績は右肩下がりで、給料どころか先が全く見えない。華のパートの給料はそれ以上に雀の涙だ。

実家を頼ることは考えなかった。

――おまえは何の取り柄もない平々凡々な人間なんだから、作家なんて馬鹿みたいなこと考えるな。

――お父さんもお母さんも、華のことを思って言っているのよ？　後悔するのはあなたなんだから。

作家になることを頭ごなしに反対した両親とは絶縁状態だった。

どこを切り詰めよう？　パートを一時的に週五回に増やすか？　せっかく新作を書き始めたのに……。

「美容院を我慢するしかないかな」

つい漏らした華のつぶやきは、どうやら春太に聞かれてしまった。春太はにこにこしながら言った。

「華ちゃんの本が出て大ヒットすればいいね」

本当にそうなればいい。それにはまず原稿を仕上げて担当の森村を納得させなければ。次の原稿こそは森村をうんと言わせたい、この作品を本にしましょうと頷かせたい——そう思いながらこれというアイディアが出てこず呻吟(しんぎん)していたところに水野が死んだ。『水野の謎の授業』は、まさに華にとって神の啓示だったのだ。

それから、そろそろ籍を入れたい。

華は婚約指輪に触れ、キッチンに立った春太を見る。

大きな体にエプロンをつけた春太は、インテリア会社の営業なんかより、よほど主夫が似合う。こう見ると、小太りな体型も、親しみやすさを感じさせるというか、適度にふくよかなところがむしろプラスサイズモデルのようでもあり、キッチン周りのインテリアともマッチしている。春太の社員割引で揃えた家具は、どれも高価なものではないが、センスよくお値段以上に感じさせるのは、第一に統一感と、次に部屋が綺麗に片付けられているからだ。華一人だとカオス化する部屋がこうまで整然としているのは、整理整頓癖のある春太が同居人だからだ。

そこで華は思い至った。

整理整頓が上手い人間は、言い換えるなら物を捨てるのが上手い。

もう使われていない古いＳＤカードが、春太の手でぽいとゴミ箱に放り込まれる幻を、華は見た。

見当たらないはずだ。

諦めを胸の奥に押し込み、日付が変わってもひたすらキーボードを叩き続けていたら、春太がどたどたとやってきた。

「華ちゃん、すごいよ」

「一体何、夜中の二時だよ？」

「戦争が終わった」


未明に歴史が変わったというのに、万里乃とママ友らは通常営業だ。マンションのエントランスで話し込んでいる。

月曜の夕方である。華は集合ポストに郵便物のチェックに降りた。すると子供の奇声がするではないか。万里乃らの子供らは、ママたちそっちのけで狭いエントランスを走り回っている。子供の高い声が、鉄筋コンクリートで固められた空間にわんわんと反響する。

「そうなの、井上さんが漏水して。上のお宅の」

万里乃は華に気づいていない。お喋りに夢中だ。その万里乃にママ友が言う。

「うちの上は幸太郎（こうたろう）が騒ぐと時々床を蹴るのよ。隣の人からも壁叩かれたりする」

「うちも井上さんにやられる。ねえ、上の階やお隣って独身じゃない？　それか、お子さんがいないご夫婦か。井上さんはね、ご夫婦じゃないの。籍を入れてないのよね。もちろん子供はいない」

「万里乃さん、さすがお見通し。うちの上は二十代のサラリーマンよ。多分彼女もいない」

「やっぱりね。だって、子育ての大変さが分かる人なら、絶対壁ドンとかしないもの」

郵便物を回収した華は、万里乃に声をかけようか迷い、結局黙って退散した。

あれはこちらに気づいた上での嫌みかマウントか。両方か。私も子供を産んだら、お喋り仲間に加えてもらえるのか。加わりたくもないけれど。

華はエレベーターの中で郵便物をチェックした。通販カタログと電気代の引き落とし通知の他、三つ折りのリーフレットが投げ込まれていた。

若い男の笑顔がカラー印刷されたリーフレットの下部に『光の真』とある。華はどきりとした。吉田が活動している団体だ。

【世界平和のために、私たちも小笠原伊王選手に続きます】

政治活動のリーフレットのようだ。勝手に小笠原伊王の名前を使っているが、いいのだろうか。ただ、使いたくなる気持ちは分かる。今、一番大衆に訴求するのは、小笠原伊王選手だった。彼はもはやオリンピック金メダリストだけの存在ではない。彼の功績は金メダルではなく、十年近く続いた戦争をやめさせたことだ。

【金メダリスト小笠原伊王選手、ノーベル平和賞受賞か？】

こんなネット記事も早速出ている。

スピーチ一つで戦争を終わらせてみせたのだから、相応の評価となればノーベル平和賞まで行き着くのかもしれない。

だが、華は思ってしまう。どうして彼なのかと。

例えば今年の箱根駅伝を見ている時、沿道のファンに小笠原ペアを知っているかと訊けば、ほとんど全員が知らないと答えたはずだ。フィギュアの中でも一際マイナーな新カテゴリーの選手など、よほどのファン以外は認知していなかっただろう。つまりほぼ一般人だったのに、あっという間に『特別な存在』と化した。

華も子供の頃から注目されることを夢に見ていた。自分の一挙手一投足に、みんなが注目し、自分の一言にみんなが胸打たれるシーンを夢想していた。

小説を書こうと思った原動力がそこにある。何か一つ、これだけは負けないという武器が備われば、特別になれる。簡単に見下されたりなどしない。仰がれる立場になれる。

だから、華は小笠原伊王が大嫌いだ。

なんで、あの人なんだろう？　そんなに大したことは言っていない。あれくらい、機会さえあれば私にだって言えた。

みんなの注目を浴び、あなたは素晴らしいと言われているのが、どうして、私じゃないんだろう？

この鬱屈（うっくつ）には覚えがある。あの日も同じ思いを彩海に抱いた。

＊

「望月くん、昼休みに彩海に告（コク）るみたいだね」

金山が教室の一角で騒ぐ男子たちを肩越しに見やる。金山の胸元のリボンは若干斜めだ。でも教えてやらない。

「なんでみんなにバラしてんだろう?」

華はスマホを握っていた。この中に、さっきまでの授業の中身がある。あの水野は割と狂気の域で、教育上問題になるような気がするけれど、望月は「超スティックモード」などとおふざけのネタにしている。

だったら自分が思うほど大したことではないのかも。華はこっそり録音までした自分が、出来損ないのゴシップ記者のように思えて、スマホをポケットに落とし込んだ。

今は望月と彩海が六組のトレンドだ。

「一木も昼休み、望月の応援に行ってやれよ」

男子グループの誰かが一木に言い、一木はそれに「俺は用事がある」と冷たく返す。

「彩海、かわいそ」

つぶやいた金山に、華はつい反発した。「なんで? 全然かわいそうじゃないでしょ。むしろ得意になってんじゃない? 望月くんに好かれた私すごい、みたいな」

「だって、あんなふうにこれから告白するって相手に触れ回られたら、彩海も断りづらくない? って、ああそうか。分かった」金山が人差し指をピンと立てた。「だから触れ回ってんだ。望月くん姑息」

「はい、誤用。今卑怯だっていう意味で使ったでしょ」

「だって意味通じるでしょ。華は面倒臭いなあ」

「国語の成績トップとして看過できない」

「はいはい、すみませんでした。受験にも出るかもしれないしね。でも、彩海なら望月くんとお似合いかもね」

華は訊かずにはいられなかった。「どんなところが?」

すると逆に金山はなんでそんなことを訊くのかという顔をした。

「レベル的にお似合いでしょ。どっちもバスケ部の部長だったしルックス的にも釣り合ってる。望月くんだって成績悪くないし、歴代彼女可愛い子ばっかだったしね。望月くんがその辺の何の取り柄もない子と付き合ったら、逆にびっくりする。彩海の方だって、例えば」金山はそこで適当な人名をセレクトしたようだ。「例えば……船守くんと付き合ってるって言ったら、は? ってなるでしょ。私なら聞き返しちゃう。え、誰? もう一回言って、って。船守くんどこ行ったんだろうね」

「知らない。校内のどっかにいるんじゃない」

華は椅子に座る彩海を見た。彩海の隣には優菜がいて、すらりとした背を丸めるようにして、彩海のスマホを覗いていた。望月から送られたメッセージでも画面に出しているに違いない。

彩海の横顔からは、呼び出された嬉しさも、反対に迷惑がる気持ちも窺えなかった。いつもと同じニュートラルな雰囲気だ。こんなことは日常茶飯事とでも言いたげだ。

確かに、彩海の顔立ちは整っていると思う。スタイルもいい。手足のバランスがいい。肌の色は白く、目は茶色っぽい。声は高くもなく低くもない、上質なドキュメンタリーのナレーションみたいで、澄んでいる。

でも、私とそんなに違わない。私だって、セルフィーは可愛く撮れる。私だって色白のブルべだ。私の目も光に透けたら茶色くなる。可愛い声を出せる。アプリで顔診断したら、アイドルグループのセンターに七十パーセント似ていると出た。動画配信者の中でダントツに顔がいいみりみりんにも、かなり似てると思う。

だから、私だって選ばれていいのに、なんで私じゃないの？

＊

「藤宮（ふじみや）先生、ご無沙汰（ぶさた）しております。今日はありがとうございました」

「あなたが北別府さん？」

三月の最終週である。華は藤宮という女と待ち合わせをしていた。

札幌駅近辺のスターバックスに現れた藤宮の顔に、華は内心ほっと胸を撫（な）で下ろした。かつての面影があったからだ。会って話をしたいと無理にお願いした側が、相手の顔も分からないというのは、さすがに失礼だ。

眼鏡の奥の小さな目、ほっそりした輪郭、地味を具現化したような印象は変わらない。何より、同じ顔を水野の通夜でも見た。藤宮も参列していたのだ。

藤宮は、高校二年生の一年間、古文の教科担任だったが、特に親しんだわけではなかった。華は藤宮の授業にあまり頼ることなく、学習を進めた。それでも古文に関しては、定期テストのたびに、成績優秀者として廊下に氏名が掲示された。だから藤宮の方は自分を覚えているのではないか——そんな思いはあった。

窓際の席に座る。華はキャラメルフラペチーノを、藤宮はソイラテをデカフェで注文した。

「先生は私のこと、覚えていますか？」

「もちろん、覚えていますよ」

藤宮の答えは、華を満足させた。藤宮はソイラテに少し口をつけてから、さらに続けた。

「柏崎さんから聞きました。作家デビュー間近なんですってね」

華は少し顎を上げる。「はい、それでどうしても取材したくて」

藤宮とこうして会っているのは、優菜に仲立ちをしてもらったからである。華は「かつての白麗高校教師と話をしたい、顔を繋いでほしい」と優菜に頼み込んだのだ。

通夜がなければ思い出しもしなかった同級生の中で、一際（ひときわ）愚鈍な印象の優菜だが、使い道があるなら使う。華は協力を要請するのを迷わなかった。

当時の教師で今も白麗に残っている人はいないからと渋る柏崎を拝み倒し、ようやく引き出したカードが藤宮だった。藤宮は柏崎が所属していた百人一首部の顧問であり、唯一年賀状のやり取りを続けている恩師なのだそうだ。

そうして今日、待ち合わせに漕（こ）ぎ着（つ）けたのだった。

「私たちが高校生だった当時のあれこれって、結構覚えてらっしゃいます？」

「覚えていると言いたいところだけど、そうはいかないのよね。取材なのに申し訳ない。でも、記憶に残る生徒はいたわよ。あなたもそうだし」

華は鼻を高くする。「ありがとうございます」

「あなたたちの学年だと、特に碓氷彩海さんは目立っていたわね」

一転、華の気分は白けた。「碓氷さんですか。まあ、優秀でしたよね。現役で北大だし。でも彼女、途中で学部変えたそうですよ。だから院生といっても同期より一年遅れてるんですよ」

藤宮は微笑（ほほえ）んだまま、尋ねてきた。「北別府さんは碓氷さんのことが嫌いなの？」

「どうしてそんなことを？　別に好きでも嫌いでもないです。ところで先生、先月水野先生がお亡くなりになりましたよね」

「小笠原ペアが金メダルを取った日でしょう？」

「あの後、当時のクラスメイトと少し話したんです」

「そのようね。柏崎さんも言っていた」

「それで、ちょっと気になることを思い出して」

藤宮が眼鏡の角度を整えた。「気になることって？」

「私たちが三年生だった年の六月二十一日、水野先生に何か変わったことはなかったですか？　藤宮先生も水野先生と同じ国語の先生だから、他の先生よりは気づいていたんじゃないかと思って」

ソイラテのカップを持った手が一瞬固まり、藤宮は瞬きもやめて華を見つめた。

「さすがに覚えてないわ」

「そうですか」

華は肩を落としてみせたが、内心は頷いていた。これは作戦だ。最初に難しい質問をし、答えられなかったという負債を与えるのだ。すると、次はなんとか答えようと、頑張って考えるはずだ。

「じゃあ、六月とか初夏の頃とか……範囲広げたらどうですか？　そのあたりの時期、季節、水野先生のことで何か覚えていないですか？」

「水野先生のことで、ねえ……」

「例えば、校長先生にひどく怒られたことがあったとか。水野先生、車通勤でしたよね。出勤途中に事故った日なんてなかったですか？」

案の定、藤宮は頭を絞る顔になる。華はキャラメルフラペチーノを飲みながら、期待に満ちた視線を送り続けた。

ソイラテのカップがナチュラルな色の口もとに運ばれかけ、

「そういえば」

藤宮は話し始めた。

そういえば、あの頃の水野先生は大変だったと思うの。受験生の担任になるのがそもそも大変なんだけれど、加えてあなたのクラスから、一人不登校の生徒が出たでしょう。

水野先生はその生徒のことを、とても気にしていらした。

職員室からその生徒のお宅に何度も電話をかけていたところを見たし、校長や教頭とも話をしていた。お宅に訪問していたかもしれない。

あなた方の前では、大変なそぶりは見せなかったと思う。北別府さんも大人だからきっと分かるでしょう、社会に出たら我を殺さなければならないことだらけじゃない？　それは私たち教師も同じ。今日は体の調子が悪いなとか、嫌なことがあったなとかいう時も、生徒の前ではいつもの先生の顔を作る。他の先生たちの前でも、平然としてみせる。

水野先生もそういう先生だったと思うわよ。

だから、私も水野先生が離婚されていたことをしばらく知らなかった。水野先生があえて伏せていたわけでもないけれど、わざわざ吹聴するようなことでもないから、そういう話が私と先生の間で出なかったってことだと思います。

ええ、そうよ。あなたが言ったその初夏の季節、水野先生は離婚されたの。

配偶者との離婚って、人間が受けるストレスランキングの四位っていうでしょう。上位三つは死別だから、人の死が関わらないイベントでは最もストレスフル。

その中で、不登校の生徒のご家庭に働きかけ、受験生のクラス担任をしていた。

変わりなく先生をやっていたように、みんなには見えていたかもしれないけれど、かなり無理をしていたんじゃないかと、私は思っている。

そのせいかどうか分からないけれど、秋……十月だったかしら、胃の検査をしていたわ。

不登校になった生徒、船守くんも、気の毒だった。

不登校のきっかけは詳しく知らないし、彼の課外活動の方まで水野先生が責を負うことはないけれど……オリンピックがあったから、どうしたって思い出してしまうわね。小笠原ペアのこともあったし。

例えば彼が不登校にならなかったら、世界は変わっていたのかなって。


藤宮に気を回して、華は語りを録音しなかった。それについては、別れた後で少々後悔した。ただ、会って話を聞けたことは、紛れもない収穫だった。大豊作だ。華は地下に降り、地下鉄に続く道を弾む気持ちで歩く。

離婚というワードを聞いた時、華は心の中でガッツポーズを決めていた。そういう分かりやすくインパクトのある、センセーショナルな単語が欲しかった。

水野が離婚していたこと自体は、居酒屋でも語られていたが、それがいつかという確定情報はなかった。

まさにあの年、あの時期に、水野は別れていたのだ。授業中も馴れ初めを話すなどして、仲睦(なかむつ)まじさを隠さなかった妻と。

離婚、もしくはそれに通じる不仲が、あの授業にも絡んでいる気がしてならない。誰だって喧嘩(けんか)の後は気分が悪いものだ。

華は華が知らない水野の顔を思い浮かべた。先生ではなく、一人の男の水野だ。結婚し子供もいるが、妻と上手くいっていない男。浮気をしているかもしれない。されているのかもしれない。それで喧嘩が絶えないのかもしれない。妻が別の男の子供を腹に宿したのかも。

指折りつつ、華は離婚に至るトラブルパターンをいくつか思い描いた。浮気、セックスレス、借金、パチンコ……。それらを水野の属性にプラスしていく。教師の顔しか知らなかった水野から、生々しく男の体臭が立ってくる。

このにおいを言葉にして、今度は小説の中で生きる神部に纏わせるのだ。

やっぱり情報を集めてよかった。あればあるだけいい。人にはにおいが必要なのだ。

帰りの地下鉄の中で、華はグループチャットに投稿文を打った。

『大ニュース！　水野が離婚したのって、まさにうちらが三年生だった年の初夏のことらしい！みんな、知ってた？　私は初耳でした』

『授業の録音データ、本当に誰も持ってない？　引き続き、情報待っています。協力してくれた人は、後書きに名前を載せてあげるかも？』

だが、それまでと同じく、クラスメイトらの反応は今ひとつだった。

『八年も前のことだしね』

『マジで水野主人公に小説書くのかよ』

『小笠原選手見るたび水野の通夜を思い出す』

『通夜の日に金メダル取ったからね』

『船守のことはどうでもいいのか』

『四月からの四季国シリーズで歌川アンジェラがゲスト声優やるって』

『またみんなで会いたいな。夏に予定入れない？』

『いいね、会おう。小規模同窓会』


藤宮と会った翌日の朝、華はいつもより二十分寝坊してしまった。春太に揺り動かされ、時刻を見て青ざめ、つい八つ当たりしてしまった。

「なんでもっと早く起こしてくれないの」

「ごめん。起こしてたんだけどね。ほんとごめんね。ハムエッグ作ってあるから。コーヒーも入ってるよ」

寝坊は夜中の三時まで小説を書いていたせいだ。春太のせいではないのだけれど、春太は優しく謝り、出社していった。

華はダイニングの皿を恨めしく眺めた。ラップ越しにもハムエッグは美味しそうに焼けていた。白身とハムの赤さのコントラスト。うっすらと薄膜がかかった柔らかそうな黄身。黒胡椒の粒。ポテトサラダにブロッコリーとミニトマト。

綺麗に整えられた部屋。

コーヒーだけをブラックで胃に流し、華は雑にブラシを入れた髪を振り乱して部屋を出る。メールやSNSのチェックもできなかった。化粧はようやく眉を描いただけ。マスカラとアイラインは泣く泣く諦めた。自信のない箇所にメイクができていない心もとなさは、裸で外に立たされているようなものだ。いつもは鬱陶しい衛生頭巾とマスクが恋しかった。

マンション入り口で凪の手を引く万里乃と出くわした。

万里乃は華を一目見て、ぎょっとしたようである。次に「あっ、井上さん」と言った。ぱっと見では分からなかったのだ、寝坊して身繕いもそこそこの女が、上階の住人だとは。

決まりの悪さに「おはようございます」と返すのが少し遅れた。

コンマ何秒かの遅れの間に、万里乃はうっすらと微笑んだ。

——こんな冴えない女だったの。

幻聴の万里乃の声が頭の芯に響いた。

華の挨拶は口から出る前にどこかへ消えた。顔を伏せてマンションから駆け出る。凪が笑い声を立て、万里乃も続いた。引け目を感じる相手の背に投げかける嗤い。嗤い声、嗤い方、嗤うタイミングに覚えがあった。華は自分が嗤われたのだと思った。

パートにも身が入らず、華はその日惣菜の天ぷらパックに割引シールを貼り間違えるミスを二回犯した。

短い休憩時間にスマホの通知を見る。チェックするという意図ではなく、習慣に過ぎなかった。チャットルームには投稿はなく、春太から遅刻を心配するメッセージが入っていた。

『華ちゃん、仕事間に合った？　もっと早く起こさなくてごめん。渡したいものがあったけど、朝は無理だったから、夜に渡すね』

小説サイトにリンクさせている多治真晴のSNSには、珍しくDMが一通来ていた。知らない相手からだった。赤一色のアイコン。開こうとした時、メールを受信した。

担当編集者の森村から、送ったプロットの返事だった。開封する。

『読みましたが、正直僕はこのストーリーに魅力を感じませんでした。カラーも従来の先生とは違って硬めで、レーベルの読者層には合わないと思います。もちろん、多治さんがどうしても書きたいなら書いてくださって構いませんが、書籍化作品として推すのは難しいかと』

周囲が暗くなる。華の世界にだけ日没が来た。

『以前もご提案していますが、虹猫ミックス先生の四季国シリーズみたいな売れ筋の作品を書いてみませんか？　カラーを変えるならそっち方面にするのが、僕としても編集長に推しやすいです』

華と同じコンテストで最終候補、次のコンテストで大賞を受賞した虹猫ミックスは、今ではレーベルを代表する作家だ。四季国シリーズはアニメ、映画、ゲーム、２・５次元と多方面でメディアミックスされ、去年出版された長編は文学賞まで受賞した。

あの通夜の夜も、虹猫ミックスならみんなに知られていた。知られていたどころか大人気だった。

もう何度森村から、虹猫ミックスみたいな作品をと持ちかけられたか知れない。提案されるたび、華は森村を心から呪った。

だが今日は、呪う気力もなかった。

休憩中にアイメイクをしようと思っていたことも忘れた。

休憩明け、華は三回シールを貼り間違えた。ザンギにレモン汁のパックを入れ忘れ、エビの天ぷらを詰めるところに牛蒡（ごぼう）の天ぷらを入れ、揚げたてのかき揚げが入ったバットを床に落とした。六時間のパートタイマーを終え、帰途、華はマンション入り口に万里乃とママ友がいないことだけを祈った。万里乃らの姿はなかった。

自宅に帰ってようやく泣きたくなった。部屋は慌てて飛び出した名残で若干の乱れはあるものの、整理整頓がなされていて綺麗だ。

朝食べられなかったハムエッグの皿を冷蔵庫から取り出す。

そのまま捨ててしまおうとして、止まる。ラップ越しに触ると、当たり前だが冷たかった。ラップを取り外し、ダイニングテーブルに座る。箸を入れて真ん中から切ると、艶やかな卵黄がとろりと流れた。

口に入れる。

冷たくてもまだ美味しかった。

「春くんのご飯が一番美味しい」

鼻水をすすりながら、華は皿の料理を全部食べた。朝からコーヒー以外何も食べていなかったのだ。

「ただいま。華ちゃん、これ」

ノー残業で帰ってきた春太が華に手渡したのは、ＳＤカードだった。

「昔のＳＤカードってこれじゃないかな？」

「待って、どうしたの？」

見覚えがないわけではない。ただ、ＳＤカードなどどれも似たようなものだ。春太は答えた。

「ここに引っ越してきた時、華ちゃんの荷物片付けるの手伝ったろ。その時、すぐ使わないからトランクルームに持ってけって言われた段ボールがいくつかあった」

確かにそういう荷物もここに持ち込みはした。春太は続ける。

「すぐに突っ込んじゃったら後で困るだろうから、中を見た。許可とったよね。覚えてる？」

「覚えてる……ってか思い出した」

段ボールの中はほとんど書籍や漫画、映画やアニメのＤＶＤだったはずだ。その他はどうしても捨てられない衣服や先代のノートパソコン……。

「まさか、カードスロットに？」

機種変でデータを移す際、パソコンを使ったのだった。

「うん、挿さったままだったよ。華ちゃん、今のスマホはカードなしタイプだからね。もしかしたらと思って」

「春くん……」

ここでドラマや映画なら、春太に抱きついたりするのだろう。でも春太はベイマックスだし、華も眉しか描いていない。だが春太はそんなことどうでもいいようだった。

「それがお目当てのカードだといいけどね。さて、ご飯食べよう。あっ、華ちゃんニラと卵の味噌汁作ってくれたの？　これ俺一番好き」

それから二人で食事をした。春太は華の味噌汁を何度も褒めた。華はふと、とある漢詩を思い出した。題名も内容も、授業で習ったのか受験教材で学習したのかすら忘れたが、春韮(はるにら)という単語と、春のニラは柔らかくて美味しいという注釈があったことだけは、なぜか覚えている。

食事の間、二人は今日あったことを話した。こんな会話は久々だった。

「今日はすごく失敗しちゃって」

普段の華なら秘密にする、クビもちらつくような失態を打ち明けると、春太は「ついてるね」と笑った。

「でもクビにもならなかったし、減給も言い渡されていないんだろ？　ついてるじゃん」

「森村さんはプロット駄目だって」

「たまにはそういうことだってあるよ。あのね、華ちゃんには才能がある。それは俺が保証する。ルサンチマン・ドクトリン、最高に面白いもん」春太は褒め称えてくれた。「みんなキャラ立ってるし、特にニアラなんて全方位魅力しかないよね。あれ、華ちゃんが自分自身をモデルにしてるんだよね。あとさ、嫌々書いた作品より、書きたいものを書いた作品の方が出来もよくなると思うんだよね。だから、実際書いたものを読んだら、森村さんも意見を変えるかも」

おべっかばっかり、とは思わない。春太の言葉に嘘を感じたことは一度もない。胸がいっぱいになったあまり、華はあえて話題を転じた。

「そういえば、多治真晴のSNS垢にDM来てたんだった、何だろう」

「ファンじゃない？　読んでみなよ」

春太に穏やかに勧められて、華はその場でSNSのアプリを開いた。

赤一色のアイコンの主は『OMOi』という名前だ。

人となりが摑めないアイコンとユーザー名に警戒しながら、DMを読み始め――脳天を殴られたような衝撃を覚えた。

『多治真晴様
初めまして。突然DMしてすみません。私は水野思といいます。札幌白麗高校に通っている多治先生の後輩です。
私の父は水野隆信といいます――』

DMは続く。華は一度読み通してから、再度頭から読み返した。スマホを握る手が汗ばむ。体が熱くなる。心臓にガソリンが投入された感じだ。

「春くん！」大きな声が出てしまう。「ねえ、ちょっと、すごい」

「どうしたの？」

「これ、水野の娘さんからだった。この子、私と話をしたいって。白麗時代の水野の話を教えてほしいって」

「なんでその子、華ちゃんが白麗高校出身だって知ってるのかな？」

「元クラスメイトの司書教諭から聞いたらしい。もともと小説サイトのユーザーで……」

――私の父は水野隆信といいます。多治先生が白麗生だった当時、担任をしていました。先日、多治先生が書かれた『君とニアラの異世界外交記（ルサンチマン・ドクトリン）』を読みました。キャラが生き生きしていて、本当にこういうキャラがどこかにいるみたいで、すごく面白かったです。

――多治先生の作品を読んだのは、司書教諭の柏崎先生から、多治先生が白麗高校の出身で、父のクラスだったと聞いたからです。それで、小説サイトの多治先生のページからSNSに飛んで、迷ったんですけど、DMを送ることにしました。

――白麗高校で父がどんなだったか教えてもらえませんか。私、白麗高校時代の父のことを知りたいんです。

こんなことってあるのか。今日は朝から最悪な一日だと思っていたのに。まさに禍福（かふく）は糾（あざな）える縄（なわ）の如（ごと）し。悪いことだけではない。

ＳＤカードが見つかったことも嬉しい。

でも何よりも水野思だ。とびきりの情報源が、自分を利用してほしいと向こうから飛び込んできた。

水野思とやりとりをすれば、当然こちらからだって水野のことを尋ねるチャンスが生まれる。今度は藤宮みたいに薄い関係の相手ではなく、水野の娘に直接当時の話が聞ける。

これはもう、運命が書けと言っている。

「春くん」

「どうしたの、華ちゃん」

「私、やっぱ書く、書き切るよ！」

何を、とは言わなかった。でも春太はすぐに分かってくれた。

「そうだよ、華ちゃんなら書けるよ。きっと面白い話になるよ」

春太が嬉しそうな顔になった。

このベイマックスのような味方に、華は今度こそ抱きついた。

「脱稿したら、俺に最初に読ませてね」

「ＯＫ、期待してて。森村さんより先に読んでもらう。意見も聞かせて」

そして、一つの決意を固めた。

六月末締め切りのコンテストがある。メインコンテストではないが、毎年五千作以上の応募がある、メディアミックス確定の賞だ。

作品を書き切って、森村がもしそれをダメだと言ったら、このコンテストに出してみよう。すべてを捨てて、一からチャレンジするのだ。

夕食後、水野思に快諾の返事をしてから、華は夢中でパソコンを叩いた。

春太は風呂から上がってしばらくくつろぎ、十二時前に今日はもう寝ないかと言ってきたようだ。だが、書くことに没頭していると、やがて「華ちゃん、頑張って」と言い残し、一人で寝室へ行った。

その夜、華は徹夜でパソコンに向かった。寝不足のはずなのに、次の日もそのまた次の日も書き続けられると思った。

気力がどこからか満ち満ちてくるこの感じ。私はやれる。誰にも邪魔はさせない。

その時、ほの暗い視線を感じた。

過去がこっちを睨んでいる。私が成功したら、引(ひ)き摺(ず)り下(お)ろしてやろうとする過去が、こっちを見ている。


『君とニアラの異世界外交記(ルサンチマン・ドクトリン)』第三章　十五話　一部抜粋

そんなわけで、サイラス公はウル伯爵(はくしゃく)家令嬢アリエルに乙女(おとめ)の涙の如き純粋な愛を告白し、求婚する決意を固めたのである。

サイラス公を監視する使い魔パピが寄越した情報に、ニアラは柳眉を顰(ひそ)めた。

「弱ったことになった。ともあれ、二人の告白の場には行かねばならない。九条、ついてこい」

ニアラは疾風龍（ウォレイフ・ゲイル）の呪文を詠唱した。カナリアも恥入って黙するというニアラの声は、グラスを鳴らすかのような繊細さを持って五弁花の間に響き渡った。ニアラの銀色の髪と真珠色の衣、緋色（ひいろ）のマントが、舞い上がる空気を含んでふわり、膨らむ。ニアラの周囲に風が生まれ、竜巻のように円を描きながら勢いを増し、同時にキラキラと金色に輝き始める。やがて疾風は金色の龍になった。ニアラが龍の首にひらり、乗った。九条も慌てて彼女に続く。

ニアラの詠唱で生まれた金色の龍は、颯（はやて）の如く古城クリューへと飛んだ。サイラス公がアリエル嬢を告白の為に呼び寄せた場所である。古城クリューの打ち捨てられた庭園の奥、ラウンドスプリング。謎の泉。

サイラス公は行方不明の皇女ヴァイオレットと結ばれなくてはならない。別の女性と結ばれれば、サイラス公に刺さった呪いの棘が発動し、この国は民草諸共（もろとも）永遠の暗雲に包まれ滅びてしまうのである。

そして、手紙を受け取った令嬢アリエルは、サイラス公が待つ古城クリューの打ち捨てられた庭園の奥、ラウンドスプリングに現れたのである。葦毛（あしげ）の馬に乗ってたった一人で！　黒真珠の光沢のドレスを身に纏って！

古城の門では、アリエルの下女ルギが気を揉（も）んでいる。下女の身でありながらアリエルの親友を自負するルギは、アリエルの供を望んだのだが、アリエルはそれを断った。

「弁えなさい、下女の分際で、図々しい。ここで待っていなさい」

サイラス公は一人でやってきたアリエルの姿を認め、その凜々しい眉を苦しげに顰めた。

「今サイラス公、嫌そうな顔したな？」

糸杉と椿の茂みの陰で様子を見守っていた九条は、サイラス公の表情の変化を見逃さなかった。

「なあ、あの顔見た？　ニアラはどう思う？　サイラス公は本当にアリエル嬢のことが好きなのかな？」

しかし、ニアラは戸惑ったように項垂れてしまった。

雪の如く白いニアラの肌に、陰鬱たる影が落ちる。

ニアラが質問に答えられず困っているのは、彼女が愚かだからではない。むしろ彼女はこの国で一番英明で聡慧である。

ただサバス病の感染者であるのは動かし難い事実。高い知性と強い精神力、聖なる守護魔法ルークシャインに守られてはいるものの、病の影響からは完全に逃れられぬことを、彼女は自覚していた。

「九条が疑いを持つのなら、それは正当な疑いだろう」

ニアラは慎重に言った。

と、気付けばラウンドスプリングには、サイラス公とアリエルの他に、人影があるではないか。

新たに現れたのは、どうやら城の樹木士の少女ミクと、上級騎士イッチである。

こんな荒れ果てた古城の庭園で他人にかち合うと思わなかったサイラス公とアリエル嬢も、驚いて少女と騎士を見つめている。

ミクがサイラス公とアリエル嬢の前に跪いた。

「すみません、こんなところで人に会うとは思わなくて」

「なぜ、お前たちはここに来たのだ」と、サイラス公。

「思いを告げに来たのです、不躾ながら騎士さまに手紙を認めました」と、ミク。「私は十五になりました。ですので、冬に許婚と結婚しなければなりません。でも、私には心に決めた方がいるのです」

栗色の波打つ髪に榛色の双眸、愛らしいミクはイッチを切なく見つめた。

糸杉の陰で、九条は驚きに口走った。

「え、マジで？　これって告白ブッキング？」

「九条、声がでかいぞ」と、ニアラ。

「でもそういうことだろ？　サイラス公がアリエル嬢に告白する日付、時間、場所で、ミクちゃんがイッチとかいうやつに告ろうとしてる」

上級騎士イッチは、国内に広く知られた若い美丈夫であった。その騎馬姿は火を噴く火山を駆け抜けた伝説の氷の騎士、ザーネの如きともっぱらの評判だ。

「イッチ様。愛しています。どうかこの小さな樹木士に情けを掛けてくれませんか」

しかし騎士イッチは愛らしい娘の告白を斬って捨てたのであった。

「それは断る」

その冷然冷酷たる声、言葉。

紫水晶を清水に溶かしたかの如き美々しいニアラの瞳が、義憤の炎を宿す――。

再び山中

同窓会に喩えられたふいの再会話を聞きながら、オレは胸がざわざわした。

こいつは一体誰だ？

まさかと思うけれど、もしかしてこいつは……いや、まさか。偶然そういうことがあっただけだ。

「柿ピーくんさ、眠くなったら寝ろよな」

旧友たちとの再会話をいったん切り上げ、彼は言った。

オレは狭いツェルト内を振り返った。標準体型であれば二人でもなんとか横になれるのかもしれないが、オレは残念ながら標準ではない。占領してもいいのか？

彼がふっと笑った。「柿ピーくんは体重何キロあるの？」

「いちいち測ってないよ」

嘘だった。たまに体重計には乗る。先週百八キロだった。

「好きな食べ物、何？」

その言葉は的確にオレの神経を刺した。

「それ、何食ってそんなに太ったの、っていう意味？」

思わず反発すると、彼は驚いた顔になった。

「別にありふれた話題だよな？　これ」

彼の驚きに、オレは少し冷静になって自分を顧みる。家族とすらほとんど口を利かなくなって数年経ち、人との会話の仕方を自分本位のものにしすぎていたようだ。何でもない言葉を嫌みや意地悪に取ってしまうのは、自分の思考回路の反映だ。

「ごめん」

自分が嫌になる。

俯（うつむ）いていると、彼が勝手に語り出した。

「俺はシチューが好きだ。ホワイトソースでもトマトソースでもいい。ブラウンソースも好き。明日の朝はシチューにしよう。フリーズドライのを持ってきてるから」

彼は時々無言になりはするが、基本的に会話を仕掛けてくるし、話をしたがる。人が好きなのかと思うが、そう単純な話でもない気がした。これは直感的なものだった。自分でも自信はそうそうない。何しろ会話の仕方を忘れている人間なのだから。

「好きな食べ物というか」オレはテーピングをした足首を見ながら打ち明けた。「美味しいと思ったのはピザかな」

「ピザか。たまに食うと確かに美味（うま）いよな。好きな店はどこ？」

「そういうのはないけど……普通に宅配のとかでもいい。昔、高校三年生の時に食べたピザの美味しさは、忘れられない」

「そんな美味いピザだったんだ。そこ、好きな店にはならなかったの？」

「ネットで調べて、たまたまトップに出てきた宅配ピザ屋だし」

「何頼んだの？　マルゲリータ？」

「マルゲリータとシーフードと、いろんな種類のチーズが載ってるのと、照り焼きチキン」

「その中で、何が美味かったの」

「全部だよ。全部一人で食った」

笑った表情のまま、彼は静止した。オレは彼にとどめを刺してやることにした。どんな顔をするだろう？

「それぞれMサイズのを、一人で三時間かけて食べた。全部美味かった。夢中で食べたよ」

「すげえ」彼は少し引いたように繰り返した。「すげえ」

「食ったその日の日付まで覚えてる」もういい、全部言ってしまえ。「六月二十一日。夏至の日だった」

「そんなに腹減ってたんだ？」

オレは当時を思い返す。制服に入っていたハンカチとスマホしか持たず、手ぶらで学校を出て、歩いて家まで帰った。家には誰もいなかった。弁当は学校に残してきた。

「ずっと食べてみたかったけど、とても言えなかった」

コーチは鬼のようだった。毎日怒られた。不満を胸に溜めておけば、それも叱責された。

――君は子供だ。どうして何も言わない。君は上手くなるより先に大人になりなさい。大人というのは、自分の考えをちゃんと持ち、それを恐れず相手に伝えられる人のことだ。

——痛い、苦しい、今日は体調が悪い。言わないと私には伝わらない。

母はコーチの言いなりで、オレと妹の食生活を管理した。それなりに美味しいものを少しは食べられていた時期もあったけれど、高校一年生からはそれも一切なくなった。オレはしたくもないことをするために、食べたくもないものばかりを食べさせられるようになった。

——そんな体ではダメ。

——あなたがしっかりしないと、あなたが困るだけじゃないのよ。支えられないと、相手が怪我をするの。

——一度の不摂生を取り戻すのにどれだけの時間がかかると思うの。お母さんも選手の頃は我慢した。あなただってできる。

「その日オレは、生まれて初めて、一ピース以上ピザを食べた」

ピザの思い出がオレの胸をみるみる満たして溢れる。溢れた思いは言葉になって外にこぼれ出ていく。オレはあの日のピザの思い出を、隣の見知らぬ彼に向けて語っていた。どうしてか戸惑う自分を、もう一人の自分がどうせ今夜を最後に二度と会わないのだからと許す。誰も知らないあの日の自分と自分の想いを、誰かに知ってもらいたい欲望があったことに驚き、絶望する。

誰にも知られず首を吊るつもりでこの山に入ったのに、自分のことを知ってほしいとか、自分の想いを伝えたいとか、まだそんな浅ましさ、欲望が自分に残っていたなんて、絶望するしかない。事実、死のうと思った気分は、ピザの思い出で薄らいでしまった。母とコーチがあれほど蔑んだピザごときで。死ぬ前にもう一度食べたいなんて思い始めてしまっている。口の中に唾が出てくる。そして、懐かしくてはらわたが切なく震える。

「ピザを食べてみたくて、食べるとしたらこれだと夢見ていたのを四つ頼んだんだ。自分の部屋に一万円しかなくて、五枚以上頼むにはお金が足りなかった。あれば頼んでた」

彼がいなくても、夜に向けて語っただろうか。言葉にすることで、もう一度食べるような気分になる。もう一度食べたい。どんなに駄目だと言われようと、オレはあの味が好きだ。

「ピザは三十分以内にちゃんと来た。届いたピザの箱は重くて温かくて、湯気で少し湿っていた。ダイニングのテーブルに置いて、一つ一つ広げて、スマホで写真を撮った。誰に見せる予定もない写真だ。今も残ってる」

「見せてよ」

オレはリュックのポケットからスマホを取り出して、八年前の写真を表示させた。黄色い花柄のテーブルクロスの上に並べられたピザたち。オレは周囲の誰よりもこのピザを愛する。

「クリスピー生地か。美味そう」

なんの加工もしていない、一昔前のカメラで撮ったピザの写真を、彼は褒めた。

「これを一人で全部食べた。学校から四キロくらい歩いて帰って、お腹空（なかす）いていたから、マルゲリータと照り焼きチキンはペロリだったよ。三枚目のシーフードはちょっとキツくなってきて、四枚目のチーズのは二時間くらいかかった」

「満腹になると、美味しさ感じなくなりそうだけど」

「腹はきつかったけど全然美味しかった」

「へえ。それほどピザ食いたかったんだな」

「うん。そして、どうしても食べ切りたかった」

「残さず全部食べなきゃダメって言われて育ったとか？」

「いや」

美味しかったとはいえ、オレは最終的には無理をして完食した。あの時オレは、とても息苦しかった。膨れ上がった胃が横隔膜(おうかくまく)を押し上げ、肺を圧迫し、冷や汗すらかきながらそれでもピザを咀嚼(そしゃく)し、胃に落とし込み続けた。

彼が尋ねた。

「食いたかったのに食わなかったってことは、理由があって我慢してたんだろ。その日、なんで我慢をやめたの？」

なんで。

彼への答えはすぐに出てこなかった。答えがないわけではない。大勢のオレが頭の中で問いに対して捲(まく)し立(た)てた。恨み、悔しさ、投げやり、いいきっかけ……。こちらのコートに入ってきたストロークを打ち返すように、答えを返せればよかったけれど、捲し立てたすべての言葉を適切に言語化することはできなかった。

でも、言語化できなくても、この気持ちを伝えたい気分なのだ。

誰にも何も言わずにこの山で恨みと共に消えるつもりだったのに。

「なんで？」

やっぱり彼は沈黙を好まないようだ。オレは溜め息をのみ込み、迷った末の言葉を夜に送り出した。

「サディスティックな気分になる時がある」

体育座りの彼が低くつぶやいた。「おっと、予想外の単語」

「それは前触れなく来るんだ。来たらイライラして、いろんなものをめちゃくちゃにしたくなる。ちょっとしたきっかけで来ることもある。ゲームが重くて落ちたらスマホを壁に投げつけたくなる。着替えの時上手く袖が通らなかったら服を破りたくなる。便器が壊れたら叫びたくなる」

「両国国技館の便座って特注らしいな」

「親にムカつく時もある。ひどいことを言いたくなったり、したくなる。特に母親にそう思う。おまえがこんなふうになるなんてとか、こんなはずじゃなかったのにとか、情けないとか、前はよく言われた。そんな時、目の前で暴れてやったらどんな顔をするのかって思ったよ。今も時々思うよ、言われたことを思い出すから。真冬の極寒の吹雪の夜に、水ぶっかけてベランダに締め出して施錠してやりたいとか。開けてって懇願されても、窓ガラス叩かれても笑って開けないんだ。凍って絶望する顔が見たいと思う。オレは母さんが嫌いなわけじゃない。なのに、そういう気持ちがどうしようもなく湧く時がある」

彼はドン引きしたはずだが、そんな様子は見せずに、淡々と相槌を打った。「そうなんだ」

「もちろん、そういうことはできない。やれば絶対後悔するし、取り返しがつかないし、刑務所にも行きたくない。だから、本心ではやりたくないのかもしれない。でも、衝動的にぶっ壊したくもなるんだ」

「うん」

「ピザを食べる前、そんな気分だった。もう何もかもぶっ壊してやりたかった。憎いやつや嫌いなことばかり考えながら四キロ歩くうちに、どんどんサディスティックな気持ちが濃厚になって純度百パーセントになっていって」

「なるほど。だから自分をぶっ壊したんだ」

オレは彼を見つめた。

こいつはどれだけ分かっているんだろう？

その通りだった。あの日オレは、自分をぶっ壊すことを選んだ。自分以外の何もかもをぶっ壊せないなら、自分がぶっ壊れればいい。簡単なことだ。

毎日毎日、母親が出すものだけを我慢して食べて、時々吐いて、それでも我慢して食べて、血の味のする唾を飲み下しながらトレーニングしてようやく出来かけてきた体を、ぶっ壊してしまえば、オレは終われる。

彼は続けた。

「ピザ四枚一気食いは、どう考えても体によくないし、おまえ、この山にも、死にに来たんだろ」

否定する隙も与えてくれない。ついにそれを彼は訊いてきた。

「なんで、風冷尻なの」

答えなければいけない義務はない。無視したっていい。さっき、眠たくなったら寝ていいと言ったのは彼だ。

「復讐」

でも、口に出していた。

今までずっと誰にも言わなかった言葉だ。言う相手もいなかった。

相手がいてチャンスがあったら、ぶちまけたかった。この思いを抱いて、黙って一人だけ沈むなんて、惨めだしムカつく。みんなはオレが沈むのを気にも留めずに楽しくやっているのに。

せめて、何がしかの爪痕（つめあと）を残したい。

「オレをブチギレさせた張本人が、この山を好きだと言っていたんだよ。だから、そいつの好きな場所をぶっ壊してやるために、ここにした。そいつはもういないけど、だからって許すつもりもないし」

オレの言葉を聞いて嫌な気分になろうが、自分から飛び込んできた彼が悪い。

いきなり彼が、地べたのマグライトを拾ってオレに向けた。

「うわっ、眩しい」

「ごめん」

手でライトを軽く覆いはしたものの、彼は光をこちらへ向けることをやめず、リュックから取り出した眼鏡までかけて、オレの顔をしげしげと眺める。

「何だよ」

その時、暗闇の灌木の先から音が聞こえた。

何か、大きな獣(けもの)が動いたような音だ。

一木暁来良

目の前に立つ一年生の女の子は、ヒロイン然とした顔をしていた。大勢の視線を浴びるのが日常の顔。

確か、こんな顔立ちの子が芸能人にいたな。一木暁来良は女の子の顔立ちを眺めながら、それは誰だったかと記憶の中のアイドルカードを確認していくが、ビンゴカードは手札になかった。名前と顔が一致していない誰かなのだろう。

可愛いと認めるにやぶさかではないけれど、それで一木の対応が変わることはない。彼女の求める返答を一木はしなかった。

「それは断る」

女の子は少し笑った。聞き違いですよね？　という感じだ。告白が断られるなんて想定していなかったのだろう。自信がなければ今、この場で告白などしない。

興味津々（きょうみしんしん）で、あるいは固唾（かたず）をのんで成り行きを見守っている生徒らの熱量に反比例するように、一木の心は冷めていく。なぜ自分はここにいるんだ。一人になりたい。誰もいないところへ行きたい。

そういえばあいつは、教室を出てどこに行ったんだ。一人でいるなら羨ましい。

＊

ゴールデンウィークが明け、市役所の庁舎内は普段よりも慌ただしい。窓口は連休が終わるのを待っていた市民でごった返し、直接市民と接しない産業振興課ふるさと納税係にまで、急き立てられるような空気の波がひたひたと寄せている。

一木が自席に座ると、隣の席の赤羽清太（あかばねきよた）がこちらに身を乗り出してきた。

「九時半からの会議、おまえも来いよ」

「行っていいんですか？」

午前九時半から、市税課と合同でふるさと納税の返礼品を選定する会議が予定されていた。ただ、ふるさと納税係の五名が全員出張ってしまうと電話を受けるものもいなくなるということで、四月から異動してきたばかりの一木は、留守番するつもりでいたのである。

「こういうのってさ、新人の意見が結構頼りになるんだ。代わりに園裏（そのうら）主任が残るから」

「俺、新人じゃないですよ」

「部局の新しい風、みたいな意味だよ、気にすんな、期待してっぞ」

赤羽は手を伸ばし、一木の二の腕を平手で軽く叩いた。続いて歯を見せて笑う。今年三十の大台に乗ってしまうと毎日騒がしいこの先輩は、騒がしさを補って余りある明るさと人柄のよさに溢れている。

あいつはおだっているけど、ほんといいやつだよ。

異動になる前から、そんな赤羽の噂は聞いていて、実際接してみたらそのとおりだった。赤羽の方も、どうやら一木を歓迎しているらしく、何くれとなく話しかけては和（なご）ませてくれる。

その赤羽が激推しして選定品になったエッグタルトは今、返礼品の中で一、二を争う人気商品である。いいやつだけではないのだ。

「カフェ・ブルーウッドのエッグタルト、美味いですよね」

「だろ？　美味いよな。俺あそこのエッグタルト、一ダースいける。あと十分経ったら第二会議室行くぞ」

いきなり出席を求められた会議で、一木はあまりいい案を出せなかった。従来型の会議に新風を吹き込むことを求められて参加した以上、自分の実力不足を嚙み締めつつ部署に戻った一木の隣で、赤羽は留守番をしていた園裏のツッコミを元気に受け流していた。

「赤羽もいつまでも学生気分じゃだめだぞ、結婚して身を固めるつもりはないのか？」

「ははっ、なんでそういう話になるんすかねー？」

「嫁さんが返礼品についていいサジェスチョンをくれるかもしれんじゃないか。女性の方がいろんなものにアンテナ張ってるもんだ」

係長よりも年嵩（としかさ）の園裏主任は、再来年に定年を迎える。その年代のせいなのか、園裏はしょっちゅう赤羽に結婚の予定を尋ねる。

「園裏さん、そういうのマリハラって言うんですよ、知ってます？」

「俺は赤羽を心配しているんだ。女性には言わんよ」

「俺心配されてるんすね、ありがとうございます」

赤羽はそのたびにヘラヘラと受け流し、気に留める様子はない。だから園裏も深く省みることなく、身を固めろだの結婚だのと繰り返すのだろう。一木は彼らの会話をよそに自分の業務をこなしながら、もし赤羽が異動になって、自分が園裏の言葉を受け止める立場になったら、どんな感じかと想像した。

職場でも両親の小言を聞くようなものか。

園裏の言動は、両親のそれにとても似ている。


昼食は庁舎内の食堂でとる一木だが、赤羽も同じ主義らしい。異動前もたびたび赤羽を食堂内で見かけていたが、部署が一緒になったのを機に、同じテーブルで昼を共にするようになった。

「一木も白麗高校だったんだってな」赤羽は日替わりランチのご飯大盛りが定番だ。「俺らとちょうど入れ替わりくらいか？」

「赤羽さんが卒業した翌年の入学です」

「同じクラスのやつで有名になったの、いる？」

「先日の担任の葬儀でたまたま知ったんですが、今年作家デビュー予定という人がいました。赤羽さんのクラスには誰かいますか？」

「俺のクラスにはな」

もったいをつけるように、赤羽はそこで会話に間を置いた。「海を渡って俳優になったのがいる」

「それはもしや」

芸能界に疎(うと)い一木の頭にも思い浮かぶ顔が一つあった。ブロードウェイで準主役をこなし、今現在ミネラルウォーターのCMにも出演中の国際俳優が、一時期白麗高校にも通っていたと聞いたことがある。彼女のデビューのきっかけが、たまたま撮られた一枚の素人写真で、高校の制服姿のまま海でずぶ濡れになって遊んでいるというエモーショナルな構図なのだが、その制服が白麗高校のものなのだ。

「汐谷美令(しおたにみれい)ですか？　彼女と同じクラスだったんですか？」

「うん。あいつ転校したから、同窓会から外れるんだよな。でもそんなのありえねーじゃん？俺、あいつ呼ぶために幹事やったわけ」

赤羽のクラスは、ゴールデンウィークにクラス会を開催したそうだ。

「彼女、来ました？」

「今なんか、映画の撮影みたいでさ」

「残念でしたね」

「でも、来られないのもあいつらしいって感じで、俺の友達も納得してたわ。当時から一般庶民とはどっか違ってたとか言ってさ。彼女の出演作品、公開されたら一木も観てくれよな」

「映画とかあんまり観ないですけど、じゃあ行きますね」

「派手なのはそいつくらいかな。あとは普通だった。結婚してるのもいたし、独身なのもいたし、道外に出てるのも多かったな。でも普通が一番だよな。会社員とか看護師とか理学療法士とか。普通をなんと定義するかって問題もあるけどさあ」

天ぷらうどんを平らげた一木は、赤羽の高校生時代を想像する。当時からこんな調子だったのか。明るく騒がしくどんな時もどんな相手でも態度が変わらない。クラス内の序列やパワーバランスとも無縁だったろう。うるさく思う瞬間もあるかもしれないが、救われる瞬間も絶対にあったはずで、同級生だったという国際俳優を一木は少し羨やんだ。

「赤羽さんは普通ってなんだと思いますか？」

「俺は当人がこれでいいとかこれだとストレスないとか思っている状態が、その人にとっての普通かなって思う。うーん、これって俺自身普通が一番いいと思うから、そう思うのかな？　てことは、汐谷が国際俳優でいるのが一番楽ちんって思ってたら、それが汐谷の普通になるのか。うん、分からん」

赤羽はそこで自己完結してしまい、「おまえはどう思う？」などと訊いてこず、会話はなぜかイタリアンのコースメニューの話になった。

「ネットでメニュー見たらさ、パスタの次にパスタってあったから、このコースはパスタ二皿食えるのかってウキウキで注文したら、二つ目に出てきたのリゾットだった。どっちもなまら美味かったわ。あそこお薦め」

映画と同じく、一木はイタリアンレストランにもあまり興味がないが、美味い料理の話を聞くのは好きだった。レトルト食品を一人で食べる時、誰かの美味しい料理の話を思い出しながら食べると、美味しさがアップするからだ。

二人で部署に戻る。自分の席で愛妻弁当を食べ終えたらしい園裏が、またも赤羽に言った。

「弁当を作ってくれる彼女はいないのか？」

「ははっ、弁当くらい作ろうと思えば俺だって作れますって。てか、園裏さんは自分で作らないんですか？」

「うちは奥さん任せだな」

「奥さん、料理上手なんすね、きっと」

赤羽は園裏のあしらいに慣れている。

そんな赤羽だが、水野のことは知らなかった。業務途中で一休みというタイミングに尋ねてみたら、そんな先生はいなかったと言い切る。

「古文漢文で覚えてるのは、年配の男の先生と、あとは藤宮先生だなあ。俺が卒業した後に赴任してきたんじゃね」

一木も水野がいつから白麗高校で教鞭を取っていたかは知らない。確かなことは、陸上部の顧問で、三年六組の担任で、六月二十一日の授業で一度豹変したという事実である。

あの日は本当に面倒臭かった。

その夏至の日の出来事について、北別府華がグループチャットにこんな連続投稿をしたのが連休中だった。一木はチャットログを読み返す。

『突然ですが、大スクープです。水野があの日なぜ激おこだったか、一つの手がかりを得ました！』

『実は四月半ばには分かっていたんだけど、その事実を小説に落とし込む作業が大変で。でも、無事書き上げられそうなので、みんなにも特別に教えますね。黙っていられない！』

『あの夏至の日の朝、つまり授業当日の朝、なんと水野は離婚届を突きつけられていました！　これ、水野のお嬢さんからの情報だから確かだよ』

『あの日の情報については、もう一つ大きいのがあるんだけど……小説が上手くいったら公開するかも！』


へえ、そうなのか。一木は部局内の報告書でも読むテンションで、華の投稿に目を通した。それであの日不機嫌だったとするなら、水野の方は離婚に納得がいっていないということか。華は小説に落とし込んでいるようだから、どんな情報も嬉しいのかもしれないが、単なる元教え子の地方公務員としては、かなりどうでもいいことだった。

その投稿には、グループチャットのメンバーもそれぞれの熱量で反応していた。

『あの日水野にそんなことが？』

『娘さん、よく教えてくれたね』

『水野モデルの小説ってどんなの？　半分ノンフィクションみたいなの？　もう一つの情報って何？』

　最も分かりやすい反応を見せたのは、あの日のメインキャストの一人である望月だった。

『マジかよ。いや、通夜までは自分らのことばっかしか考えてなかったけど、なるほど、水野にもやっぱ理由があったんだな。離婚届はキッツイわ。水野、惚気（のろけ）てたしな。そんな奥さんとの別れ話って』

『あの日の水野って確かにいつもとは違った。でも今なら、水野の気持ちも分かるんだよな。教師だって人間だから、腹が痛い日もあれば、虫の居所が悪い日もあるってさ。つまり、水野もあの日、それだけ辛（つら）かったってことなんだよ』

　一読し、なるほどそうだなと同意しつつ、一方で何か違うと一木は思う。この違和感はチャットログを読み返すたびに強固になっていく。違和感が気になって、何度も読み返してしまう。

　水野には水野の事情があった。これは否定しない。時を経て大人になった生徒たちが先生へ示す理解。ああ、先生も自分と同じ人間だったんだなという寄り添い。事情があればいいのか？という問題もあるけれど、理解するのは必要だよね、という寛容さ。

　だとしてもだ。

ここにはキャストが足りない。大事なピースが欠けている。

船守がいないのだ。

チャットルームにほぼ投稿しない一木も、あの日の話題になると、一言残す。

『船守のことはどうでもいいのか』と。

その一言も、すぐに雑談に埋もれる。

船守不在の概念に触れるたび、一木の気分は静かに落ちていく。

退勤後、家に帰る途中の車内で、一木は運転と回想の複数タスクをこなしている。車両交通量は少ない。午後七時近くなっているが、空はまだ完全に暗くなっていない。一木はこの季節が好きだ。寒くもなく、暑くもなく、日は長く、花は一斉に咲いていて、遠くを見れば山にはまだ雪が残っている。こんな宵は、決まって高校の部活を思い出す。

白麗高校時代、一木は陸上部員で、五千メートルと一万メートルの選手だった。走ってくたびれて空を見上げると、高校生の一木の頭上には宵の空が広がっていた。

一刻一刻色を変えるはずの空も、見れば何となく季節が分かるのが不思議だった。一分前とは決して同じではないはずだけれど、それでも季節を感じさせる共通項がある。それは何色なのかという疑問は、今も解けない。

ちなみに、一木の愛車のＳＵＶは深いグリーンだ。春でもなく秋でもなく、冬では全くなく、一木は自分の車の色を、六月の森の緑のようだと思っている。それもそのままの葉の緑ではなく、水に映ったリフレクションのグリーン。

　メッセージアプリから通知が来た。赤信号になるのを待ち、素早くチェックすると、吉田が個別メッセージを送ってきている。

『一木、こういうジャンルに興味あるんじゃないかと思って。よかったら来てくれ』

　イベントのリンクが貼ってあった。

　いつもの道を通り、いつもよりも少し早く一木は家に帰り着いた。

「ただいま」

　そう言えば、必ず居間からは家族の声が返ってくる。

「おかえり」

　庁舎とは車で三十分弱の道のりだ。一木は生まれ育った実家を出ずに暮らしていた。

　夕食の匂いがしていた。どうやらクリームシチューのようだった。気候は初夏になろうとしているが、一木の好物なので、母はよく作ってくれる。一木は洗面所で手を洗い、着替えてから食卓についた。父親も帰ってきていた。

　一木は一人っ子である。家族三人で食卓を囲む構図は、もうすっかり体に染みついたものだ。

「暁来良は昼に何を食べたの？」

「天ぷらうどん」

「何か他に追加しなかったの？　食物繊維とビタミン、タンパク質が足りないわよ。やっぱりお弁当持っていったら？」

実家を出たいと思う瞬間が、一木には度々ある。反対に、実家にいられて楽だとは毎日思う。疲れて帰っても食事を作らなくていい。風呂を沸かす必要もない。トイレや洗面所はいつも綺麗で快適だ。ひと月に五万円家に入れれば、あとのお金は自由にできる。車のローンがあっても苦しさを感じたことはないし、趣味のトレッキングに金を注ぎ込んでも貯蓄は三百万ほどにもなった。

母からは時々弁当を作ろうかと言われる。一木の父は園裏と同じ年齢で、まだ現役の会社員だ。毎朝母は弁当を作って父に持たせている。一つ作るも二つ作るも同じだということだ。

それを断り食堂で食べているのは、一木のせめてもの独立心だ。加えて——。

共にテーブルについた両親の雑談を、一木は聞くともなしに聞きながら、食事を摂取していく。

「小笠原ペアは国民栄誉賞を受賞するんだな」

「当たり前よ。午後のワイドショーでは、国連に招かれてスピーチするって言っていたわよ」

小笠原ペアは、いまだに日々のネットニュースに登場する。カナダに住む二人の暮らしぶり、アパートメント、行きつけのスーパーマーケット、練習拠点のリンク、家族からのメール、親からのメッセージ、伊王選手の父親の最期。墓の場所。どんな事柄も紹介され、消費されていく。

「やっぱりああも息が合うのはご夫婦だからよね。見てたらお母さんでも分かるわ、特別な関係だって」

「同性同士のペアもいたが、彼らが小笠原ペアに及ばなかったのは、やっぱりそういう関係になった方が強いからだろうな」

そうか？　スポーツだろ？　銀メダルの兄弟だってすごい技繰り出してなかったか？　両親の短絡さに異議を唱えたくなったのは一瞬で、一木は結局何も言わない。言えば後が絶対面倒だからだ。

弁当を作ってもらわないもう一つの理由が、まさにこれだった。後が面倒。弁当を頼れば母は必ずこう言う。「早く彼女や奥さんに作ってもらえるようになるといいね」と。

園裏と似たような感覚を、一木の両親も持っているのだ。

彼女はできたの？　いないの？　作らないの？　山なんかにかまけているから、恋人ができないんじゃないの？　お父さんもお母さんも、いつまでも生きていないのよ。お母さんだって体が動くうちに育児を手伝いたいわ。暁来良のお嫁さんはどんな人だろうな。暁来良が結婚して一人前になってくれないと、父さんと母さんは死んでも死に切れないぞ。

シチューを食べながら、一木は両親の言葉を思い返す。自分にかけられる嬉しい言葉はすぐに枯れて色褪せるのに、つまらない言葉に限って結晶化するのは、一種の脳のバグに違いない。

「お母さんの高校時代からの友達のみっちゃん、あんたも聞いたことあるでしょ？　みっちゃんの二番目のお嬢さんも今年二十六歳で、彼氏欲しいって言ってるんだって。マッチングアプリ？あれに登録しているって。急ぐ歳でもないのにね」

「お父さんの会社の若い子もやってるぞ。結婚は先としても、恋人はいたほうが人生豊かになるからな」

恋愛は人間を成長させるというのが親の持論だ。一木の両親は、一木が戸惑うほど時に恋愛脳だ。年中発情期かと思う。

「みっちゃんとも話したけれど、お互いに興味があるなら連絡先教えてもいいんじゃないかって。みっちゃんのお嬢さん、とっても真面目そうで可愛い子よ」

一木は母親と目を合わせずに言う。「可愛い子なら彼氏できるんじゃないの」

「性格が大人しいのね、きっと。ほら、この子よ」

母親は画像投稿SNSを開き、みっちゃんの投稿を一木に見せた。

みっちゃんのお嬢さんは、スタンプなどに隠れることなく、母親みっちゃんの手により全世界に顔を晒していた。可愛くも美人でもないが、目を背けたくなるほどの顔でもなかった。写真の中で彼女は、少しめかし込んだ印象のワンピース姿で、ピアノを弾いていた。

「ね？　よさそうなお嬢さんでしょ？」

親に向かってマリハラだとめくじらを立てるつもりは毛頭ない一木である。時代遅れの価値観だと言ったところで、価値観のアップデートは実際問題難しい。親世代ならばなおのことだ。旧来の価値観で生きてきた時間、ひいてはその価値観に迎合していた自分そのものを否定することに繋がるからだ。何より価値観は他者から強制されて変えるものでもない。

ただ、彼女はいないと答えた時、あまりにも無邪気に「どうして？」と返されることに、一木はずっと前から疲れている。

母親はスマホを引っ込め、

「もちろん、お付き合いは二人の気持ち次第だけど」

と言った。

そして、このごろ母親が垣間見せる「私は理解者です」という言葉なき主張にも、一木は気づいている。

母親は最近、動画配信サイトで同性愛カップルのラブストーリーを見たのだそうだ。とても素晴らしく、感動的で考えさせられたと折に触れて語る。

「相手がどんな人であれ、愛すること自体が素晴らしいのよね」

母親はみっちゃんのお嬢さんとの話題も、そんなふうに締め括った。

暗に何を言いたいのかを分からないほど、一木も鈍感ではなかった。

一木はそばに置いた自分のスマホに目をやる。

食事の前、吉田から届いたメッセージのリンクを踏んでみた。

それは性的マイノリティの生き方をテーマとした講演会だった。演題は『私たちはひとりじゃない』。演者は十年前に同性愛をカミングアウトし、パートナーと暮らす四十代の女性だ。

通夜の後の居酒屋で、吉田から彼女の有無を問われた。彼は三年六組の時も同じ質問をした。

あの日も随分と訊かれた……。

——なんで？　可愛い子だったのに。泣いてたぞ。まさか女嫌いとか？　マジで彼女作らないの？

もし、吉田のイベントに行くとしたら、母親はショックを受けるかもしれない。でも、それ以上にホッとするんじゃないか。

一木はそう想像している。

何事も存在が【ない】ものとされる状態が一番辛い。だったら、望むものではないにせよ【ある】ほうがまだいい。

一人息子の、彼女いない歴イコール年齢の答えを、彼らは欲しがっている。

多少もやっとはするが、怒ることではない。本当に耐えられないほど不愉快なら家を出ている。

ただ、よく分からないだけ。

一木は「ご馳走様（ちそうさま）、美味しかった」と手を合わせて席を立った。

＊

「おまえ、彼女いる？」

弁当を食べ終わり、なんとなく一人で校舎をぶらぶらした後、教室に戻る途中の男子トイレで用を足していたら、唐突に問われた。一木は問いの主を見た。吉田だった。吉田は自分の尿が描く放物線を眺めながらこう続けた。

「いそうな感じはするな」

「いないよ」

「え、なんで？　おまえなら女子から告られたりするだろ？」

「されたら付き合わなきゃならんの？」

「フリーだったら普通にありだろ、嫌いな子じゃないんだったらさ」

「そうなんだ。おまえの言うこと、よく分からないわ」

トイレを出て廊下を歩きながら、一木はつらつらと考える。みんなどうして彼女を欲しがるのか。女の子のことを話すのか。付き合って部屋に行って二人であれこれしたいのか。

二人組の女子とすれ違う。片方の女子の視線がこちらに引っかかったのが分かった。歩く速さに合わせて、彼女の視線が動く。一木は彼女を振り向かず、スマホで今日の天気をチェックした。彼女の目より、今日の放課後が暑いのか涼しいのか晴れているのかが重要だった。長い時間、一人でトラックを走るのだから。

ついでに昨晩ぶりにメッセージアプリをチェックすると、望月らのグループチャットに新規投稿が数件あった。ちなみにこのグループに吉田は入っていない。

望月はさっき投稿したばかりだ。

『残り一日Death！　俺は誰を呼び出すのか！　明日午前発表！』

六月上旬、バスケ部を引退したあたりから、望月は唐突にカウントダウンを始めた。夏至の日に誰かに告白するのだそうだ。望月の告白も、その相手が誰かということも、一木にとっては芸能人が飼っているペットの名前程度にどうでもいいことだった。

昨夜遅くのタイムスタンプがついている投稿は、動画付きだった。

『ホイ、例のハメ撮りＧＩＦ。おまえら感謝しろよ！』

グループメンバーの佐野（さの）は、三年になったというのに受験勉強そっちのけで、複数のエロ動画投稿サイトを巡回するのを日課にしている。中でもエロいのを厳選してGIF動画にし、メンバーに配布するのである。抜けるとかなり好評らしい。

一木は動画を削除した。佐野のエロGIFを、一木は見たことがなかった。

本当にどうしてだろう。どうしてあいつらは女の子のことで頭がいっぱいなんだ？　隙あらばセックスのことを話すんだ？　女の子もだ。どうして男子を気にするんだ？　そもそも、なんで誰かを好きになる？　トラック二十周もすれば、疲れてそんなことはどうでもよくなるのに。俺はそんなことよりもっと面白いことを考えたい。例えば世界には色がいくつあるのか、とか。朝日や夕日を受けた山の頂は、どうしてあれほど綺麗に見えるのか、とか。

どんな悪人でも、空にかかる虹を見たら美しいと思うんじゃないか、とか。

白麗のグラウンドからも手稲山(ていねやま)の稜線(りょうせん)が見える。長い冬が終わり、山の雪は消えていく。これからトレッキングにぴったりの季節になる。そろそろ叔父が一緒に登ろうと誘ってくれるはずだ。

階段の脇を通りかかった時、ちょうど上階から弁当の包みを手にした生徒が降りてきた。俯き加減の船守だった。

廊下側二つ隣の席の船守は、教室で弁当を食べない。どこかに行って食べているらしい。友達もいない。誰かと会話しているのすら見たことがない。人を避けているようで、さらに付け加えれば、いつも疲れている。

部活ではなく、学外で何かのスポーツを習っているようだという噂を耳にしたが、そんなことは見れば分かる。彼の体はスポーツマンのそれだ。広背筋、僧帽筋、臀筋群、大腿四頭筋、身体中すべての筋肉が逞しく鍛え上げられ、かつしなやかで俊敏でもある。肉体をいじめ抜き、食トレも長い期間続けて初めて手に入るフォルムだ。

スタイルだけならば、船守はこの学校で一番いいかもしれない。

そういった鍛錬を続けられる環境にあるのだから、実家もきっと裕福だ。私服姿を一度見てみたい。

「どこで弁当食ってるの？」

船守は合口を思わせる細くて鋭い目で、話しかけた一木を一瞥すると、何も答えず溜め息をついた。

船守があまりにのろのろ歩くので、一木も彼と並んで教室に戻る選択肢を消し、歩調を自分のペースに戻した。それから山のことをまた考えた。

一木は豊平川のほとりから臨む増毛山地が好きだ。暑寒別岳の峻烈な山容が好きだ。中でも朝焼けを受けて染まる姿が好きだ。校庭から見る手稲山の向こうに夕陽が沈んでいく光景も好きだ。長距離を走って疲れ果て、ふと現実を忘れたくて空を見る。東側のとっぷりとした闇色から、光を残した西側に視線を移していく。すると、金色やら茜色やら橙色やらピンク色やらがグラデーションとなった果てに、手稲山が真っ黒に沈んでいる。そういう景色を見るのが好きだ。

毎日そんな風景を眺める人生を送りたい。例えば叔父が目指した写真家とか。

――おまえくらいの歳の頃、写真家を夢見てたなあ。自分が目にした美しさをそのまま誰かにも見せられたら、どんなにいいかと今でも思う。

——暁来良と山に登るのは気が晴れるよ。おまえはくだらないことを訊かないからな。

——くだらないこと？　はは、そろそろ結婚しろとか身を固めろとか、そういうこと。

一木は国立文系クラスにいるが、それは受験科目を加味してのことで、密(ひそ)かに写真科がある東京の私大の推薦合格を狙っていた。

しかしこのことは、まだ誰にも相談してはいなかった。担任の水野にもだ。

陸上部の顧問でもある水野は、大学時代にワンダーフォーゲル部で鳴らしていたそうだ。なのに、せっかくの山をダシに使って、奥さんとの話ばかりを生徒にする。山の話が始まるたび、一木もつい期待してしまうのだが、結局は自分とは楽しみ方が違うのだと思い知らされる。一木はそういう水野に相容(あいい)れなさを感じてしまう。

「翌日のアタックを前に野営をしたその夜、奥さんに告白されたんだ」

「二人で見たモルゲンロートは綺麗だったなあ。人生が変わったと思った。奥さんには山頂でプロポーズしたんだ」

「あそこのモルゲンロートが一番いい」

「大人の話をしてしまったな。いいか、大人っていうのはな……」

一木は惚気部分を聞き流すが、他の生徒は喜ぶ。そこを喜んで囃し立てることすらある。

「ヒューッ、お熱いですねえ」

「その山が先生と奥さんを結んだってこと？」

聞き流しながら、それでも一木は水野の話に度々登場する風冷尻山という名前を覚えた。

どんな山なんだろう？　叔父ともまだ登ったことがない。その山のモルゲンロートを見られたら、俺の人生も変わるんだろうか。

＊

吉田に誘われたトークイベントに、一木は自分の車で向かった。街中の駐車場に車を入れ、着いたコミュニティセンターは、うっすらと混雑していた。協賛企業の一つが粗品を配っている。参加者の年齢層は二十代から三十代、多くは女性だった。

キャパ百名程度のイベント会場前には、受付が設置されており、そこに吉田もいた。

「一木、待ってたよ」

姿を見せた一木に、吉田はひどく嬉しそうな顔でパンフレットをよこした。

「きっと面白い話が聞けると思う」

「『私たちはひとりじゃない』だっけ」

どうしても聴きたいというモチベーションはさほどないが、演題には気になるものがあり、足を運んだ一木である。

「自由席だから、好きなところに座ってよ。あ、そうそう。碓氷も来てる」

「碓氷が？」

一木はびっくりした。なんとなく、このイベントに知り合いは来ないと思い込んでいたのだ。

「碓氷も誘ったのか？」

「いや、彼女は別の情報源から来てた」

吉田はどうやら誘う相手を選別したようである。

開始時刻にはまだ余裕があるのに、会場は盛況で、席の多くが埋まっている。通路に近い空席を探して歩いていると、声がかけられた。

「一木くん、ここ空いてるよ」

碓氷彩海だった。白いプリーツスカートにロイヤルブルーのカットソーを合わせた姿は、大学院生というよりは綺麗めのオフィススタイルという印象だ。

彼女の隣に座る連れの女性が、一木に会釈をした。筋肉質な体つきで、運動神経がよさそうだ。冬場の雪かきも難なくこなしそうな逞しさを感じた。

一木も会釈を返し、彩海の隣の空席に腰を下ろした。

「こちら、本庄さん。大学の友人なの」

本庄は白い歯を見せた。「初めまして」

「本庄さんは先日アラスカのシンポジウムから帰ってきたんだよ」

「アラスカですか」一木は既知の知識の中からアラスカの話題を探した。「アラスカってオーロラが見られるんですよね」

「そうだね。低緯度オーロラなら北海道でも見られるよ」

一木が大した話題を出せなくても、彩海と本庄は和やかだった。二人は声を大きくすることも笑い声を立てることもなく、かといってつまらなそうに黙ることもなく、開演までの時間を過ごしていた。

長く苦楽を共にしたような彼女らの空気感に、一木は好感を持った。三年六組での彩海は、優秀ゆえに目立ち、目立つがゆえにごく一部からは軽い反感を持たれていた。理由はないけれど、なんかムカつく、どうしてあの子だけ目立つの？ という類いのだ。華などは、反感組の筆頭だった。本人はその悪意を隠しているつもりだったようだが、割と丸見えだった。

大学院という環境は彩海に合っているのだろう。

司会者と演者が登壇し、講演が始まった。暖かい拍手が会場を包む。

演者の女性はユーモアを交えて自分の来歴を語り始めた。初恋は小学校三年生の時で、最初から女の子が好きだったと、女性は明るく笑った。

「けれども当時の教育はまだ、男の子は女の子を、女の子は男の子を好きになって、という画一的なものでした。お互いを好きになってセックスして子供が生まれるというところに繋げるから、異性愛で話を進めないと難しかったのかもしれないけれど」

司会者が問う。

「当時はまだ小学生ですよね。どう感じましたか？」

「自分はおかしいのかなって思いました。自分が好きになる子はずっと女の子だったので。でも自分は男の子ではないし。戸惑いましたね」

「それまでは悩んだことはなかった？」

「いえ、悩んでいました。でも授業で教育される重みは違いますから。小学生の私にとって、授業って絶対的なものだったんです。知らないものを教えてくれるのが授業だったから。授業で教えられることを教えられるがまま知識として受け入れてきたのに、そこで初めて受け入れられないと思いました」

「受け入れられないと思った理由って、なんでしょうか」

演者は首を少しばかり右に傾け、思案げな表情になった。

「理由は色々、複合的だとは思うんですが、一番はやっぱり自分に当てはまらないということに尽きました。女の子は男の子を好きになる、男の子は女の子を好きになる、この絶対的とされる理屈に、女の子を好きになる女の子の私はいないんだ、って強く感じたんです」

話し慣れているだろうに、演者は語り急ぐことなく丁寧だった。

「とても悲しかった。当たり前にこうだとされている概念に自分がいないということは、その世界で自分は透明人間だということです。私はちゃんといるのに、数に入れてもらえていない。存在の否定です。存在の否定とは、分かりやすく言えば差別です。悪気はなく当たり前とされている概念の中で、人は意識せず一部の人たちを確かに差別し、孤独にし、痛みや生き辛さを感じさせている。生きていていいのかと思わせているんです。私はその授業があった日、家に帰って泣きました」

会場のあちこちからすすり泣きが聞こえてきた。

「今は、当時よりは多様性を意識した教育がなされるようになりました。同性同士でも組めるフィギュアスケートの新種目にも象徴されるように、一昔前に比べたら社会はとても変わった。意識的な差別も少なくなったと言えます。でもやっぱりまだ無意識の差別は根強い。私、今年で講演会もう十五回こなしているんですよ。なのに、世界を変えるのは難しい。自分の力不足を感じます。もし小笠原伊王選手のように発信力のある方が、異性を愛する人間だけがいるのではなく、同性を愛する人間もいるのだと言ってくれたら、なんて夢見てしまいます。そうしたら、透明人間なんていなくなる。無意識の差別がなくなるでしょう」

司会者が笑った。「一気に理解が広まるかもしれませんね」

「そうですね。でも、少しずつでも広まっていったらいいなと思います。極端なことを言えば、こんな講演会など需要があってはいけないんです……」

ふと一木の胸をかまいたちのような寂寥感が過ぎた。自分一人がワープする宇宙船に乗ったかのように、すべてが光年ペースで離れていく。

この、急激にすべてのものが遠ざかる感覚、とてつもない距離感に、一木は覚えがあった。

一木の脳裏に大学三年次に受けた特別講義が浮かぶ。就職や卒業後を見据えて、ダイバーシティ&インクルージョンの基本を広く学ぶことが目的と銘打たれていた。積極的に学びたかった内容ではないが、就職する気持ちがないわけではないというアピールとして講義を取った。だから一木は講師が学生に発言を求めた時も、講義室の端っこでレジュメを読むふりをしていた。

そんな一木とは対照的に、挙手して意見を述べた女子学生がいた。

彼女はheやsheに代わって用いられる、性別を問わない人称代名詞theyの例を出し、究極的には自己紹介時に自分の性自認や性的指向を伝え合うことができる社会が理想だと言い切った。
――最初から、私の性自認は女性で、好きになる相手は女性ですとか、そういう情報を当たり前のものとして、名前と同等に教え合える社会になれば、性的マイノリティの方も生きやすくなると思います。性自認が見た目と違っていても、好きになる相手が同性でも、自然なことなんだという認識が必要です。異性を好きになる人がいるように、同性を好きになる人がいる。この両者が平等であってこそ、成熟した社会と言えます。

彼女は、教室内の戸惑いにも怯まなかった。

意見は一部の人間には引かれたが、一部には喝采された。一木はというと、彼女の話を宇宙人の演説を聞く距離感で聞いた。

その時と同じ距離感を、時を経て今日の講演会でまた覚えたのだ。

一木は今日のパンフレットに目を落とした。間違いなく、『私たちはひとりじゃない』という演題だった。なのに、自分だけ疎外されていると感じるのはなぜだろう。

講演会が終わった。会場全体を包む熱気と、散見される涙ぐむ聴衆で、イベントは成功と分かる。演者の女性も、司会者も満足げだ。

「一木くんはこれからどうするの？」

彩海に問われ、一木は「帰るよ」と答えた。

「適当に帰る。車で来てるから」

彩海と本庄が先に会場を後にした。一木は大体の人間が席を立つのを待ってから腰を上げた。出口では吉田が待ち構えていた。彼は声音を少し落とし、しみじみと言った。

「碓氷ってそうだったんだな」

「そうって、何が？」

「とぼけるなよ。一木なら気づいたろ？　このイベントに二人で来てあの雰囲気だぞ。付き合ってるんだよ」

一木は虚をつかれた。影だと信じ込んでいた黒いものが急に動いて、黒猫だったと知れたような感覚。

そうか。こういうイベントにああいう雰囲気の二人が来たら、吉田は彼らを恋人同士と思うのか。

一木はぼんやりと吉田の顔面を眺めた。悩める誰かの力になりたい、そのために自分は諸々骨を折って活動していると語る顔がそこにあった。

「高校時代から碓氷には彼氏がいなかった。望月ですら振ったじゃん、ほら、あの時だよ。おまえが告られたのとブッキングしたあれ。やっと碓氷もそういう相手に巡り会えたんだな。今日のイベントも彼女たちを支える一助になれたらいいな」

吉田は決意を込めた口振りで、一木の目を見て続けた。

「一木も、もし何かあったら、俺たちを思い出してくれたら嬉しい。遠慮するなよ。俺たち同窓生じゃん」

「ありがとう」

「俺もちゃんと勉強して理解してるつもりだから。もしおまえがそういう人でも、俺は素晴らしいと思う。差別するやつらがいたら、俺たちは一緒に戦うよ」吉田は畳み掛けてきた。「人は誰でもありのままの自分で尊いんだ。次またこういうイベントがあったら必ず声をかける。連れがいるなら、今度は遠慮しないで二人で来いよ、碓氷みたいにさ。もしもまだ一人だって言うなら、その時までに出会えるといいよな。そうなることを祈ってる」

言葉を聞いているうちに、一木は虚無になった。吉田の顔がゆっくりモザイク化し、両眼の部分に黒い空洞が開く。シュールレアリスムのようだった。

一木はどこにも寄らずに家に帰った。夕食を食べ、風呂に入ると、部屋に閉じこもって寝た。

翌日の日曜は晴れていていい天気だった。市内近郊の低山に登るにはうってつけの日和だったが、一木の体は重かった。

リビングに行くと、朝食を済ませた両親がコーヒーを飲んでいた。

「暁来良、相談なんだけど」

ダイニングテーブルにつき、チーズオムレツとウィンナーが載った皿のラップを剝がす一木の向かいに、マグカップを持った母親が座った。

「この間話したみっちゃんのお嬢さんね。あんたの写真を見て、気に入ってくれたようなのよ」

どうでもいい話だった。

「そうなんだ」

「あんたの連絡先、教えてもいい？」

「やめてほしい」

すると母親は押し黙った。一木が視線を上げると、その顔はひどく渋い。彼女は咎(とが)める目つきを返してきた。

「どうしてそんな心ないことが言えるの」

そして糾弾が始まった。

「あんただってみっちゃんのＳＮＳでお嬢さんを見たでしょ？　それなのに会いもせずに断るなんて、お嬢さんの外見に魅力がないと言ってるようなものじゃないの。そんなの失礼すぎるわよ。お母さんだってみっちゃんに合わせる顔がない」

何も食べていないのに、一木の食欲は減退していった。胃の入り口が食べ物を拒絶してしゅるしゅると閉まる。

「暁来良、あなた恋人いないんでしょ？　だったら経験と思って一度会うくらいしたらどう？　その年で彼女いないなんて、恥ずかしいでしょう」

父親がソファを立った。トイレに行ったようだ。そのタイミングを待っていたのか、母親は声を低く落とした。

「それともあんた、好きな人でもいるの？」

一木が黙っていると、母親は突然笑顔になった。いかにも、慈悲の笑みをイメージして表情を作っています、といった顔だった。

「お母さんね、あなたがどんな人を好きになっても、味方になるから」

その瞬間、日頃から薄々感じていたことは確信になった。一木は気が抜けたような笑みを漏らした。

「お母さんも吉田と同じだな」

「吉田って誰？」

「いや、何でもない。全然何でもない」

山に行きたいと一木は思った。今日これからでも行けるか。しかし、思い立ったらすぐに登れる程度の山ではないところに行きたい気持ちもあった。迷っている間に時間はどんどん経っていく。一木は今日出かけることを諦めた。

父親がリビングに戻ってくるのと入れ替わりに、母親が席を立った。父親はソファに座ると、鷹揚（おうよう）な調子で一木にアドバイスを送ってきた。

「暁来良。断るのがいい男じゃない。いい男は女性を立てて、自分から断られるようにするんだ。女の子に恥ずかしい思いはさせるもんじゃないぞ」

一木は俯いた。頷いたように見えるのならそれもいいとは思いつつ、受け入れる言葉を発することはできなかった。

時間をかけて皿のあらかたを食べ終えると、一木は自室に戻り、物心ついた頃からの自分を振り返りながらオナニーをした。

人生通算十三回目の自慰だった。

一木はそういうことをただの一度もしたいと思ったことがなかった。でも刺激を与えればそのうち出てくることもあるから、精液の生産は行われているようだと、自分の体を分析している。やっている間、あられもない女性の姿を妄想する自分に出会えないものかと考える。

しかし十三回目も、一木は自分のことを搾乳される乳牛のようだと思った。なんでこんなことをしているんだろうと冷めた気分で、自分の性器を眺め下ろす。

高校時代、ハメ撮りのＧＩＦに喜んでいた佐野や望月らは、違うモチベーションでオナニーをしていた。

陰茎を握る右手を動かしながら、一木は高校三年生の初夏を思い出している。

＊

六月二十一日の朝、早朝講習を終えて廊下を歩いていると、待ち伏せていた一年生に呼び止められた。知らない女の子だった。だが向こうはこちらを知っていた。昼休みに中庭の噴水まで来てくれと一方的に言われた。

「一木先輩。昼休み、午後一時に中庭の噴水まで来てくれませんか。お話ししたいことがあるんです」

女の子は廊下を駆けていった。同じ講習を受け終わった吉田が訊いてきた。

「一木、今の子何？」

「知らない」

「マジ？　すげえ可愛い子じゃん、いいなあ。泣かすなよ」

二時間目の授業が終わり、船守がいなくなった教室で、望月が彩海にメッセージを送った。一木は女の子に呼び出されたことを誰にも言わなかった。自分も呼び出されていると望月に教えたとしても、彼は予定を変えないだろう。何しろ半月も前からカウントダウンしていたのだから。

昼休み、一木は弁当を十分で食べ終えると、噴水まで望月と歩いた。望月は応援もしくは見物のために一緒に来ていると思ったようだ。

「俺の勝負を砂かぶり席で見るつもりか？」

「望月の告白は関係ないんだ。俺も呼び出されてるだけ」

「うっそ、マジで？　何時に？」

「一時」

「同じじゃん。一分一秒違わず同じじゃん。先に言えよ。どうすんのこれ」

中庭を見下ろす二階の廊下の窓辺には、男子生徒が鈴生りだった。「望月かっこつけんな」「振られろ」「一木に告るのかよ」等、言いたい放題のヤジが聞こえた。

中庭に繋がる生徒ロビーも、三年六組の顔がちらほらあった。吉田や華まで覗きにきているようだ。その奥から背の高い女子の頭が近づいてきた。優菜だった。優菜の少し前には彩海がいた。

「碓氷、なんか微妙そうな顔だなあ」

望月が苦笑いした。彩海はクールな表情ではあるが、野次馬の多さに辟易といった雰囲気は隠していなかった。

中庭への出入り口のあたりで優菜は立ち止まり、彩海だけが外靴に履き替えて芝生に降りた。一木は自分の足元に目を落とした。面倒で上履きのまま出てきてしまった。校舎に入る時、出入り口にあるマットでよく擦ればいいと思っていた。

「あー、来てくれてありがとう、碓氷」

「うん」

望月と彩海が話しだすと、ギャラリーからの声援とヤジがトーンダウンした。聞き耳を立てるモードになったのだろう。

だが、望月がさっさと本題に入らない間に、一木を呼び出した一年生も来てしまった。

一年生の彼女は、廊下や生徒ロビーに群がっている三年生たちに、はじめはたじろいだ様子を見せた。だが彼女はやはり正真正銘ヒロインタイプだった。三年生ギャラリーの視線をぐるりと見返すと、彼女はむしろスイッチが入った顔になった。大勢に見られる方が上等、今この瞬間、白麗高校の主役は私だ、というように、軽く顎を上げて微笑んだ。それから、望月らを尻目に一木と向き合った。

「場所変える？　野次馬はこいつのせいなんだ」

望月を指差して一木はそう気遣ったが、一年生女子はそれを断った。

「ここでいいです。先輩がせっかく来てくれているので。手間は取らせません」

衆人環視の中の告白も辞さなかった彼女は、もしかしたら、自信があったのかもしれない。なるほど、確かに異性の好意に不自由してなさそうな感じの子だった。

「一木先輩。好きです。入学してからずっと好きです」

雑談から始めようとしていた望月に爪の垢でも煎じて飲ませたい単刀直入ぶりだった。その望月はというと、すっかり呆気にとられたようで、それこそ砂かぶり席の一観客と化していた。

一年生のヒロインは蠱惑的に笑った。

「彼女いないって聞いたんですけど、本当ですか？」

「うん、いない」

「じゃあ、付き合ってもらえませんか」

「それは断る」

一木は手短に答えた。単刀直入には単刀直入で応じるのが礼儀だ。

一年生ヒロインは「は？」という顔になり、続いて少し笑った。一木の言葉を理解する前に、自分の聴覚を疑ったようだ。一木は少し言葉を変えて、ヒロインに寄り添ってみた。

「好きって言ってくれてありがとう。でも悪いけど付き合わない、ごめんね」

こういう時、どうしてこちらが謝らなければならないのか、ちょっとした理不尽さを一木はいつも覚える。そして、一木の寄り添いはヒロインには伝わらなかった。彼女は交渉モードになった。

「なんでですか？　好きな人がいるんですか？」

「別にいない」

「だったら」

ヒロインが発した「だったら」の続きを推し量るのは容易だった。彼女の勝気な目は声高に叫んだ。だったら私でよくない？　そして実際彼女はそのとおりを言ったのだ。

「いないなら、私と付き合ってもらえませんか。私、なるべく一木先輩の趣味に合わせます。一緒に映画を観たり出かけたりする時も、絶対わがままは言わない。一木先輩が好きなものは、私もきっと好きになれると思います」

ああ面倒なことになった。せっかくこっちが気を遣ったのに。「へえ」

「一木先輩は私のことをよく知らないですよね。知らないのに断ることはなくないですか。だから私をまず知ってほしい。一週間でいいです、試しに付き合ってもらえませんか」

「いや、でも断る」

「なんでですか」

「付き合いたくないから」

「たった一週間だけでも？」

「うん」

「彼女いないんですよね？」

「関係あるの、それ」

このあたりで、微妙にギャラリーがざわつきだし、一年生ヒロインの顔には焦りが表れた。望月は引いていた。一木はというと、完全に彼女が鬱陶しくなっていた。付き合いを申し込まれたことは過去にもあり、もちろんすべて断ったのだが、理由を求めて食い下がられたことはなかった。つい溜め息をつくと、ヒロインは眉を顰めた。

「私、望み皆無ですか？」

「付き合うとかいうレベルの話なら、ないんじゃないの」

「私、ウザいですか」

自分を人質に取ったような質問だなと、一木は再度溜め息をついた。望月が顔を縦に伸ばす変顔をする。ギャラリーのざわめきが増した。

ああ、消えたい。

今、この瞬間に中庭から消えて、どこかの山の中にワープしたい。

「私のこと、嫌いですか？」

「嫌いとは言ってない。そんなこと、考えたこともない」

「嫌いじゃないのに駄目ってこと？　意味分かんない」

悪いことを言ったつもりはなかったが、一木の言葉でヒロインの目は『泣く』にシフト変更し、みるみる潤み始めた。

「先輩。私が図々しいならごめんなさい。でも、どうしても嫌じゃないなら、一週間だけでも私と付き合ってほしい。私を知ってほしいんです。先輩と私、話したこともありませんよね。何も知らないのに判断されたくない。知れば私のこと、好きになるかもしれないじゃないですか。私にだっていいところはあると思います。何も分かってない人におまえは駄目だって決めつけられても、納得できませんよね？　私も諦められません。一週間話をして、私のことを分かってくれて、その上で付き合えないって言われるんなら、きっぱり諦めます。だから……」

「いや、必要ない。絶対好きにはならないから」

面倒すぎて一木は早口になってしまった。その口調のまま続ける。

「この世に君と二人きりになったとしても、君と付き合うことは一生ないよ」

＊

どれくらい陰茎を扱(しご)いていただろうか。一木は疲れてきた。体力的にではなく、精神的にだ。射精できないまま、オナニーを切り上げる。

あの日のことは、あまりいい思い出じゃない。

衆人環視の中で一年生ヒロインを振った一木は、夏休みに入って学校の雰囲気がリセットされるまで、女泣かせの極悪人みたいな扱いを受けた。廊下を歩けば一年生の女子グループからは睨まれ、男子からはやっかみの混じった言葉を受けた。吉田には「なんで？」「マジで彼女作らないの？」としつこく絡まれ、三年六組の複数人——中には華もいた——からは、人の心が分かってないと怒られた。一木はそれらのすべてに文句を言わなかった。内心は意味が分からなかったが。

一週間試そうが無駄だと分かっているから、そう言っただけなのに。

意味が分からないと言えば優菜もその一人だった。彩海について来たのだろう彼女は、中庭の出入り口付近で一部始終を目撃したあげく、一年生当人よりも号泣(ごうきゅう)したのだ。

望月は結局、告白を一日日延べした。そして翌日、同じ場所で振られた。

彩海は一木みたいに人の心が分からないとは言われなかった。望月もまた、「告って振られたのは人生初」などと自ら明るく吹聴し、彩海への態度も変わらなかった。

あの日の二時間目には、通夜の日に話題に上った水野の授業もあった。船守は授業中に出て行ったきり、昼休みも姿を見せなかった。

あまりにゴタゴタしていて、当時船守のことはついスルーしていたが、思い返せば教室を出ていく時、彼は手ぶらだった。

彼は弁当を教室に置き去りにしたのだ。翌日はもう荷物がなかったように思うから、誰かが取りに来たのだろう。そうじゃなきゃ、あの時期、一両日中で異臭騒ぎだ。

あの日以降、船守はどう過ごしたのか。一年遅れて白麗を卒業したのか、それとも知らないうちに転校してたのか。

いてもいなくても、誰もあいつを気にしなかった。

――私はちゃんといるのに、数に入れてもらえていない。存在の否定です。

あの演者も言っていた。

三年六組全員が、ものすごく罪深いことをしたのかもしれない。俺も含めて。

一木は手を拭きスマホを取った。親指でボイスメモの録音データをスクロールしていく。鳥の囀り、山頂の風音、森の奥から聞こえてきた鹿の鳴き声、叔父の語り……。白麗高校時代のデータも幾つかあった。再生する。山を語る水野の声が聞こえてきた。授業中に水野が山の話を始めた時、その山が一木にとってまだ未踏であれば、興味深い話が聞けるのではないかというほのかな期待を無視できず、密かに録音したことがあった。その多くは妻との惚気話に姿を変え、削除することになるのだが。

あの日の日付のデータも並んでいた。

『……山のことなら先生詳しいよな。先生の山の話、面白いし』

少し前、北別府華が録音データを探していたが、名乗りでなかった。彼女の求めるものはこれではないと分かっていたためだ。録音を始めたのは、彩海が教室の雰囲気を変えようと水野に『静夜思』の話を振ってからだ。つまり船守が教室を出て行った後だ。

『奥さんと付き合うきっかけになった山の名前、何だったっけ？　先生、その山が一番好きなんですよね。二人でその山で何か見たんですよね？　何見たんでしたっけ？』

十八歳の望月の声は、極めて不機嫌そうな水野の声に遮られる。

『山の話はしない』

一木はスマホから聞こえてくるかつての水野の声に、黒々としたものを感じた。もし声に色があるなら、水野の声は有機物を焦がしたような色だった。

『風冷尻山は別に好きじゃない』

そこで録音は終わっていた。

一木はスマホを眺めおろし、船守に思いを馳せた。彼は今どこにいるのか。誰とも話をせず、誰とも一緒に弁当を食べなかった船守。教室に姿を見せなくなっても、その不在が取り沙汰されなかった船守。最初からいなかったかのような船守。

そして船守は今もいないのだ。水野があの授業でどうして豹変したのか、その訳を知りたがるものはいても、船守が現在どうしているかはほとんど興味を持たれなかった。彼がもし、通夜の晩再会した連中とのチャットログを読んだら、とてつもない疎外感を覚えるはずだ。荒ぶる指示棒、超スティックモード、激おこ水野。小説の主人公に選ばれるのも水野。音源データを探すのも、あの日の水野のことが知りたいから……。その水野に苦しめられた相手はどうでもいいのか、まるで自分は透明人間みたいじゃないかと。

そんな疎外感、みんなとの距離感が、自分だけは分かる。

＊

「先週は山に行ったのか？」

何の前置きもなく、赤羽は尋ねてきた。庁舎の食堂で、彼はいつもの日替わりランチ、一木はバターチキンカレーだった。

「土曜はちょっと別件があって。日曜は何もせずゆっくりしていました」

「なんだ。いい天気だったからトレッキングしたのかと思った」

「なんか、疲れてて。歳ですかね」

「三十代に垂んとする俺の前でそんなこと言うんか。一木はまだ二十代だろー」

「近いうちに行きたいとは思っています。今月まだ登ってないんです」

「そっか。次の休みも天気いいといいな。六月に入ったら、雨多いらしいぞ」

六月と言った時、赤羽の頬が幾分緩んだのを、一木は見逃さなかった。

「六月に何かあるんですか？」

赤羽の頬がさらに緩む。もはや溶けたと表現してもいいほどだ。

伸びてきた手が一木の二の腕を叩いた。部署でやられるより若干強めだった。

「彼女と婚約指輪買いに行く」

「彼女、いたんですか」

一木は驚いた。園裏に何を言われても受け流していた赤羽だが、婚約間近な彼女がいると胸を張って言い返すことは一度もなかった。

「彼女がいるって一言言えば、園裏さんも黙るんじゃないですか」

「別に俺、あの人を黙らせたいわけじゃないもん。言われても大して気にならんし。ああいうこと言われたくない人もいるだろうけど、そういう人に矛先向かうより、俺に向かってたほうが平和じゃん？　てか彼女のこと訊いてくんないの？　どんな人ですか、とかさあ」

赤羽は彼女が高校の同級生であること、今は大学附属病院で看護師をしていること、アイドル顔負けの可愛さであること、家族思いなこと、運転が上手いこと、イタリアンが好きなこと、三度目のプロポーズでようやくうんと言ってもらえたことなどを、目尻を下げに下げて語った。

「そんでさ、披露宴いつにすっかって話なんだけど、彼女がどうしても汐谷に来てほしいらしくてさ……」

きっと赤羽は、婚約した彼女のことを話したくてうずうずしていたのだろう。そんな職場の先輩を、一木は微笑ましいなと子供に接するような気分で眺めた。

好きな人の話をする人間は、こんな顔をするんだな。

赤羽は部署に戻っても、結婚のことはまだ言わなかった。いよいよ本決まりになり、披露宴の日程も決まって招待するばかりとなってから、園裏や上司たちには報告するつもりらしかった。

六月最初の週末は晴れ予報だった。

長期予報では、赤羽の情報どおりぐずつく天候が続くようだ。

目的日の三日前になると、さまざまなサイトで予想天気図、高層天気図といった専門天気図を見ることができるようになる。大学時代から一木は、山に登る際は自分でも予測を立てるようにしていた。

土曜日と日曜日なら、土曜日の方が安定している。一木は日帰り登山に行く準備をした。行き先は自宅から車で一時間ほど、標高千二百メートル強の空沼岳（そらぬまだけ）だ。初心者でもトライできる比較的簡単な山で、登山口から頂上までのコースタイムは三時間半。

行動食をリュックに詰め、肩ベルトには熊よけの鈴を結ぶ。電子ホイッスルはウィンドブレーカーのポケットに、熊撃退スプレーは迷った末に携帯した。空沼の中腹には景観のいい湖沼地帯が広がっているが、そこではヒグマが多く出没し事故も起こっているのだ。

熊よけグッズを目にするたびに、一木には思い出される一日がある。九年前の六月早朝、札幌市街地にヒグマが出没し、商業施設や地下鉄駅の出口が封鎖される事態となったことがあったのだ。白麗高校からもそれなりに近い地区だったため、朝七時半ごろ、学校から臨時休校にする旨の緊急連絡が入った。

あの日一木は高校二年生だった。一木は民放の動画配信チャンネルで、出没したヒグマが射殺される瞬間まで見た——。

空沼岳の登山口近くまで車を走らせる。舗装されていない道を行き、採石場の中を通り抜け、短い橋を渡り、車が停められるスペースに着く。そこからさらに森を歩き、ようやく登山口である。国立公園の立て札の奥に、三角屋根の小屋が立っていた。

小屋の中で入山届を書くと、苗字が同じ三人連れが二十分前に入っていた。親子だろうかと一木は三人の名前に思う。頑張れば小学校高学年でも登れなくはない山である。

一木が初めて空沼岳に登ったのは、高校三年生の秋で、その時一木は叔父と一緒だった。叔父は仕事が少ない行政書士で、写真家の夢を諦めた末、道内の自然を趣味で撮り歩いている人だった。一木は時々叔父に同行してトレッキングの基本を教わっていた。

——俺もプロの写真家になりたかったよ。でも今はマイペースで楽しくやってる。暁来良にだって道はあるさ。推薦落ちたのは、違う道で違う頂をめざせってことなんだろう。

写真科のある大学の推薦入学を希望したが叶わなかった、失意の週末だった。

――暁来良。登山は人生と同じだ。人生で苦しいことは全部登山にもある。もしそばに誰かがいたとしても、結局は自分一人だ。歩くのは自分だ。アタックするにも諦めて帰るにも、自分の足しか頼るものはない。タクシー呼んでも来てくれないからな。

その日、頂から恵庭岳や風不死岳、支笏湖、色づく気配を湛えて広がる森を眺め、一木は自分の夢を埋葬した。

登山道を入って三十分ほどで、一木は自分の前に入った三人連れに追いついた。一木の気配に、中学生くらいの少年が振り向く。やはり親子のようだった。

「こんにちは」

一木が声をかけると、日焼けした顔の父親が「お先にどうぞ」と家族を道の端に寄るよう促す。

「ありがとうございます」

一人の一木は山での声がけを怠らない。万が一に備え、他人の記憶に残ることは重要だった。山に入る時の一木は、何が何でも生きて下山したいとまで思っていないが、遺体が見つからないことで親を長い時間宙ぶらりんにさせるのは本意ではなかった。

高さ十メートルほどの滝の横を登ると、最初の沼に出る。万計沼だ。さほど広い沼ではない。湖畔には山小屋がある。

風のない水面に周囲の森が映り、鏡合わせの世界が広がっていた。

登山道の具合は刻一刻と変わる。原っぱ、森の中、がれ場。緑の匂いと水の匂い。空沼岳は川が多い山だ。森の奥深くでは残雪のような匂いもする。シマリスが木の幹で木の実を食べている。行動食をとりながら、ふと返礼品に登山者用のレトルト食品セットはどうかと思いつく。石狩市にはレトルト食品を手がける工場がある。

自然の中を無心で歩いているうちに、一木の頭に自分を取り巻くさまざまな人たちの顔が浮かんでくる。両親、赤羽、園裏、一年生ヒロイン、望月、彩海と本庄、吉田、三年六組の面々、他界した叔父。叔父は冬眠明けのヒグマに襲われた事故死だったが、緩慢な自殺だと一木は気づいた。必ず持ち歩いていた熊よけの鈴も、ホイッスルも所持品になく、手にも防御創がほとんどなかった。

白麗高校卒業式が行われた日、一木は叔父の葬式に出た。葬儀は簡素だった。叔父は妻帯せず、最期まで一人だった。

叔父は何を思って歩いたのだろう。叔父ももっと長く生きていれば、自分に「彼女はいないのか」と問うたのか。

その問いに、一木は首を横に振る。叔父はきっと訊かない。全く同じでなくても、よく似た孤独を叔父も抱えていた気がした。叔父の死に様に、一木は自分の未来を見た。

叔父が死んでから、一木のトレッキングはすべて一人だ。誰かと登りたいとも思わない。自己責任で安全を確保するうち、天気の勉強が面白くなった。山岳専門の気象予報士がいることを知った時に抱いた密かな憧れは、今も胸に燻っている。

燻っているものの、どうにもならないとも思う。勉強するのか？　今から？　仕事は？　仕事の片手間でやれるものなのか？　親が言うことも決まっている、いつまでも子供みたいな夢を見てないで、身を固めろ。

どうにもならないことばかりだ。

山頂に近いもう一つの沼についた。先ほどの万計沼よりも大きな真簾沼だ。森の影を受ける神秘的な印象の万計沼とは対照的に、真簾沼はその大きさの分、明るく開けた印象を与える。にもかかわらず、水際を埋める無数の火山岩と、向こう岸に生える木々の幹の立ち枯れたような白さが、死後の世界の景色のようでもある。

湛えられた水はやはり美しい。

一木はその水を睨みながら、自分の歩いてきた道程を振り返り目を凝らす。

どこをどう見ても、好きな女性はいない。男性もいない。

一木は人を好きになったことがない。これからなるとも思えない。推測ではなく確信だった。実際にやってみなくたって、水の中では生きられないのが分かるように。

でも、周りの人間は言うのだ。どうして水の中で暮らさないの？　水の中の方が綺麗で楽しいのに。本当は水の中で暮らしたいんでしょ？　かわいそう、水中のよさを知らないなんて。一度試してみたら？　水中を知ったら水中の方がよくなるよ。水の中がいいと思わないのはおかしい。子供だ、未熟だ、異常だ、病気だ、だからおまえはダメなんだ――。

水の中で生きない人間なんていないのだからと。

どうして、人は誰かを好きになるものだと決めつけるのか。大学時代の女子学生も、先だっての講演会の演者もそうだ。彼女たちは、人は必ず誰かを好きになるという前提のもとに話をしていた。

別に困ってはいない。悩んでもいない。社会を変えたいと頑張るつもりなんて毛頭ない。諦めている。俺が退けば八方丸く収まる。あの一年生の時も、一週間付き合ってから振ったのだったら、みんな納得したんだろう、俺以外は……。

一木はいったん立ち止まり、肩ベルトにつけていた熊よけの鈴を外した。内側にティッシュを丸めて突っ込み、ポケットの奥にしまう。音はくぐもり、聞こえなくなった。

これで歩いてみる。自分の力の及ばぬ大きなものに尋ねてみる。出くわしても逃げない。もしそうなったら、それでいい。

だが一木の道は明るかった。たびたび会うのは頂上から降りてくる下山者だった。挨拶を交わしながら一木は、彼らの鈴の音を聞いた。近づいては遠ざかっていく鈴の音は、後方に消えるまでずっと健康的だった。

昼過ぎ、一木は何事もなく空沼岳の頂に到着した。記念撮影をしている中年夫婦の登山者がいた。一木は山頂標識の横に立ち、札幌の街並み、カルデラの形鮮やかな支笏湖、そしてはるか彼方の山稜、三百六十度を眺めやった。山頂は風が少し強い。叔父と眺めた恵庭岳と風不死岳が、今日も険しく構えている。見上げれば青空をわずかに薄雲が流れ、ハロと呼ばれる虹色現象が太陽の周囲を取り囲んでいる。

一木は目に映る景色に目を細めた。

美しい景色を見れば美しいとこうして胸打たれるのに、どうやら俺はおかしいらしい。東京の大学を諦めた時と同じ気持ちが、静かに降りてくる。

何のために生きるのだろう。どうして俺が間違っているんだろう。この気持ちは誰とも共有できない。簡単に分かると言ってほしくもない。そういうやつほど分かっていないから。だから自分も不用意に誰かに「その気持ち分かるよ」などと言えない。

生きれば生きるほど、孤独が純化されていく。

叔父と話をしたかった。叔父だけはこの疎外感が理解できる気がする。傷の舐め合いなんてしたくないし、一人でも全然いいのだけれど、時々無性に、自分のこの世界を肯定してほしいと願ってしまう。

誰も好きにならない自分は、ずっと一人だ。その一人だけの世界を、そんなのおかしい、そんな世界などあるわけないと否定されるのは、すなわち、おまえなんていないと言われているのと同義だ。


車での帰途、目についた蕎麦(そば)屋に寄ってから家に帰った。一木の夕食は用意されていた。六月になったのに、クリームシチューだった。

それを温め直して一人で食べる。蕎麦を食べて帰ると伝えなかった自分が悪い。一木は無理をして完食した。途中から美味しくなかった。父は風呂に入っており、母はテレビを見ていた。

使った食器を洗いながら、一木は母親に告げた。

「みっちゃんさんに、俺のアドレス教えていいよ」

一人で山に行って考えたら、大抵のことには諦めがつけられる。生きるために諦める、これがライフハックだ。こんなふうに山を墓場にしてなんとか生き伸びてきた。

眠る前、一木は今日実行した試しを振り返った。

あのような、大きな何かに託すようなことを、叔父もきっとしたのだろう。いや、叔父の決行時刻は日暮れだったから、もっと本気度が高い。今日は昼日中で、他のハイカーも多かった。

ならば今日のは予行演習だ。

いつかもう一度大きなものに尋ねよう。場所を定めて、時刻を吟味して、身辺を整理して再度、生息地を突っ切ってみる。単純だ。襲われたら終わり、夜明かしできてモルゲンロートまで見られたら……。

見られたら？

一木は眠った。

柏崎優菜

水野思は水曜日の放課後に図書室にやって来る。

一人で来ることもあれば、友人と連れ立って来ることもある。友人は和風の顔立ちの思とは好対照の、派手で華やかな少女だった。似てない二人はベタベタすることなく、各々好きに配架図書を眺めて歩く。なのに一対の生き物のような空気感を漂わせていた。派手な少女は、それほど長い時間図書室におらず、思に一声かけて帰っていく。でも退室する時はいつも、思を案ずるように一度だけ振り返る。

父を亡くした友人を気遣っているようだと、優菜は思う。

彼女が思の話にたびたび出てくる莉緒なのだろう。

頃合いを見て優菜は、カウンターの中に思を招き入れる。そして自分の隣に座らせて、静かに話をするのだ。もちろん図書室内で他の生徒が一人でも自習していたら、四時半の閉室時間まで待つ。思との会話で多少帰宅時間がずれ込むことを、優菜は苦にしなかった。

利用者が少ない図書室は、いつもひっそりしているが、思は誰もおらずとも声を適度に落とす思慮深さがあった。思と語りながら、優菜は葬儀の場のようだと思った。会話を楽しみつつも、喪のセレモニーのような静けさが、優菜と思には付きまとった。

――父がひどい授業をしたことがあるって、本当ですか？

――多治先生から訊かれたんです。あの日何があったの？　って。お父さんとお母さんが離婚した年の六月二十一日について、何か覚えていることない？　って。多治先生が言うには、その日の二時間目に、父が一人の生徒をひどくいじめたって。

思がそう打ち明けたのは、四月の末、桜が咲くころだった。

優菜は義憤を覚えた。ひどい授業をしたのは事実だ。取材したいのも分かる。だが、だからといって、その娘に根掘り葉掘り事情を尋ねるというのはどうなのかと。思は当時まだ小学生だ。

しかし、思はこうも言ったのだ。

――文句を言いたいわけではないんです。ただ、授業のことが本当かどうか知りたくて。日頃父が言っていたこととあまりに違ったんで、多治先生以外の人からも、話を聞きたいと思ったんです。教えてくれませんか。父が担任した三年六組のことを、もっと色々と。

ドアが開く音がして、今日も思が姿を見せた。カウンターの中の優菜と目が合うと、思は小さく会釈して近づいてきた。

図書室内に他の生徒はいない。インターハイ予選を前に、テニスコートやグラウンドからは生徒らの練習音が遠く聞こえる。

来週、六月になる。

春の空気はリラ冷えの氷雨と共に流れた。今はそこここに初夏の足音がする。

「柏崎先生、知っていますか？　デュオの小笠原ペア、やっぱり国民栄誉賞の受賞が決まったそうです。新聞局の人が教えてくれました」

「受賞しそうとは言われていたけれど、すごいね」

「父が生きてたら驚いたかな」

「水野先生が？　どうして？」

「父は小笠原ペアをチェックしてたんですよ。試合中継は必ず見ていました」

優菜は驚いた。「水野先生がフィギュアスケート好きなんて全然知らなかった。しかも、新種目の選手を？」

「先生が高校生だった頃は、興味なかったのかもしれません。見るようになったのは小笠原ペアが台頭してきてからなので」

水野といえばワンダーフォーゲルか陸上の印象しかなかった優菜にとって、戸惑う情報だった。煌(きら)びやかで華麗なフィギュアスケートの世界と水野は、こう言っちゃなんだが水と油だ。

何か理由があるはずだと思った瞬間、優菜は紺色ジャケットの幻を見た。弁当を食べるジャケットの背中と、一度だけ語った彼の言葉。

それからある種の不安がよぎった。

これはきっと水野の秘密だった。家庭の中だけの水野の顔だ。この顔を、水野は生徒には知られたくなかったのではないか。恥部を見られたくない、みたいな感じで。

「あ、そういえば」思が話題を変えた。「多治先生、原稿書けたみたいですよ」

華とのやりとりを続けている思は、優菜よりも華の近況を知っていたりする。

「そうなの。グループチャットの方には、まだ投稿ないのに、思さんには話すんだね」

「私が取材対象だったせいだと思います。原稿については、すごく手応えを感じているようでした」

いいネタになる、水野をモデルに一作書くと息巻いていた華が、実際にどんな作品を書き上げたのかまでは知る由もないが、口だけで終わらせなかったことは認めねばなるまい。

「どんな話なのかな」

「詳細は分かりませんけど、主人公の高校教師が、ある日突然ハラスメント的な授業をして失踪する話みたいです。聖職者といわれる教師も一人の人間だった、的な感じなんですかね。大学の先輩が出てきて、転落するきっかけになった授業の謎を探る、と話していました。生徒や同僚の先生に聞き取りをしたりして。多治先生からは、父の離婚のことや、母との関係について何度も聞かれたので、やっぱり小説の中でも豹変の理由は、そういうことになってるんじゃないかと思います」

「そっか。そうだよね。きっとそうなるよね」

「現実として、私もそうだと思うんです。父が理由もなく生徒に当たる教師だったと思いたくないです。理由があっても駄目だけど」

思は席を立ち、窓辺に寄って外を眺めた。図書室の眺望はさほどでもない。西に窓があれば山並みが望めるのだろうが。

「思さんは、華のルサンチマン・ドクトリンとかいう作品は読んだんだっけ？　やたら長い題名の、コンテストでは候補作になったという」

「読みました。面白かったです。莉緒はやや冗長な文章が気になるって言ってましたけど。主人公だけが病気にならなくて判断力バッチリ設定は強いですよね。ニアラの正体が記憶をなくした皇女ヴァイオレットだったのも、九条と結ばれて九条が王になるのも、ありがちだけど正統派ラブコメハッピーエンドですよね」

「私も読んだけれど、あれはところどころで、三年六組がモデルっぽいなって思ったの。お城の泉で二組が同時に告白する話とか、もろそんな感じだよ」

「同じ日に同じ場所で告白がかちあっちゃうなんて、実際にあったんですか？」

「うん。リアルでは中庭の噴水のところでだった。二組のうち三人が三年六組の生徒でね」

「一人は全然違うクラスだったんですね。逆にその人は、作中では誰だったんだろう。あの中で三年六組じゃなかったのって……イッチ上級騎士か樹木士のミクですかね」

「そう、ミクちゃん。どうして分かったの？」

「ミクは断られても、イッチに自分のことをまず知ってほしいと粘っていましたよね。だから、互いのことを知らない二人のどちらかが、別クラスだったのかなと」

「振られちゃうミクのポジションが、リアルだと一年生の女子だった。他は三年六組。イッチ上級騎士は一木くん、サイラス公は望月くん、アリエル嬢は私の友達の碓氷彩海だと思うよ」

するると、思はこんなふうに肯定してくれた。

「三年六組の人たちってキャラ立ってたんですね。モテる人、かっこいい人、賢い人……。望月と碓氷という名前は、父の口から聞いた記憶があります。でも、他の名前も私が覚えていないだけで、きっとみんなのことを言っていたとは思います」

雲が動いたのか、急に暗くなった。思の顔から陰影が消えた。

「スケートを習ってる人もいたんじゃないですか？」

優菜はどきりとした。「えっ」

「いませんでしたか？　フィギュアスケートを習っている人」

唐突な問いに、優菜は即答できなかった。しかし、思は優菜の愚鈍さを気にしなかった。張り詰めたものが解けるような笑みを思が浮かべると、また窓から光が差した。

「父は柏崎先生のクラスを、明るくてまとまりのあるクラスだったと絶賛していました。みんな仲がよくて、個性豊かないい生徒たちだ、いじめっ子はもちろん、落ちこぼれもいない、団結力があって、かつ、個々の自由も尊重し合える生徒たちばかり。今日も他の先生から羨ましがられた、あれが理想のクラスだ、白麗高校の三年六組よりいいクラスは受け持ったことがないって、毎日言ってました。受け持ちが変わっても、別の学校に転任になっても、今のクラスについては言わないくせに、白麗高校三年六組のあれこれは思い出して自慢していたんですよ。三年六組について話すことは、全部楽しいことでした」

「そうなんだ」

「だから、多治先生とやりとりをするようになってすぐ、一回めちゃくちゃ切れた日があると知らされて心底驚いたし、内容を聞かされてすごくショックだったし、それで不登校になった生徒もいると教えられても、実は信じてなかったんです。でも……そろそろ受け入れなければなりませんね。父が嘘をついていたと」

思はいったん視線を床に落とした。その姿に、優菜は何も言えなかった。だが思はすぐに顔を上げ、優菜をしっかり見つめた。

「柏崎先生って、多治先生のこと、あんまり好きじゃないですよね？」

思の目は白目が綺麗だった。濁りがなく、少し青みを帯びている。雪を通して見る光の色、雪が作る影の色だ。若い目だと優菜は羨ましくなる。自分も昔はああいう色だったかもしれない。でも今は違う。

「どうして好きじゃないって思うの？」

「多治先生の作品の話題になると、先生、なんとなく嫌そうな顔になる」

「そっか。私も修行が足りないな」

「仲悪かったんですか？」

「三年六組では普通だったよ。お互いあまり近づかなかったけどね」

「クラスの外では違っていた？」

「一年生の時が違っていたの」

「そうですか」

思は窓辺を離れ、カウンターのすぐそばに戻ってきた。

「柏崎先生。父の授業のこと、もう一度詳しく教えてもらえますか？　父が船守さんにしたこと全部、聞かせてください」

「いいの？　あなたにとって、楽しい話じゃないでしょ？」

「それでもです。それから船守さんがどんな人だったのかも知りたいです。多治先生は父がどうだったとか、自分はどう思ったとか詳しく教えてくれましたけれど、私、できれば船守さんについても聞きたいんです。日頃どんな生徒だったかとか、得意科目はとか、顔とか話し方とか、どんなふうにお弁当食べてたかとかでも」

「どうして？」

「どうしてかな。そのほうが、父が見える気がするから」

聡明（そうめい）な子なんだなと、優菜は感心した。

ならば、この聡明さを育てたのは水野なのかもしれない。

碓氷彩海

六月六日木曜日。総合病院の待合室は混雑していた。

碓氷彩海は電光掲示板に自分の受付ナンバーが表示されるのを待っている。あそこに２３７と出れば、自動精算機で会計を済ませて、今日の予定は完了だ。

造影剤を使ったＣＴ検査をした。多分、一万三千円くらい。去年も払っているから分かる。結果は一週間後と言われ、再診の予約も済ませている。

――それでは来週木曜日の九時半にまたいらしてください。結果はその時にお話しします。今日は水をたっぷり飲んでくださいね。造影剤が早く排出されますから。

軽い頭痛を覚える。去年も一昨年も、検査の後は頭痛が出た。おそらくストレスのせいだ。彩海は迷わずその場で常備薬を飲んだ。何事もひどくならないうちに対処するのがいい。だからこそ人は健康診断を受けるのだし、こうして大した自覚症状もないのに精密検査を受けろと勧められる。

検査を受けている間に、柏崎優菜からメッセージが届いていた。

『今日は検査だよね。お疲れ様。昨日また水野先生の娘さんとお喋りしました。もし都合がよかったら、近々会ってお茶でもしない？　週末はどう？』

春の健康診断で引っかかるのは、例年のことだった。初めて引っかかったのは、高校二年生にまで遡る。尿検査で異常値が出て、たまに心電図でも首を傾(かし)げられる。再検査をすれば正常値に戻っている。再検査を経て精密検査まで行ったとしても、結局不審な像は見当たらないとなり、一年の経過観察を言い渡されるのだ。

最初の異常では両親も多少気にしたようだが、今では「ああ、また？」という反応だ。母は言う。

「お母さんも若い頃そうだったわ。明子叔母(あきこおば)さんも圭子伯母(けいこおば)さんもよ。みんな歳を取ったら自然に治ったわよ」

たまに発熱することはあれど、そんなのはそこらの人々だって経験する、ごく一般的な不調だ。基本的に日常生活に支障があるわけでもなく、彩海は一週間後には異常なしの太鼓判を押されるつもりではいるが、ほんのわずか、緊張感が芽生えていることも否定しない。

やり残したことはないか、なんてことを考えてしまう。

まだ二十代だし、何でもないとは思うけれど。

でもきっと、若くして死病を宣告される人のほとんどが、何でもないと言われるだろうと思いながらその場に臨んでいるのだ。

優菜のメッセージに喜んで受ける旨の返信をする。土曜の午後一時、駅前のカフェで。予定が決まり、再度電光掲示板を見たが、まだ自分の番号は表示されていない。彩海は病院のロビーを遠い風景を見るように眺め、健康機器が並ぶ一角を発見した。近づいてみると、指を入れるだけで血管年齢や血圧等々が測定できるようだ。

備え付けのアルコールで手指を消毒し、暇つぶしに人差し指を差し入れる。

「彩海、検査どうだった？」

動物社会行動研究室に戻った彩海を、待ちかねた顔の本庄が迎えた。本庄は席を立ち、彩海のマグカップにメーカーのコーヒーを注いでくれた。

「結果が分かるのは来週なんだ」

「ああ、そっか。やきもきするね。とりあえず座りなよ。疲れたでしょう」

朝にマックスの量で落としたコーヒーは、午後になって苦く煮詰まっている。彩海は自席のパソコンを立ち上げながら、その苦さをゆっくり味わった。家でも店でも口にしない味だが、これこそが大学のコーヒーの味なのかもしれない。

指導教官の黒沢教授は、講義で不在だった。

「シェイクスピアファミリーは変わりない？」

「夕方からの雨がまだ降り続いているね。デリラがＯＰ21と22を翼ガードしてるところ」

シェイクスピアファミリーとは、ワシントン州シアトルから車で三時間ほどの国立公園内で営巣しているハクトウワシ一家である。アメリカのハクトウワシ保護団体は、多くの巣の近辺に定点カメラを設置し、二十四時間全世界にライブ映像を配信している。彩海もそれを大いに研究の参考にしているのだった。

ハクトウワシは生息地域によって繁殖時期も異なってくる。南部は早く、北部になればなるほど遅い。シェイクスピアファミリーの父親サムソンと母親のデリラは、現在子育ての真っ最中だ。四月にデリラが産んだ二つの卵は、五月中旬に二日違いで孵（かえ）った。保護団体は最初に孵ったヒナをＯＰ21、後に孵ったヒナをＯＰ22と呼んでいる。どのカメラもそうだが、ヒナが誕生してもすぐに名前はつけられない。育たないかもしれないからだ。

パソコンのディスプレイに、現在の巣の様子が映し出された。巣の周囲に設置された四つあるカメラのうち、メインカメラは南方向から巣の全体を捉える。現地は午後九時半過ぎだが、カメラが照射する不可視光により、白黒とはいえ個体像は鮮明だった。

巣にはデリラと二羽のヒナがいた。デリラはヒナたちを自分の体の下に入れようとし、ヒナもデリラの体の下に潜り込もうとするが、孵化（ふか）後約三週間ともなると、多少はみ出すのは致し方ない。

デリラの胸側にいるのがＯＰ21、尾の側がＯＰ22のようだ。たった二日の差だが、二羽の大きさは歴然としている。

「やっぱりＯＰ22が心配だね」本庄は下のヒナを気にしている。「どうなるかな。元気に動いてはいるし、現地六時ごろには糞（ふん）もしていたとはいえ」

「昨日三口くらいは食べられていた」

「視聴者は少なくなっているようだね。他のチャンネルもそんな傾向？」

「ボンキングが激しい時期は、かわいそうで見られないっていう人が多い。アメリカは日本よりも児童虐待に厳しい目を向けるというし」

「ボンキングって、いわゆるつつき行動だね。カイニズムと根っこは同じかな」

博士課程の本庄の研究対象はカラスなのだが、彩海がテーマとする猛禽類にも興味があるようで、いつの間にかライブ映像を見るようになった。とりわけシェイクスピアファミリーへの入れ込みは、本庄本人の研究の進捗が心配になるほどだ。彼女いわく、「孵化の瞬間を見て情が移ってしまった、もうママの気分」なのだそうだ。

「ボンキングの時期は例年視聴者が減るし、チャットタイムになれば、上のヒナへのバッシングコメントが寄せられるって。もう十年以上前からそうらしい。夏月さんが言っていた」

理学部の先輩である上坂夏月助教は、現在アメリカ国内のハクトウワシ保護団体と活動を共にしながら、現地でフィールドワークをしている。彩海に転部を決意させた人物でもある。

四月、夏月は保護団体が保管するデータのうち、二つの巣の子育てデータを、過去十年分彩海の研究のために送ってくれた。アーカイブデータのすべては、もちろんまだ精査完了しておらず、目処すら立っていない。

万が一、検査結果が芳しくなくて、以後の生活が変わってしまうとしたら、自分の研究にも支障が出る。だがどんなに急ごうと、後一週間で見切れるデータ量ではない。彩海は苦笑を押し殺しながら、自分が使うパソコンを眺めた。それとも夏月なら、再生速度を調節しながら常人には及びもつかない速さで視聴できるのか。夏月ならできそうだ。

——彩海ちゃんは差別意識ってどういうものだと思う?

何をやっても敵わない先輩から、かつて投げかけられた問いを、彩海は今一度反芻する。答えなんて出ないことを分かっていながらも。

＊

夏月との出会いは大学一年生の時だった。

彩海が家庭教師先で使用するプリント類を、派遣元の進学塾オフィスでコピーしていると、折悪く液晶画面にトナー交換の表示が出てしまった。進学塾で家庭教師というのもおかしな話かもしれないが、自宅での個別指導を希望する家庭へのニーズに応え、家庭教師の斡旋にも幅広く対応するバイト先だった。

「トナー切れ？　悪いけど、横に換えのトナーがあるから交換してくれる？」オフィスに一人残っていた若い女性が、キーボードを叩く手を止めずに続けた。「画面表示の通りにやれば、交換できるから」

「私、派遣登録している家庭教師の分際なんですけど、やっちゃっていいですか？」

彩海は若い女性に確認した。うっかり変な操作をしてコピー機故障という事態になっても、自分は損害を補塡できない。家庭教師登録からほんの一ヶ月程度の、しがないアルバイトなのだから。

女性はうーんと考え、また打鍵を再開した。

「大丈夫。あなた失敗しないから」

ずいぶんいい加減な社員だなと思いつつも、初対面の相手に文句を言うのも勇気がいる。彩海は初めてのトナー交換にトライした。

結論から言って、彩海は問題なく作業を完了した。

「あなた、手際いいね。服とか手とか、汚れなかった？」

「大丈夫です」

服という単語に釣られ、彩海は女性の服装を見返した。夏空のような鮮やかな青のTシャツと、彼女もオフィスワークにしてはラフな服装だった。

「お疲れ様」

そこに、背広を着た一人の社員が戻ってきた。彼はまっすぐ女性の席に行くと、ディスプレイを覗き込んで声を上げた。

「上坂さん、もうほとんど完了じゃない？　これ」

「はい」女性は高らかに一つキーを押した。「今、完了しました」

「成績上昇率の計算は一年間のデータで？」

「はい。勤務が一年未満で担当生徒の成績が一回以上判明している人は、それに基づいた予測値で計算します」

「その計算も組んだの？」

「計算式はここに転記しているんですけど……」

どうやら上坂というTシャツの女性は、アルバイトの賞与算出に使う実績評価計算プログラムを組んでいたらしい。

「ちなみに私は、年三百パーセントで算出されるようにしておきました」

女性の次の言葉に、思わず彩海は彼女の顔を見つめた。なぜこの文脈で自分のことを言うのか？ 考えられるのは、彼女もアルバイトだということだ。アルバイトにアルバイトの賞与計算プログラムを組ませるなんて。

隣の社員は、すぐに冗談だと分かったようだ。

「上坂さんならそれくらいやっても許されるかもね」

「十二月、期待していいですか」

上坂は唖然としている彩海に視線を向け、爽やかに笑った。そのまま口腔ケア商品のＣＭにも採用されそうな笑顔だった。

それが、当時大学院生だった上坂夏月だった。

きょうだいのいない彩海にとって、夏月は時として頼れる姉であり、アルバイト先の気のいい先輩であり、何より親しい友人だった。夏月もまた、彩海を一後輩としてではなく、歳の離れた友人として対等に扱ってくれた。世代差を超え、話も合った。彩海が時々眺めるハクトウワシの巣のライブカメラも、夏月は熟知していた。

「夏月さん、どうして知っているんです？ 自分で言うのもなんですけど、割とマイナーな部類のチャンネルでは？」

「言わなかったっけ？　私の研究テーマは、猛禽類だからね。余裕で守備範囲内」

「研究対象は猛禽類全般なんですか？」

「主に魚を主食とする大型のワシだね。北海道だとオジロワシやオオワシね」

「ああ、ハクトウワシもそうですね。それらのワシのどういう生態を研究しているんですか？」

「私たちは単純にボンキングって言ってるんだけど、同じ巣で孵化したきょうだい間の、主に餌をめぐるつつき合いのことだと思ってくれていい。そういうきょうだい間の攻撃的行動から、いじめ、迫害や差別の概念にまで切り込めないか考えている。彩海ちゃんは差別意識ってどういうものだと思う？」

「えっ？」

　瞬時に幾つかの光景が彩海のまなうらに広がった。誰にも話を聞いてもらえず、誰からも話しかけられない、教室でたった一人の自分。あれはまさに子供が行う差別や迫害だった。

「それを猛禽類から切り込むんですか？　人間行動学を研究するのではなく？」

「人間以外を知ることは人間との差異を知ることでもあり、すなわち人間を知ることでもある。彩海ちゃんどう？　彩海ちゃんさえ興味あるなら、このテーマ譲ってもいいよ」

「私、文学部なんです」

「そうだったね、残念」

　夏月の「残念」のトーンは軽く、彩海もまたそこまで残念には思わなかった。

　だが、夏月と話をするたびに、残念さは肥大し、影を濃くした。彩海は次第に、自分の学部選択を心底悔やむようになった。

「大学に入ってから勉強したいジャンルが見つかるなんて。一年無駄にしちゃったな」

こぼした彩海に、夏月はまた軽々と言った。

「見つかるだけラッキーでしょ、どう考えても。それに転部は二年次以上に在学していることが要件だったはず。何の問題もない」

彩海にとって夏月との時間は、とても楽しいものだった。日常のことでも研究のことでも人間関係のことでも、夏月との会話にストレスを感じたことはなかった。

「逆に、彩海ちゃんはどうしてハクトウワシのカメラなんて見てるの？」

「私、小学校卒業するあたりから中学生の途中まで、人間関係で悩んでいて。端的に言えば、いじめられていました」

研究テーマについて初めて教えてもらった時まならうらに浮かんだ自分を、彩海は打ち明けた。

「とある子を怒らせてしまったんですよね。怒らせるつもりはなかったんだけど」

「何があったの？　言いたくないなら別に言わなくてもいい」

「当時、大好きだった祖父が亡くなったんです。それで教室でも明るく振る舞えなかった。全体行動にも身が入らなくて、足を引っ張ったことも」

自分の苦い過去を、彩海は白麗高校の友人に話していない。優菜にすら教えていなかった。だが、夏月相手にはなぜか詳（つまび）らかにできた。それだけ時間が経ったということかもしれなかった。

「要は、もっと悲しい思いをした人がいるのに、大して悲しくも辛くもない瑣末事（さまつじ）でいつまでもメソメソして迷惑かけてムカつく、ということです。祖父母の死って親の死よりは軽んじられるじゃないですか。クラスの中には、本当に気の毒な状況で親を亡くした子がいたので、それでイラつかせたみたい。その子の立場になってみれば、確かに当時の私を腹立たしく思うのも分かるんです。きっとウザかったんだろうな」

「いじめられる理由があるから、いじめを受けても仕方ない、という気持ち？」

「憎まれる理由があったとしても、その人を殺しちゃダメなのと同じで、気持ちは分かるけれど、仕方がないとは思いません。でもその後、無視の首謀者とは緩く和解したんですよ。スマホで撮った星座の写真、全然上手く写ってないやつですけど、それを見せ合いっこしたり。で、ハクトウワシのチャンネルは、当時悩んでいた時に話を聞いてくれた人が視聴していて、それで知ったんです。この塾に『イマトモ』っていう受講生専用チャットがありますよね？」

「あれも歴史長いよね」

「辛い時、その『イマトモ』に、誰にも言えない愚痴を書き綴っていたんです。そんな私の相手をしてくれた担当者が二人いて、そのうちの一人が、フォビドゥンっていう変わったハンドルネームでした。チャンネルは、その人が雑談の中で教えてくれたんです」

夏月は晴々しく笑って言った。

「彩海ちゃん、うちの研究室向いてるよ」

彩海は文学部二年次に理学部への転部試験の出願届を出した。理学部転部後の年次は、二年だった。一年遅れをとったが、彩海は自身の選択を悔いてはいない。

＊

研究室のコアタイムは、十時からである。

六月七日、彩海が研究室に入ったのは九時前だった。学部生が一人おり、講義の予習をしていた。彩海はまだ煮詰まっていないコーヒーをマグカップに注ぐと、夏月から送られてきたアーカイブデータのチェックに取り掛かった。

今日取り掛かるデータは２０２２年のものだ。画面下部のタイムスタンプは、２０２２．０６．０６。この時期自分は何歳だったかを当たり前のように勘定し、ああ、三年六組だったと気づく。水野が豹変したあの日まで、あと半月ほど。

画面の巣には、灰色の毛に覆われた二羽のヒナだけがいる。孵化後約三週間。ヒナが孵って間もなくは、大抵親鳥のどちらかが巣に残り、ヒナを体の下に入れて保温するが、そのうちヒナだけを残して狩りに出かける。そうでもしないと、給餌（きゅうじ）が間に合わなくなるのだ。

オスが巣に魚を運んでくる場面までスキップする。ヒナたちは腹を空かせている。ハクトウワシが餌を食べると、素嚢（そのう）がある喉の下が膨らみ、外から見てもそれと分かるようになるが、ヒナたちはぺったんこだった。

オスが運んできたのは、地元でシャッドと呼ばれる魚のようで、いくぶん小さめだった。狩りの調子がいい時、オスは大きいマスを運んでくる。

ＯＰ７が真っ先にオスに近づき、一口大にちぎった餌を与えられた。ＯＰ８も鳴いて寄っていくが、ＯＰ７は頭を振り回すようにしてそれを拒絶した。大きく立派なクチバシが、ＯＰ８の目に当たる。つつき行動、ボンキングだ。

ハクトウワシの場合、巣の卵は数日の時間差をおいて孵化していく。最初の卵から二日後に二番目の卵が孵化する、というように。よってヒナの間には、はっきりと体格差が生じる。ボンキングで、後に生まれたヒナが最初に生まれたヒナに勝利することはない。

「お、アーカイブ見てるね」

本庄がやってきた。少し汗をかいている。本庄はアパートから大学までの片道二キロを、毎日ジョギングして登校する。

「教授いないし、私はリアルタイムのを見るかな」

早出の学部生が突っ込んだ。「論文大丈夫ですか、先輩」

「大丈夫なんだな、これが」

軽く顔や首元の汗を拭くと、本庄は現在のシェイクスピアファミリーの様子を眺め始めた。

「動きある？」

「今はまだない。ヒナは二羽でお留守番。サムソンかデリラが巣に戻ったら教えるね」

ワシントン州はこれから夕方に向かう。陽が落ちるまでに一度か二度、給餌のチャンスがあればいいのだが。

アーカイブと同じく、現在の巣でもボンキングの真っ最中である。ＯＰ21につつかれて、ＯＰ

22はここ数日間満足に餌をもらえていない。

猛禽類が複数のヒナを育て上げるには、いうまでもなく両親がそれだけの餌を取ってこられるかにかかっている。日本のイヌワシは早くに孵化したヒナが下のヒナを殺す【カイニズム】で有名だが、餌が豊富な環境下では【カイニズム】は起こらず、例えばアメリカにおける多くのイヌワシの巣では、ヒナは複数羽巣立つと言われている。

ハクトウワシなど魚を主食とする大型猛禽類は、比較的餌を多く得られるため、つつき行動があっても、片方を死に至らしめるケースはさほど多くない。上が満足すれば下のヒナに順番が回ってくるし、二羽の親鳥が同時に餌を運んできてそれぞれに給餌するといったシーンも、彩海は何度も目にしてきた。

「どっちか巣に戻ってきたよ」

本庄の声に、彩海はアーカイブを一旦停止し、ライブ映像の方を観察する。戻ってきたのはオスのサムソンだった。

サムソンが取ってきたのはリスの死骸だった。魚が主食とはいえ、リスやネズミ、カエルなどの小動物や水鳥なども時には取ってくる。

ＯＰ21がやはり先に給餌された。より腹を空かせているだろうＯＰ22が餌を求めて近づくも、ＯＰ21に激しくつつかれた。千人を超えていた視聴者数が、リアルタイムで減っていく。ＯＰ22は21の攻撃を避けて、よろよろと巣の端に行く。巣は高さ二十メートルほどの松の上部に、枝を積み重ねて造られている。彩海もずいぶん長く観察しているが、いまだに落ちはしないかとハラハラする。

リスの可食部はそう多くない。ＯＰ22は今回も何一つ与えられず、サムソンは飛び立った。

「さてと」

本庄が視聴を切り上げ、パソコンを叩き始めた。

シェイクスピアファミリーのチャンネルでは、現地時間の午前九時からと午後八時から、それぞれおよそ四十分間、保護団体職員と会話ができるチャットタイムが設けられる。

その日のチャットタイムでも、アメリカ国内の視聴者たちが怒りや嘆きの言葉を書き込んだ。

『ＯＰ21の行為は酷すぎます。彼（彼女）は弟（妹）と食べ物を分け合うべき』

『もう何日も満足に食べられていない。ＯＰ22は死んでしまわない？』

『かわいそうで見ていられない』

『ハクトウワシにも意地悪な気持ちがあるなんて知らなかった。私は、野生はもっと美しいものだと信じていたんです。いじめがあるなんて』

『ＯＰ21は冷たい鳥だ。病気になってしまえばいいのに』

『Persecute』

Persecute――迫害という言葉を使ったユーザーもいた。

昼休み、本庄と学食でランチを取っていると、メッセージが入ってきた。通知音にどきりとし、確認すると優菜からである。

『明日のお茶の件、待ち合わせ十二時でいいかな？　いっぱい話したいことがあるから、少しでも多く時間をとりたくて。二月の水野のお通夜以来だよね。久しぶりに会えるのがとても楽しみです』

待ち合わせ時間の変更くらいなんてことはなかった。すぐにＯＫの返事を送る。優菜のいっぱい話したいこととはなんだろう。水野の一人娘と交流しているようだがそのことだろうか。それとも華の小説のことだろうか。

水野をモデルにした小説を無事脱稿したと、先日華はチャットルームに書き込んでいた。

「意中の誰かからのメッセージですか、彩海」

本庄に突っ込まれた。

本庄は持ち込んだ弁当に温かいおかずを一品つけるというスタイルだ。今日のチョイスはオニオングラタンスープだった。彩海は醤油（しょうゆ）ラーメンを頼んだ。安いし、彩海はラーメンが好きだ。塩分を考えて控えるべきだったかと思い至ったのは、色の濃いスープを目の前にしてしまってからだ。

来週には食べられなくなるかもしれないし、まあいいかと、彩海は勢いよく麺を啜（すす）る。

「久しぶりに友人と会えるから嬉しくて。ところで先日の講演は、結局役に立った？」

五月の末、彩海と本庄は『私たちはひとりじゃない』というトークイベントに参加した。その場で再会した吉田は何か勘違いをしていたようだったが、講演を聴いた理由は、自分たちの勉強のためである。

アラスカのシンポジウムに参加した本庄は、現地の少数民族の人々と情報交換をした際、ヌイト族をルーツに持つ若い女性からこんな意見を聞いたのだという。

――現代社会において、私たちへの迫害や差別は過去のものとする見方がありますが、私はそうは思いません。差別はまだ根深く残っており、私たちはその中で苦しく生きている。一般的見地と私的感覚のギャップや強い孤独感に苛まれ、自ら命を断つ人も少なからずいます。当事者にとっては今この時も、生き死にの問題なのです。

――私のこの気持ちに近いのは、性的マイノリティの方々なのではないかと、思うことがあります。

それで彩海たちは『私たちはひとりじゃない』の講演に参加したのだった。

彩海は最後のシナチクを齧ってから言う。

「性的マイノリティについても、三十年前と比較したら格段に社会の理解は進んでいるように思う。さらに状況が改善されたら、もう性的マイノリティに対する差別や偏見は、この世の中にはないという論調になるかもしれない」

「その論調をまず言い出すのは、マジョリティだろうね」本庄は断言し、続けた。「彼女がどうしてああ言ったのか、彼女の気持ちを完全に理解するのはできないとしても、考え続けることをやめないのが私の今の課題で責務だと思う」

「トークイベントで、透明人間というワードが使われていたのが、私はすごく印象深かった」

――当たり前にこうだとされている概念に自分がいないということは、その世界で自分は透明人間だということです。

——存在の否定とは、分かりやすく言えば差別です。

彩海は教室で一人きりだった過去の自分を振り返る。誰とも話さず、誰も自分を見なかった。集団の中で、まさしく自分は透明人間と化したのだ。毎分毎秒が苦しかった。あれもある種の差別であり迫害であろう。

——彩海ちゃんは差別意識ってどういうものだと思う？

本庄に考え続ける課題があるのと同じく、彩海も夏月に問われた一言を考え続けて今日に至っている。

「それはそうと、体調はどうなの？」

本庄はスープだけになった彩海の丼を見ながら訊いてきた。彩海は丼を前にご馳走様の意味で手を合わせた。

「見てのとおり」

「すごく元気そうに見えるよ。顔色も悪くない。でも、今一番宙ぶらりんだよね。結果が出るまで気になるでしょ」

「まあね。でも慣れた。聞けば母やおばたちも若い頃そうだったって」

「あー、そうなの。私の父親の親族もほとんど心臓疾患系で死んでるから、気をつけなきゃ」

本庄がランニングで鍛えているのはそのせいだろうかと、彩海は彼女の引き締まったスタイルを好ましく眺めた。男女問わず、しっかりと筋肉をまとって絞られた肢体は、自制心がある証左だと彩海は思っている。好きにぐうたらしたり食べたりをせず、己を律する人の体つきを、本庄はしていた。四月にアラスカで行われたシンポジウムの期間も、彼女はホテル周辺でのランを欠かさなかったと聞いている。

学食は長居してくつろぐところではない。彩海と本庄は食べ終えると、さっさと席を立った。その分ゆっくりとキャンパスを歩きながら研究室へ戻る。

六月の構内は緑が綺麗だ。リラ冷えと呼ばれるぐずつく天候の日もあるが、晴れていれば真夏ほど暑くはなく、風は爽やかで、花はあちこちに咲いている。何より日差しが爛漫と輝いている。冬が辛いのは、寒さではなく日の短さや暗さのせいだと彩海は思う。寒いだけならば、厚着をして暖房を焚けば何とかなるが、日の短さ、暗さは、電気をつけても精神を鬱々とさせる。

「本当のことを言えば、結果が出るまでは、正直落ち着かない」

つぶやくと、本庄は穏やかに受け止めてくれた。「分かるよ、そうだよね」

「こんなことをしていていいのかって追い立てる声が聞こえる。来週には生活が変わるかもしれないのに、もう勉強だ論文だなんて、言っていられなくなるかもしれないのに、自分の好きに生きられる時間は、もうわずかかもしれないのにって。バカみたいでしょ」

「それをバカと言ってしまったら、大体の人はバカになっちゃうね」

「この研究も道半ばで終わるかもしれない、だったらもう全部やめていっそ旅行しちゃったら、とか。このまま死ぬとして後悔はないのかって、自問自答してるの。やり残したことはないか、私の本当にやりたいことは何だろうって声が聞こえる」

「実際やり残したことってある？」

「たくさんある」

「その中で、彩海が本当にやりたいことって何」

「クルーズ船世界一周。二千万円くらいのやつ」

「お金あるんかい？」

「五十万円もない」

本庄は大笑いした。「無理かあ」

「この自問自答が懐かしくてね。最初に自問自答したのは、高校二年の夏休みだったな」

初めて異常を指摘された時だ。

本当に今のままでいいのか、やり残したことはないのか、死ぬかもしれないのに——そう痛感した。

それまで彩海の成績は、平均的だった。廊下に貼り出される成績優秀者になったことなどなく、ただの学校生活エンジョイ系のバスケ部員だった。

「全然勉強もしてなかった。受験生になってから本腰を入れよう、まだ時間はたっぷりあると思っていた。教科書もごっそり置いて帰ってた」

「自分は病気かもしれないという恐れが、彩海の考え方を変えた、ってことか」

「本気で勉強しよう、全教科手を抜くまいって心入れ替えたはいいものの、教科書が机の中で慌てた教科もあってね。夏休み中の学校に取りに戻った、友達に付き合ってもらって」

「健康診断に引っ掛からなかったら、彩海は大学院に進学しなかったかもね」

彩海は頷いた。

「時間なんてないのかもしれない。むしろどうしてあると思い込んでしまうんだろう？　明日のことなんて誰にも分からないのにね」

「明日ありと　思う心の仇桜（あだざくら）　夜半（よわ）に嵐の　吹かぬものかは」

「誰の歌だったっけ」

「親鸞（しんらん）聖人だったかな」

「文系科目は苦手だって言っていたよね」

本庄は「苦手だよ、だから論文書くのも嫌い。あーあ、どうせなら明日論文できあがってないかなあ。なんか妖精的なものが出てきてほしい、あそこら辺からでも」とハルニレの緑を指差した。

春に芽吹いたキャンパスの緑は、日々濃くなっていく。図書館近くを流れる小川には木漏れ日が落ち、その木漏れ日を拾うようにオシドリの親子がゆったりと泳ぐ。ニレの木の根元を茶色い影が走った。エゾリスだった。すっかり夏毛になってスリムだ。

「今年の夏は暑くなるのかな」

本庄が太陽を見上げてつぶやいた。こんな話の流れでも、未来を話すことを忌避しない逞しさに、彩海も励まされる。本庄は毎年八月末開催のマラソン大会にエントリーする。今年もするのだろう。

＊

授業が始まってからずっと、彩海は机に肘をつき、考えるような姿勢を取りながら、ひたすら右手首の脈を数えていた。

じっとしていても速いのが分かる。普段は一分間に七十程度だった。それが近頃は百前後。原因ははっきりしていた。健康診断結果と週末に受けに行く再検査だ。

去年も健康診断に引っ掛かって、再検査ではなんでもなかった。だから今年も大丈夫だとは思うのは楽観すぎ？　私の腎臓ってどこかおかしいの？

彩海自身は取り立てて体の不調は感じていないのだが、それゆえ怖かった。あの日背中が痛かったのは筋肉痛じゃなかったのかも、あの時の発熱は風邪じゃなかったのかもと、今までの不調のすべてを病に結びつけて考えてしまう。

怖がる自分が情けないので、怖がっていることを誰にも知られたくない。口にするという変化で、未来が悪い方に変わるような予感もする。だから普段どおりかそれ以上に明るく振る舞っている。

大丈夫だったら、笑い話にして、優菜に話そう。

ただ、この頻脈は、授業のせいもある。今日の水野は明らかに変だ。

船守を標的としたホロコースト、は言い過ぎだろうか？

ついに船守が立ち上がり、教室を出て行きかけた。水野がそれを止めようと口を開きかけ……。

「先生」

思わず彩海は右手を上げた。

「前回の授業でやった『静夜思』に関する質問をします」

質問など特になかった。彩海は水野の気を逸らそうと試みたのだ。船守のためというよりは、クラスのため、ひいては自分のためだった。再検査を受けて無罪放免が確定するまでは、なるべく平穏な環境に身を置きたい。

元ワンダーフォーゲル部の水野は、山の話題を好む。

「山月の情景が出てきますが、これは現在の地名でどのあたりの風景なんですか？」

船守が教室を出て行った。引き戸があれほど乱暴に叩きつけられる音を、彩海は初めて聞いた。

「山のことなら先生詳しいよな。先生の山の話、面白いし」望月だった。「奥さんと付き合うきっかけになった山の名前、何だったたっけ？　先生、その山が一番好きなんですよね。二人でその山で何か見たんですよね？　何見たんでしたっけ？」

「山の話はしない」

水野の言葉は、過去を切り捨てた人間のそれに聞こえた。

「風冷尻山は別に好きじゃない」

ようやくチャイムが鳴った。教室全体が息をついたようだった。水野は何も言わずにすべての荷物を持ち、三年六組の教室を後にした。

「なんだあれ」

「すごい怖かったな」

「激おこ水野じゃん」

「彩海、彩海」

優菜が駆け寄ってきた。優菜は長身をかがめて、着席したままの彩海に抱きついた。

「怖かったよ、何あれ。当てられなくてよかった」

隣の席の男子が望月のところへ行った。空いたその席に、優菜はすかさず腰を下ろした。

「彩海、勇気あるね。私ならあんな時に先生に話しかけられない」

「でも役には立たなかったし、ますます水野の機嫌を悪くしたみたいだった」

「ううん、話しかけてよかった。船守くんが出ていけたし。水野ってあんなふうにキレることあるんだね。船守くん、別に何もしてないのに」

船守が標的になった理由は彩海にも分からなかった。そもそも理由などないのかもしれない。

と、彩海のスマートフォンにメッセージが入った。望月からだった。

『今日の昼休み、一時に、中庭の噴水まで来てほしい』

意味を嚙み砕いて咀嚼するより先に、窓際の一角で男子が派手に騒ぎ出した。

「ついにやりやがった、望月」

「ずっとカウントダウンしてたのってこれかよ」

彩海が望月を見ると、望月は両手でサムアップのサインを作った。

「碓氷！　お手柔らかにな！　俺振られ慣れてないから！」

陽キャとは思っていたがここまでとは。彩海は呆れてしまった。まるで何かの企画みたいだ。告白する様を大衆に見せて楽しませる系のエンターテインメント。確かに望月は、そういうのが好きそうではあるが。

教室内はたちまち蜂の巣をつついたような騒ぎになった。

「玉砕っぷりが楽しみだわ」

「いやいや応援しろよ」

「一木も昼休み、望月の応援に行ってやれよ」

「俺は用事がある」

「彩海、望月くんと何かあるの？」

優菜が心配そうな顔で訊いてきた。でも、大方の予想はついているだろう。彩海はスマホの画面をそのまま見せた。優菜の頬がじんわりと赤らむ。

「さすが彩海。モテるね」

「荒ぶる指示棒」

望月のグループはもう話題を変えていた。

「超スティックモード水野」

望月がカーテンのタッセルを鞭のように振り回した。それを見て何人かが爆笑した。

三年六組は明るいクラスだ。クラス替えから三ヶ月と経っていないのに、三年一緒に過ごしたように和気藹々としている。大体においては。

彩海は船守の席に視線をやった。

漢文の教科書とノート、筆記用具が出しっぱなしの席には、誰も座っていなかった。

もう、戻ってこないのでは？

ふと、そんな予感を彩海は抱いたが、すぐに雑多な思い煩いの向こうに消えていった。

昼休みは、想像以上に波乱だった。

波乱の要因は一木だ。一木の用事もまた、彩海とまったく同じだったのだ。望月に一言、自分も同じ時間に呼び出されていると教えれば、望月もなんらかの変更を考えたかもしれないのに、一木は時々驚くほど他人に興味がない。

他人というか、他人の色恋沙汰というか。

さらには、一木と一年生組が先に本題に入ってしまったので、彩海はその場で望月ともども観衆と化すしかなくなった。

一木と一年生のやりとりは、そばで聞いている彩海にもダメージがあった。どう頑張っても望みはないと一木は告げている。なのに一年生の女子は粘った。自分の魅力に自信があるのだろう。

彩海はさりげなく一木たちから離れた。円形の噴水の縁に沿って中庭の奥側へ数歩移動する。

「この世に君と二人きりになったとしても、君と付き合うことは一生ないよ」

一木の宣言は、嘘がない言葉だけが持つ強さがあった。だから、なおさら残酷に響いた。彩海はとても二人を見ていられなくて、下に目を落とした。

元々は鮮やかな空色だったのだろう、噴水の色褪せたペンキ。ヒビ。水が張られなくなって久しい噴水。こんな薄汚い場所が、どうして白麗高校の告白スポットに使われているのか……。円形の噴水に刻まれているのは、深いヒビだけだった。

その時は。

嗚咽（おえつ）が聞こえてきた。一年生の女の子は立ち去ったはずだ、誰だと思って見てみれば、泣いていたのは優菜だった。

彩海は驚いて訊いた。

「どうして優菜が泣いているの？」

「知らない」

五歳の幼児のような泣きぶりに、今度は優菜が注目を浴びていた。彩海は優菜の背に手を回し、あやすように軽く叩いた。

すると、優菜の感情が手のひらを伝わって彩海の中にも流れ込んできた——ように、分かった。

優菜も好きだったのか。

彩海はその時初めてテレパシーを信じた。

ティッシュを差し出せば、優菜は嗚咽しながら洟（はな）をかんだ。そんな優菜を、生徒ロビーにいた華が道端のゴミでも見るように見ていた。

＊

午後九時になろうとしている。昼に食べた醤油ラーメンはとっくに消化された。夕食は先ほどコンビニで買ってきた焼きそばで済ませた。

「遅くなったね、彩海は今日、何時までやるの？　明日友達と会うんでしょ」

研究室に最後まで残っているのは、彩海と本庄だった。

「あと一時間くらい残ろうかな」

「じゃあ私も、もう少し書く」

研究室のコーヒーメーカーはもう空だった。彩海は湯を沸かし、自分と本庄にインスタントココアを作る。仕上げに干からびかけているマシュマロも落とした。先日、学生の一人がお土産(みやげ)で貰ってきたものだ。カサカサのマシュマロはココアを吸い込み柔らかく溶けていく。

「ありがとう、彩海は気がきく」

本庄だってやってくれることだ。

シェイクスピアファミリーの巣は、ヒナが二羽、餌を持ち帰る親を待っていた。OP21の素嚢は膨れているが、OP22は空のようだ。

彩海はもう一つ画面を立ち上げ、そちらで八年前、２０２２年のデータを出す。この年だけ、映像データの他にチャットログのデータも送られてきた。何度も読み返したそれを、彩海はもう一度読む。

つつき行動が激しくなった頃に、保護団体の担当者がチャットに書き込んだ長い投稿を、おそらく夏月は読ませたかったのだろう。

『ここではっきりさせておきますが、ボンキングは自然で、本能的な行動です。ハクトウワシには、私たち人間のような「いじめ」「意地悪」の概念はありません――。』

保護団体は、ハクトウワシの世界にはいじめはないと言い切っていた。

一方で、集団で生活する生物が取る、一個体を仲間外れにしたり、きつく当たったりといった行動を、いじめと表現する研究者もいる。

そもそもいじめとはなんなのか、その定義を彩海は考える。

人間のいじめも進化の過程で習得した本能的な行動だとする説がある。ならば、本能的な行動であることを理由にいじめではないとされたハクトウワシのボンキングも、いじめと言えるのではないか？

いずれにせよ、ボンキングを見た視聴者はそれをいじめ行動と受け取る。彩海が重要視しているのはその点だった。

ボンキングをいじめや迫害と受け取るのは、人がそういう行動こそをいじめや迫害と認識しているからだ。

だとしたら――認識していない行動だったら？　Ａという行為を誰かが見聞きしたとして、それがいじめと認識されなければ、Ａをされている側が苦痛を感じていたとしても、いじめなんてなかったとその誰かは言うだろう。

――人は自分の手持ちのカードでしか物事を判断できないのかもね。手持ちに『いじめ』や『迫害』のカードがあるからこそ、いじめられている、迫害されているって思う。こんなのはかわいそうって言う優しい人も、ちゃんとカードは持ってる。

渡米前の夏月はそう言っていた。

コトンとデスクにマグカップを置く音がして、彩海の思考は途切れる。本庄がココアを飲み終わったようだった。

「アラスカで会ったジョイグさんがね」

唐突に本庄が語り始めたのは、先だってのシンポジウムで交流した先住民族の男性のことだった。

「絵本作家の方だったっけ」

「そう。ヌイトイ族の語り部。彼がね、カラスは本当はいろんなところにいるんだって言ってた」

「自然界の、という意味で？」

「彼の民族が言い伝える物語では、虹の中にもいるんだって。ジョイグさんが絵本にしたものを読ませてもらった。少年が家の前のカエデの枝に留まっているカラスを見つけるわけ。次は空を飛んでるカラスを見る」本庄はカラスの居所を順繰りに挙げた。「次は湖で白鳥の群れと遊んでいるカラス、集落の墓に潜り込んでいるカラス、土の中で鳴くカラス、焚（た）き火（び）の中で子育てしてるカラス、海の貝の中から現れるカラス……雨の雫の中に見つけた少年が空を見上げると、草原の端から端を渡すように虹がかかっていて、その虹の中にもカラスは飛んでいる。そして最後は少年も自分がカラスだったと気づく。私、その話が好きなんだ。カラスの研究してるから言うんじゃないけど」

　会話の間も、本庄の手は休むことなくキーボードを叩いていた。

　彩海は本庄がその話が好きだという理由を考えてみた。虹にカラスがいたら、ずいぶん目立つに違いない。人によってはそれを異物と取るかもしれない。でも、ジョイグのルーツとなる少数民族は、虹の中にカラスがいることを許した。

「私も好きだな」

　彩海が言うと、本庄はボトルの中のガムを一つ口に放り込んだ。

「湖で白鳥の群れと遊んでいるカラスって象徴的だよね。これが日本の学校だと、白鳥たちがカラスを迫害するか、カラスが白くなろうと頑張るか、どっちかじゃないの」親の仇のように本庄はガムを噛み締める。「留学生、特にアメリカからの学生と話していて思うけれど、教育の到達点、成熟した人間のビジョンが日本とは明確に違うね。米国において成熟した人間とは、『自分の考えを持ち、それを相手にも分かるように伝えられる人』のことなんだ。一方的に論破、じゃなくてね。相手と同じ意見じゃなくたっていい。違ってて当然。だから伝え合う。よって教育の場では、アウトプットを重視する」

「似たような話を、小笠原ペア関係の報道で読んだ記憶があるな」

「小笠原ペア？　どこにでも出てくるな、彼らは」

「思い出した、スポーツ雑誌の記事だ。小笠原日菜選手の子供の頃のコーチがアメリカ人で、自分の考えや意見をちゃんと言わないと怒られたんだって」

「へえ。確かにどこが痛いとかはちゃんとコーチに伝えないと事故や怪我に繋がりそうだよね。で、対して日本だけど、こっちは『規範を逸脱せず、みんなと足並みを揃えて行動できる』が、良識ある大人とされる。アウトプットじゃなく、知識はインプット重視。アウトプットしちゃうと違いが表に出てしまうからね」

「なるほど。人なんて違っていて当たり前なのにね。だって他人でしょ。一卵性双生児でも違うのに」

「私も中学生まで学校生活最悪だったから思うけれど、彩海もこういう研究テーマ選んだのって、やっぱりいじめられていた経験があるせい？」

夏月に話したのと同じ自分の過去を、彩海は本庄にも教えている。彩海はしばし考えた。

「そうかもしれないけれど、認めちゃうと、いじめに人生変えられてることになるのが悔しいね。あの頃のおかげで今があるとか言っちゃうみたいな？　冗談じゃない」

「確かにそれは冗談じゃないね。さて、あともう一踏ん張りだ」

彩海は時々自分の研究を、何もない虚無の空間に必死でパンチを繰り出しているようなものだと思う。自分では最善を尽くしているつもりでも、一つも手応えがない。まるで無意味な行動なのではないかと。

だがそれでも、研究はやめるつもりはない。

土曜日、彩海は優菜と待ち合わせをしたカフェへ行った。

約束の時間よりも五分早く着いたが、優菜はすでに窓際のテーブルにいた。現れた彩海を見つけて立ち上がり、嬉しそうに手を振る。最近太ったらしいが、彩海の目からは相変わらずのスタイルのよさであった。

「早くない？　いつ来たの？」

「十五分くらい前かな。買い物してたの。欲しい保湿クリームがあったから。フランスの……なんとかいうメーカーの。うちの近くのドラッグストアには置いてなかったんだよ。ひどくない？同じチェーンなのにね」

そう言い、優菜は小さな紙袋を差し出した。

「一つあげる。二つ買ったから」

「え、いいの？」

「性能抜群の割に安いの、これ。よかったら使って」

「ありがとう、じゃあ遠慮なくいただくね」

まだ学生の自分に比べて、働いている優菜には余裕が感じられる。その余裕が優菜を大人に見せていた。

しかし、いったんお喋りを始めてみれば、優菜のパーソナリティは高校生の時と何ら変わらぬことが分かる。基本的に優しく、丸く、誰かを押し退けようとすることもない。我を張らない平和主義者。我慢強さもある。優菜といると彩海は心が安らぐ。無駄な遠慮をしているふうでもなく思ったことを伝えてくれるから、余計気負わずにいられる。

だから、一年生のクラスで一人ぼっちだったと知った時、彩海はびっくりした。話す相手もおらず、教室にいるのが辛くて、書道準備室で弁当を食べていたと聞き、彩海は当時のクラスメイトたちの見る目のなさに呆れたものだ。

波風を立てることもないから、三年生で同級になった華ともそれなりに過ごしたが、深い付き合いをするつもりは最初からなかった。新年度当初、特に優菜と話している時に、華が割って入ってくることがあったが、優菜を優先し続けるうちにそれもなくなった。

距離を置いた華からは苛立ちが伝わってきたが、無視できる程度のものだった。

三年六組の和気藹々感の裏には、そういった要素もあったのだ。

ケーキセットが運ばれてきた。優菜が目を輝かせる。

「綺麗。写真撮っていい？」

「撮りなよ。私も撮る」

グラサージュショコラがかかったチョコレートケーキには、三種のベリーと、ホワイトチョコレートで作った蜂の巣模様の飾りが載っている。紅茶もいい香りだった。写真を撮り終えると、優菜はそれに慎重にフォークを入れ、一口食べるや目を細めた。

「優菜、白麗時代からケーキ好きだったよね。近くのカフェに食べに行ってた」

「彩海だっていつも一緒だったでしょ。あのカフェ、今もあるよ。釜焼きピザが美味しいって評判だよ。今度一緒に行こう」

「水野の娘さんと交流しているんだよね」

「そう、それ。彼女のことを話そうと思っていたの」優菜は視線をひたとこちらへ向けた。「水野思さんっていうの。今は二年生でね、祖父母のお宅で暮らしている。しっかりした子なんだ。成績優秀者で張り出されるほどじゃないけれど、ポテンシャルはあると思う。すごく聡明なの」

「お母さまの方が引き取ることはしなかったんだね」

「お母さま、今は大阪に住んでいるんだって」

「図書室に来るということは、本が好きなの？　交流のきっかけは？」

「白麗新聞に私の記事が出たことがあったんだけど」

「インタビューされるって言ってたね」

「その記事を読んで、私も白麗出身って知ったんだって。思さんが直接来て、お父さんのことを知っていますかって」

「彼女は華の取材源にもなっていたよね」

「うん。彼女、自分から華に接触したらしい。それだけお父さんのことを聞きたかったんだね。でも……」

言葉を濁した優菜を目にし、彩海もなんとなく察した。当時幼かった娘は、きっとあの授業の顚末（てんまつ）は知らなかった。だが華は小説を書くために、あの日の情報を欲しがっていた。華から一部始終を聞かされたとしたら、ショックを受けただろう。

「優菜の話を聞くと、思さんは水野のことを娘として好きだったんだろうね。そうじゃないと、話を聞きにわざわざ優菜のところに来ないだろうから。でも私は正直……」

好きではなかった。あの日のことがあったから。

続くその言葉を、彩海は自制してのみ込んだ。もういない人の悪口を言うのは憚られたのと、言うにしてもこんな昼日中の明るいカフェは場違いだというのと、何より精密検査の結果待ちだからだった。非科学的ではあるが、望む未来を引き寄せるために善良な人間の顔でいようとする心境には、理系の院生だろうがなるのだ。

だが、優菜はもっと純粋だった。

「ごめん、私は水野のこと、あまり好きじゃない。思さんはとてもいい子で聡明だから、そういう面に触れると、育てた水野もきっといい父親だったんだろうなって思う。でも、先生としてはどうしても好きになれないの」

はっきり言い切った優菜に、彩海は少し驚いた。

「優菜って今までそういう悪感情的な気持ちは、あまり言わなかったよね。水野のことは白麗生時代から好きじゃなかったの？」

「うーん……」

考えながらチョコレートケーキを口に運んだ優菜は、今度は美味しそうな表情をしなかった。

「私、彩海と一緒にいる時は楽しかったし、基本的に白麗はいい思い出なの。でも、違うこともある。一年生の時とか、水野の授業もそう。そのほかの楽しいことや印象的なことで目立たなくなってるけれど、嫌だった感情はどうしてか消えない。ふとした時にモヤモヤとして、今の気持ちに侵食してきて、その感情がまだまだ現在進行形で、心がざわつくの。自分でもバカみたいだと思うけれど」

優菜は言葉を切り、しばらく考えあぐねたのちに、その名前を口にした。

「船守くん、今、どうしているのかな」

授業中に出奔し、不登校になり、白麗高校を卒業しなかった船守のことなど知らない、私たちは同窓生じゃない、仲間じゃないから――というふうに、クラスメイトたちは思っているのだろうか。

あるいは、知らないと突っぱねることすらしないのか。

「思さんが教えてくれたんだけど、水野、小笠原ペアを以前からチェックしていたんだって」

「フィギュアのデュオを？」

「それで私、思い出した」優菜は周囲を気にするように視線を動かす。「船守くんが学外でやっていたスポーツって、スケートだよ」

そうなんだ、珍しいね、知らなかった……当たり前の反応を彩海はしなかった。優菜の顔と口調は、もっと大きなことを言っていた。

「船守くんに教えてもらったの？」

「一年生の時、一度だけ話したの。本当にその日だけだったんだけど。私、秋にはお昼食べる場所変えたし。でも、話したその時……」

兄妹でスケートをしていること、コーチがとても厳しいこと、本当は野球をやりたかったことを、その日に限って彼は喋ったのだと、優菜は言った。

「デュオとは言わなかったから、違うのかもしれない。スケートと言ってもスピードスケートの方かもしれないし。コーチはアメリカの人で、性格的なことでも怒るって言ってた」

「小笠原日菜選手の旧姓は、調べたら分かるんじゃない？」

「うん、分かるかも。分かるね、きっと」

でも、優菜は調べてないようだった。

怖いのだろう。

もし、その疑惑が本物だとして、あの日の水野の授業がなくて、船守の生活も変わらなかったら。

日菜選手と組んだからこそ金メダルを取れたと、小笠原伊王選手は繰り返している。

二人が組まなければ世界は変わらなかった。二人がペアになったからこそ、世界はこんなにも素晴らしく変わったのだとしたら、彼らの前のパートナーは？　もし前のパートナーがいるとすれば、その人は、自分が消えた方が世界はよくなるという事実を、この瞬間も突きつけられている……。

それは残酷な仮定だった。先を考えるのが躊躇（ためら）われるほどだ。

優菜は肩を落とした。

「船守くんって、水野やうちらに言いたいことあるよね」

彩海は頷いた。自分たちは人間だ。ひどい仕打ちを受けたら怒りを覚え、相手を憎んで当然だ。たとえその日水野に辛いイベントがあったとしても、船守には何の関係もなかった。もう昔のことだとか、相手は亡くなったのだとかで、船守にのみ水に流せと求めるのは、人としてあまりに情がない。

「もし言いたいなら、今からでも言ってほしい。水野本人には無理でも、墓にでもいい。傍観していたクラス全員に言いたいなら、私は聞きたい。彩海は？」

優菜がフォークを置いた。ケーキはまだ途中だ。

彩海はいつの間にか湯気を上らせなくなっている紅茶を見つめて言った。

「私も優菜と同意見だよ。でも、船守が声を上げることはないと思う」

「どうして？」

「見たから」

「何を？」

「いや……」

彩海は口ごもった。あの日見た『あれ』は、船守が残したものとは限らない。よって、言い換えた。

「とにかく、船守は他者に何かを訴えるよりも、自分をどうにかするのを選んだんだと思う」

だからこそ、船守は何も言わずに消えて、今も沈黙しているのだろう。もしあの時言いたいことを水野に言っていれば、水野もきっと救われた。水野本人だって、自分に非があることくらい、分かっていたはずなのだ。なじられれば水野は罪を償えた。すると償えた事実で水野は救われてしまう。

また船守が「おまえらはなんの役にも立たない薄情者だ、俺はおまえらの犠牲者だ」と言ってくれれば、傍観していた私たちも安心するのだ。なんだ、言えるじゃないか。言えるくらいなら、まだ元気じゃないかと思えるから。本当に深刻に傷ついていたら、なじる元気も出ないはず、本当に痛い時、人は悲鳴など出ない、みたいな身勝手なロジックで、裂かれた船守の心を適当に縫い合わせてしまう。船守の痛みなど考慮せず、傷がより化膿するのも構わず、縫合の事実だけを得ようとする。

だから船守は何も言わずに消えた。

「優菜、ケーキ食べないの？」

しょんぼりしてしまった優菜に声をかけ、彩海はチョコレートケーキを食べた。ケーキに罪はないのだ。優菜も気を取り直したのか、フォークをまた手に取った。

「思さんにね、こうも言われたの」

「なんて？」

「華のことが嫌いでしょう、って」

「すごいね、その子」

「見抜かれちゃったってわけ。ねえ、彩海」

「何？」

「ワシもいじめをするの？」

保護団体職員がチャットに書いた文章を頭の中で読み返し、彩海は答えた。

「分からないな」

優菜は困ったように笑った。「彩海でも分からないんだ」

「ワシに訊けたらいいのにね」

「じゃあ、差別とか迫害って人間だけのもの？」優菜は居住まいを正した。「私、このごろ白麗のことを思い出すと、差別や迫害のことまで考えてしまう。いじめも一種の差別だよなとか、迫害だよなって。大袈裟（おおげさ）すぎかな。でも、そもそもそれらって何だろう。いじめと一緒にしちゃいけないのかもしれないけれど、それすら分からなくなってくる。彩海は研究しているんだよね？差別って要はどんなものなの」

――彩海ちゃんは差別意識ってどういうものだと思う？

「あくまで私の考えだけど」

前置きをした上で、彩海は慎重に答えた。

「空気のようなものだと思っている」

「空気」優菜はその三文字をもう一度繰り返した。「くうき」

「本当に根深い差別は、空気みたいなものだと思う。あまりに当たり前にそこにあって、その中で生きることに誰もが疑問を抱いていない。だから、可視化されない。差別を受ける側も、おかしいと思えない。生き辛さを感じる理由は、自分にあると思ってしまう。そういう差別が一番深刻で、怖い」

「今もある？」

「私たちが当たり前の常識だと思い込んでいるところに、きっとある」

常識に異を唱える人間は迫害される。

だから、最初におかしさに気づき、この世界は辛いと口を切る人は、いっそうの痛みを負うのだ。

「やっぱり難しいね。彩海の研究は私には分からない」優菜は控え目に彩海を見つめた。「でも、いつかきっと誰かを救うと思う。二年で同じクラスになった時、私に話しかけてくれたみたいに」

虚空のパンチの先に、グローブを構える誰かはいると、優菜は言ってくれた。

別れ際、優菜は検査結果について案じてくれた。

「今年も何でもないって言われるように、祈ってるからね。結果分かったら、メッセージちょうだい」

「分かった。ありがとう、心配してくれて。いつものことだから、大丈夫だよ」

「全然顔色いいよ。めちゃくちゃ元気そう」

優菜は明るく保証してくれた。

帰途、彩海はあの日の翌日に見た『あれ』について考えた。

黒々とした文字のことを。

＊

『今日はすまん。一木たちがいるとは知らなかった。明日また同じ時間、同じ場所でおなしゃす！』

昨日、不発に終わった告白の後で望月から送られてきたメッセージだ。

一木と一年生のやりとりを前に、すっかり気が削がれたらしい望月だが、それでも一度言い出したことにはけりをつけたいらしい。その前向きさと有言実行の精神は、美点なのだろうが、彩海の答えは決まっていた。

「私、いないほうがいい？」

中庭へ向かう彩海の隣で、優菜が問うた。昨日もそうだったが、彩海が付き添いを求めたわけではない。望月が告白をふれまわったせいで、いらぬ注目の的になってしまった彩海を、優菜なりに案じてくれているのだ。その気持ちが嬉しいから、彩海は首を横に振った。

「ううん。すぐ終わらせるから、ちょっとだけ待ってて」

昨日と同じ中庭への出入り口の付近に優菜を待たせ、彩海は外靴に履き替えて一人で中庭に降りた。望月はまだ姿がなかった。

中庭の噴水はつくづくうら寂れていた。もはやここに噴水が存在する意義はあるのだろうかとすら思いながら、縁に沿って少し歩いた。

色褪せて汚れた水色の縁に、昨日はなかったゴミが黒々と付着していた。

無意識に顔をしかめ、次に彩海は気づいた。

ゴミではなかった。

それはマジックで書かれた文字だった。

『オレ死ね』

*

あの文字は、前日の同じ時間にはなかった。書かれたとしたら、その後の約二十四時間。

望月の告白を断った足で、彩海は生徒ロビーの奥の購買に駆け込み、販売係の女性に昨日の午後と今日の午前、中庭に出た生徒がいるかを尋ねた。

自分が気づいた限りでは、という前置きはあったが、彩海たち以外は出ていないとのことだった。

「あなたたち、昨日の生徒さんでしょ。いいわね、青春してて」

そう言って目を細めた女性の顔を、今はほとんど思い出せない。

購買は午前十時に開き、午後三時に閉まる。あれが書かれたのは、六月二十一日の放課後か、二十二日の朝だろう。

八年前も今も、推測できるのはそれだけだ。

彩海は軽く頭を振って、意識的に考えるのをやめた。どう頑張っても答えを出せない。監視カメラ映像でも見なければ。そしてそんなものはないのだ。

もう過ぎたことを考えるより、今の自分にとってはシェイクスピアファミリーを観察したほうが有益だ。

けれども、あの日の放課後遅く、マジックを持って憎しみを書きつけている船守の幻が、彩海には見える。

同時に彩海はもう一つの真実と向き合う。この幻がはっきりし始めたのは、水野が死んでからだ。自分も薄情なことに、船守の問題を記憶の底に沈めていた。否、沈めようとしていた。気にしてもどうしようもないという逃げの常套句（じょうとうく）を振りかざしたのだ。

ふと、彩海は自分の手を見た。荒れてはいないが、指先だけはやや乾いている。文献を紙で読むことも多い。紙は水分を吸う。

地下鉄を待つベンチで、彩海は優菜がくれたクリームを指先に塗り込んだ。

精密検査から丸一週間経った。

再診予約を入れている木曜日、彩海は精密検査の結果を聞きに総合病院へ行った。

呼び出された診察室へ入る。

担当医とデスクトップに向かう看護師がいた。

「検査結果ですが、腫瘍像といった明確に悪いものはないのですが」

彩海も見ることができる大画面に、ＣＴ画像が拡大される。

「実は今回、この部分が少し厚いのが気になるんです」

ああ、今日かと彩海は思った。いつか来ると思っていた日。

「それは悪いということですか」

「これから悪くなる可能性はあります」

例年のように異常なしのお墨付きをもらうつもりでいたのに。

「血圧も高いですね」

精密検査を受けた日、待合室にあった健康機器でも測ってみたのだ。150／113だった。

「病名はなんでしょうか」

「現段階では、病名というほどのものはないのですが、一つ確認させてください。血縁者で腎臓が悪い方はいますか」

「いません」

答えてすぐ、彩海は一つ心当たりを思い出した。

「若い頃、自分も異常値が出ていたと母が言っていました。歳をとって自然に治ったとも」

看護師が彩海の発言を入力している。

「お母さまのご兄弟やお祖父さんお祖母さんは？」

「二人のおばも母と同じで、今は健康です」

「おばさんは二人だけですか？」

「三人です」

「もう一人の方は？」

「私が生まれる前に」彩海は背部に鈍痛を覚えた。「死んだと聞いています」

「なるほど」

医師は彩海のＣＴ画像と検査数値表を見比べ、やがてこう言った。

「可能性として、未診断疾患かもしれません」

「それは何ですか？」

「患者数が少なく、まだ病名がついていない病気のことです。多くの場合、遺伝が関わってきます」

彩海は鈍痛を堪え、腹の底に力を入れた。

「これから私はどうするのが最善でしょう」

医師は大学病院への紹介状を書くと言った。

「未診断疾患なら遺伝子検査が必要です。お母さまやご親戚にも協力していただけたらと思います。血圧コントロールも必要になるでしょう」

診察室を出て、一週間前のようにまた電光掲示板に自分の番号が表示されるのを待つ。

待ちながら、やり残したことを考える。

シェイクスピアファミリー。アーカイブデータ。論文。研究。成し遂げたことはほとんどなく、やり残したことばかりが浮かぶ。

それから『オレ死ね』の黒い文字。

見なかったことにしていいのか、あのままでいいのか……考え迷った末、何もせずに卒業して今日になった。どうでもいい落書きだ、誰が書いたものだろうと自分が気にする必要はないという考えを採用した。

あの噴水は、近いうちに取り壊される。

あの文字は今も残っているのか。取り壊しと同時に、あの文字も永遠に消えるのか。誰にも顧みられることなく死ぬのか。

私は、やり残してしまった、何もしなかったという思いを抱えて、いつまで続くか分からないこの命を生きるのか。

地下鉄駅に向かう途中で、空から雫が落ちてきた。一粒は見る間に数を増し、アスファルトを黒く塗り潰していく。

彩海は西空を見る。明るかった。手稲山の頂に立つ鉄塔がかすかに捉えられた。

通り雨だ。程なく上がる。

上がれば虹が見られるだろうか。それとも。

北別府華

六月二十七日。

パートからの帰宅途中、電話の着信があった。華にとっては珍しいことだ。電話は滅多にかかってこない。知人は大抵メッセージだ。

誰だと訝りつつ画面を見ると、森村だった。

編集者の森村だ。

名前を認知した瞬間、車道の騒音が消滅し、代わりに蟬の鳴き声がボリュームアップした。華の心臓が期待に膨らみ、息苦しくなる。森村の連絡は大抵メールなのに、電話なんて。もしかしていい連絡じゃないのか。悪い連絡なら直接話すのは向こうだって避けたいに決まってる。

『ご無沙汰しております、多治さん。原稿ありがとうございました』

森村の言葉を聞きながら、華は息も絶え絶えになる。

『原稿、読ませていただきました。いや、大変面白かったです。こちらの作品でいきましょう。年内刊行を目標に改稿を……』

刊行。本になるのだ。あの『鈴を鳴らす男』が。水野の小説が。

勝った。

道端で華は人目も憚らず拳（こぶし）を握り、小さな悲鳴をあげた。歓喜の叫びだった。

電話を切ると、華はその場で春太に電話をかけた。勤務中だが電話を取ってくれた春太は、ワインを買って帰ると約束してくれた。

『水野思さん、こんにちは。

水野先生をモデルにした小説、「鈴を鳴らす男」の件。前回書き上がったことをお伝えしましたが、無事書籍化決定しました！

わたくし多治真晴、やりました！　ついに作家デビューです！

発売日はまだ未定ですが、これから八月末をデッドラインにさらにブラッシュアップして、今年中には刊行する予定です。

発売日が決まったら、またＤＭしますね。

よかったら書店で買ってくださいね！』

『元三年六組の皆さんへ。

ついに私の本が出ます！　デビューです！　やったあ！

発売日はまだ決まってないけれど、年内に出ることほぼ間違いなしです。タイトルは「鈴を鳴らす男」の予定。

発売日と正式タイトル決まったら、また投稿するね。

主人公は水野モデルだよ。みんなも登場しているかも？　絶対買ってね！』

それらの文章を打っている時、華は誇らしかった。物心ついたころから、どうして自分は報われないのか、どうして注目されるのはいつも他人で自分でないのかという忸怩たる思いを抱えてきた。それがようやく消えてなくなる。今度こそ脚光を浴びるのは私だ。

だが、思の返信を読んで、冷水を浴びせられた。

『多治真晴先生。作品が本になるんですね。おめでとうございます。

父をモデルにした主人公が、どんなふうに書かれているのか、読むのが少し怖いけど楽しみです。

柏崎先生にも話して、図書室に入れてもらえるようリクエストします。

多治先生のことを教えてくれたのは柏崎先生なので、あれから柏崎先生とも毎週お喋りをしているんです。

多治先生のことも教えてくれます。

この前、柏崎先生が三年生の時じゃなく、一年生の時のことを話してくれました。

とても興味深かったです。

多治先生はどうして柏崎先生を仲間外れにしたんですか？　多治先生には多治先生の理屈があると思います。よかったら教えてください。

今度は多治先生が私の興味があることに答えてくれると嬉しいです』

何言ってんのコイツ。

読んですぐさま華の頭に浮かんだ単語は『脅迫』だった。

これから脚光を浴びるだろうこの私に、おまえの後ろ暗い過去を知っているぞと揺さぶりをかけるつもりか。

嫉妬か？　あるいは、水野について教えてやったんだから対価をくれとでも？

思とのやり取りを始める時、華は話を聞かせてくれたらお礼をすると、こちらから提示した。高いものは無理だけれど、お茶とケーキを奢(おご)るくらいはすると。

思自身がそれを、当時は自分も幼くて、大した話はできないかもしれないからと断っている。

本腰を入れて原稿に取り組み始めた晩、キーボードを叩きながら華はほの暗い視線を感じた。隙あらば足元を掬ってやろうとこちらを窺う目、あれは柏崎優菜のものだ。

恨みを晴らす機会を窺っているのか？　いまさら？　三年六組では黙ってたくせに。

言葉を持たないくせに。

＊

柏崎優菜は第一印象からよくなかった。

なぜなら優菜は背が高いのだ。身長百七十センチはある。向かい合って話すと、華は優菜を見上げ、優菜はこちらを見下ろすことになる。

見下ろされるのは嫌いだ。馬鹿にされているように感じてしまうから。ことに、優菜のような人間からされるのは我慢ならなかった。華からすれば優菜は、人はいいのかもしれないけれど、ぼんやりとしている子で、いつもヘラヘラしているだけの凡人だった。

なのに、入学して最初に話した相手が優菜だったのは、白麗高校のシステムのせいだ。白麗高校の新年度の席順は、出席番号順で決まる。北別府華の前の席は、柏崎優菜だった。

おかげで黒板だって見えない。いい加減にしてほしい。縮めよ。骨削れ。

「優菜ちゃん、スタイルいいよね。中学の時モテたでしょ」

「全然だよ、そんなことない」

小柄な円香は優菜に親しげだ。愛らしい小動物が大きな動物に懐いている感じだ。女子グループの中で、自分以外のメンバー同士が親しくなるのを見せつけられると、華は焦りを覚える。円香、聖良、優菜、私。私以外の三人が仲良くなったらどうしよう。ここから弾き出されたら、これからの高校生活、一人になってしまう。でもどうして私？　私がこの中で一番劣っている？　そんなわけない。

「田沼くんってさ、背が高くてかっこよくない？　どこ中から来たのかな？」

いかにも恋バナが好きそうな円香が、内緒話の声で言った。

すかさず華は「いいよね、かっこいい」と同意した。田沼がかっこいいかどうかよりも、円香に同意することが大事だった。それからクラスの男子を頭の中で仕分けした。田沼くんは自由競争物件から円香優先物件へ。女子グループの暗黙の了解というやつだ。

「優菜は気になる男子いる？」

聖良に訊かれた優菜は、「いない」と答えながら照れたような笑みを浮かべた。華はその表情が癇に障った。合わせろよ。適当でいいから誰かの名前を言えよ。自分一人を安全圏に置くな。モテないだけのくせに男に興味ないフリするなよ。そんなイライラが、華の口を滑らせた。

「そもそも優菜って、彼氏できるイメージないよね。何歳になっても彼氏いない歴イコール年齢って感じ」

思わず口から出てしまった言葉に、優菜だけではなく円香と聖良も驚いた顔になった。

「うん、確かにいたことはないけど……」

華はイライラを隠し、取り繕った。「ごめんね、清楚ってこと。いい意味だよ」

「なんだ、びっくりした。怒ってるのかと思った」

優菜は微笑んだ。聖良が話を田沼に戻した。

「田沼くん、先輩からバスケ部に勧誘されてた」

「私も背が高かったら女子バスケに入りたかった。男女で分かれても同じバスケ部ならそれなりに接点あるよね、羨ましい」

「バスケってやるのはきつそう。マネージャーは？」

「一組の望月くんって人もイケメンで、バスケ部に入ったみたいだよ」

そんな会話があった翌週、田沼は優菜を女子バスケ部に勧誘した。

理由はたった一つ、背が高いから。

朗らかに優菜に話しかけた田沼から、円香は顔を背けて俯いた。床を睨む横顔には複雑な感情が浮かんでいた。聖良が小さく言った。「気にすることないって。下心なさそうだよ、あれは。優菜も断るんじゃない？」

「そうかな。案外喜んでそう」華は円香と聖良の顔色を窺いつつ、断じた。「モテない女子って、男子から話しかけられただけで勘違いするよ。円香の気持ちなんてどうでもいいんだよ、ああいうのは。多分もう一度話しかけられたくて、キッパリとは断らない」

優菜の声が聞こえる。「私、運動ダメだから」

「そう言わないで、一度考えてみてよ。ね」

田沼はそれで優菜から離れた。

ありふれた勧誘のそれではあるが、華はフンと鼻を鳴らした。

「ほら、断らなかった」

断りたくても、相手を立てながら上手く断る言葉が出てこなかったのかもしれない。そういう優菜の鈍さも癇に障るのだ。人として合わないのだろう。

聖良が声を低めて言った。「優菜ってああ見えて男好きなのかな」

それに華は乗った。「ああいう子は男好きの喪女だよ」

円香が肩越しに優菜を睨んだ。「優菜ちゃんは断ってくれると思ってた」

「最終的に断るとしても、ああいうのタチ悪いよ。私だったらやらない。キッパリ最初から断る」

言い募りながら、私も何を必死になっているんだと華は自問する。ムカつかせる優菜とムカつく私。どっちが悪いの？　もしかして両方なんじゃない？

「優菜って、私たちに合わないよ」

でも、言ってしまった。

言うべきだったかどうか、その行動の正しさは評価しない。ただ、私たちに合わないというジャッジは正しかったはずだ。

＊

思のDMを睨みつけながら、華は歯噛みする。

あれはいじめじゃない。グループに合わない一人がグループから抜けただけのこと。そんなのどこのクラスにだってある。

まさか、今さらキレるつもり？　あの人気作家多治真晴にいじめの過去、みたいなぶっちゃけをやるつもり？

思は優菜の味方についたのか。

だが負けない。過去はもう過ぎ去っているから過去なのだ。しょせん優菜はその他大勢だ。私は違う。自分の実力と努力と才能で這い上がった。

編集の森村だって、作家への誹謗(ひぼう)中傷には対応してくれるはずだ。

華は奥歯を嚙み締めながら、水野思のアカウントをブロックした。

三たび、山中

何か、大きな獣が動いたような音。

ヒグマか？

オレの体は瞬時に凍りつき、背と脇からは汗が吹き出た。灌木の向こうを凝視する。暗闇は距離感が摑めない。見えないことが想像力を無限に膨らませ、オレは巨大な獣が眼前に姿を現す幻に震え上がり、隣の彼に呼びかけた。

「おい」

あの物音がヒグマだったら。そいつが「いっちょ人間でも襲ってみるか」という気分になったら。オレらはもうなす術（すべ）ない。ナタで応戦して少しばかりの可能性が出てくるのは、せいぜい本州のツキノワグマまでだ。こちらを襲う気になってしまったヒグマには絶対に敵わないと、小学校で教わった。

「おい、おい」

おいの続きが出てこなかったが、要するにオレは、あれは何の音だと訊きたかった。さらに言うなら、彼に対処してもらいたかった。なぜなら彼は山に慣れていそうだから。だったら、追い払う方法も知っているのでは。ハイカーは熊よけの鈴を持っている。それを鳴らせばいいんじゃないのか。

彼はウィンドブレーカーのポケットから小石大の物体を取り出して、手に握っている。

武器か？　それを投げるのか？

「す、鈴は？　鈴はないの？」

ようやく絞り出せた言語は、悲鳴のようだった。彼は前方を注視したままじっとしている。あたかも覚悟完了、と言ったような諦念が感じられ、オレはさらに焦った。腕に手をかけ、ゆする。

「熊、熊よけの鈴だよ。持ってるだろ？」

急かすと、ようやく彼は片手でリュックを弄り、中から取り出した物体をオレに寄越した。渡されたそれを振る。思ったような音が出なかった。ベルの部分から何かが落ちた。丸められたティッシュだった。こんなのが詰まっていたら、ろくに鳴らないに決まっている。

だが、気づけばもう物音はしなかった。

彼は眼鏡を外してリュックに入れ、耳を澄ませるような仕草をした。「大丈夫みたいだな。ヒグマだったのかな、あれ。別の動物だったのかも」

「別の動物？」だったらとんだ空回りだ。「そりゃ他のもいるだろうけどさ。キツネやタヌキだったってこと？」

「テンとかオコジョとかは小さいかな。エゾシカだったかもしれない」

「シカなら見てみたかった」

話しているうちに、オレも少しずつ冷静さを取り戻した。鈴を彼に返す。眼鏡は外した彼だが、小石大の物体はまだ握っていた。

「その手の中にあるのは？　武器？」

「電子ホイッスルだよ。ボタンを押せば鳴る。これだと声を出せないような時でも助けを呼べる。柿ピーくんにぴったりだな」

「そっちこそビビって無言だったくせに」

「俺は別に、声を出そうと思えば出せたよ」

彼はホイッスルと鈴をポケットに入れた。彼の手の中で鈴はたった一度、くぐもった音を立てた。

もう一度耳を澄ます。少しの風に葉が擦れる音と虫の鳴き声はするが、獣の動きを連想させるような音は消えた。

これが山の夜の音か。

そう思ったと同時に、オレの中で閃き（ひらめき）の火花が散った。

ヒグマ騒動の直前まで、彼は沈黙を嫌がっていたようだった。眠くなったら横になれと言いながら、何だかんだでオレに話しかけ、会話を継続させた。なぜか？　その答えが分かったのだ。

彼はヒグマを警戒していたんじゃないか？　山を登る人が鈴を鳴らすのは、熊に居場所を知らしめて、向こうから避けてもらうためだ。彼は会話という音を立て続けることで、人間がここにいると山の主に知らせていたんじゃないか……。

「喉、渇かないか？」

彼が容器に水を汲んでくれた。渡されたそれの量はそう多くなかったが、喉を落ちていく感覚は心地よく、爽やかだった。飲み干して返すと、彼は自分でも少し飲んだ。

オレはテーピングした足を何となくさすった。ヒグマ騒動で、痛みはしばし忘れていた。

また、閃きが頭の芯でスパークした。

この足は、どうして捻挫したんだった？

見落としていた、いや、聞きそびれていた何かが……。

「昔、街中にヒグマ出たことあったじゃん」

話題を変えた彼に、反応するのが少し遅れた。

「え？　あ、あったっけ？　そんなこと」

「あったよ。ほら六月に札幌で。ネット中継もしてたろ」

思い出した。「川に沿ってやってきたのが住宅地まで入り込んだってやつ？　空港や自衛隊駐屯地の近くも走ったっけ」

「そう、それ。地下鉄駅のすぐそばまで来て、駅の入り口も封鎖されて、学校も休校になった」

「そうだ。朝七時半ごろ、臨時休校の一斉メールが届いたのを覚えてるよ」

メールが着信した時、オレはまだ家にいたが、時間的に既に学校へ向かっている生徒も多かっただろう。

早朝、空が白む頃に街中に現れたヒグマは、その後も人を襲いながら移動し、川べりの茂みに身を潜めた末、正午前に猟友会の銃で駆除された。

「高校二年生の時だったな」

オレがそう振り返ると、彼は声を大きくした。「やっぱそうか」

「やっぱって？」

「いや、俺も高二だったんだ。柿ピーくんと同じ」

そこで、彼はふと真面目な顔つきになった。

「ごめん」

「なんで？」

いきなり彼が謝ったので、オレの心はまたざわざわした。彼は頭を振り、体育座りの膝の間に顔を埋(うず)めた。

「いや」彼はそのままの姿勢で言った。「こっちの話」

「ていうか、さっきの物音、ほんと何だったんだ」

ヒグマでなければ、キタキツネかエゾシカか、もっと別の動物か。オレには山の知識がないから判断がつかなかった。

「この辺にもヒグマはいるの？」

膝の間から復活した彼の顔を窺いつつ確認すると、彼は迷う様子なく頷いた。

「いる。入山前にネットで調べたけど、先月も二件目撃情報があった」

「じゃあさっきのも？」

「可能性はある。でも、おまえ死にたいんだろ？　だったら熊に襲われたっていいじゃん。なんで怖がるの？」

オレは横目で、自分のリュックに目をやった。あの中に入っているロープを、彼は実際に視認したかのようだ。

一転彼は笑って、「いや、全然それでいいんだけどさ。おかしくないよ、怖がるの」とフォローした。

その笑い方に、もし馬鹿にしているとか、人を見下しているとかのニュアンスがあれば、オレはひどく悲しくなり、また彼を憎んだだろう。けれども彼の笑顔は純粋に好感の持てるものだった。言葉にせずともこちらへの好意や親近感、さらには安心といった気持ちが伝わってくる笑いだった。だからオレも、彼をさらに近く感じた。

「俺、例のヒグマの顚末、ライブ配信で見てたんだ」彼は回想しだした。「進行のアナウンサーがゲストの専門家に、ヒグマに遭ったらどうすればいいか質問してて、なんか笑っちゃったよ。専門家も一瞬戸惑ってた」

「遭ったらどうするって、あまり考えないよな。せいぜい静かにゆっくり遠ざかる、みたいな？　それでも向かってくるようなら、死の覚悟を固めるくらいか？」

熊よけの鈴など音を出してこちらの存在を知らしめ、とにかく向こうが避けてくれるように、遭わないようにするしかないのだ。

「もしもヒグマに襲われたら、どうすればいいかっての、これは叔父から教えてもらったんだけど」彼は両手の指を組み合わせ、首の後ろに当てた。「こうやって首を防御しながら、腹を下にして地面に伏せる」

　オレは彼の真似（まね）をして、組んだ両手を首の後ろにやった。このポーズでさらに腹ばいになるということは。

「首と腹の急所を守る？」

「そう」

「こんなのでヒグマに対処できる？　手でこう」オレは右手で宙を軽く薙（な）ぐ動作をした。「引っかかれてひっくり返されたら終わりでは？　どうするの」

「まあ、色々やられるかもだけど、体が動くうちは都度最初の姿勢に戻る」

「戻ってどうする」

「耐える」

「それだけ？」

　唖然としたオレに、彼は真面目な顔で念を押した。

「耐えてください。いや、マジで叔父からそう教えられたし、実際合ってるから」

「耐えられるものか？」

「さあな。でもそうするしかないんじゃないの。そのうちヒグマの気も変わるかもしれないし。殺戮（さつりく）に飽きるかも」

「運を天に任せるんだ」

「酷い目に遭ってる最中や、辛くてどうしようもない時ってさ、何とかしようと思うけど、割と自分でもどうしようもならないんだよな。ただ耐えて、その時が過ぎるのを待つしかない」

　彼の言葉に引き出されて、暗闇の眼前に過去の光景が浮かぶ。あの日、オレはなす術がなかった。あいつは教室という閉鎖空間における絶対的強者で、オレに理不尽（りふじん）な仕打ちを喰らわせ続けた。まるで見せ物。まるでサンドバッグ。あの時のあいつも、サディスティックな気分だったのか。

　でも、耐え続けても壊れたら終わりだ。

「……待ってもどうにもならないかもしれない。ずっとダメなやつもいるよ」

「その時はしゃーないってことかな」

「オレはずっとダメだった。だから言ってるんだよ」

　暗闇に耳を澄ませる。マグライトの光の中で羽虫が飛んでいる。

「柿ピーくんはどういうふうにダメだったの」

「どういうふうって……」具体的な単語を口に出す勇気は、この期に及んでも出なかった。「何もかもだ。勉強も、スポーツもダメだった。顔だって。膝も腰もいつも痛い」

「顔は別に普通じゃね」

「とにかく、一回ダメだったから死のうとかいう、単純な話じゃないんだ」

望月凜

望月凜の朝はメッセージアプリのチェックから始まる。午前六時、アラームを止めてまず確認したが、七月三日のこの朝も渡辺美羽（わたなべみう）からのメッセージはなかった。

ついでに言うなら、寝る前に送ったメッセージも既読はついていない。

はあと大きな溜め息を一つついて、気持ちを切り替える。望月にとって溜め息は気分の切り替えスイッチだ。なるべく楽しい気分で楽天的に生きるのが、望月のモットーである。

美羽ちゃんだって、辛気臭い男はごめんだよな。今日も職場で顔を合わせるし、明るいところを見せた方がいいよな。

去年から付き合いだした美羽は、望月が勤める銀行で窓口業務を担当している。窓口を任される多くが契約社員の中、美羽は唯一の正社員だった。彼女の祖父が常務取締役であることと、彼女自身の学歴がそれほどでもないこともあり、一部の社員からはコネクションを囁（ささや）かれているが、望月は彼女の容姿や人当たりのよさが買われたと評価している。

その、人当たりがいいはずの美羽なのに、近頃は望月に塩対応なのだった。遊びや食事に誘っても二回に一回は断られ、メッセージへの返信も遅い。最近はほとんど一緒に過ごしていない。

「習い事を始めたから」

とのことだったが、その習い事を望月は知らなかった。

もしかして美羽は、別れを匂わせているんじゃないか。

望月は振られることに慣れていなかった。望月は基本的に好意を向けられる側であり、別れをコントロールする側だった。相手に花を持たせて振られる態を取る場合でも、心は先に望月の方が離れている。唯一の例外が碓氷彩海だが、あれはバスケ部引退記念というか青春の思い出づくりというか、望月自身エンタメとして楽しんだので、大きなダメージはなかった。

通勤電車の中で、望月は考えあぐねた。気を引くようなことができればいいのだが、仕事ではどうやら無理そうだ。望月の仕事は大口個人客相手の営業で、企業相手よりも地味だし、望月自身の成績も芳しくない。

契約が取れた金額や金融商品の口数で評価が変わる単純な世界だが、望月は決断を渋ったり迷ったりする客にもう一押しができない。望月の顧客にはリタイア世代が多い。一千万円超の高額商品、しかもリスクありとくれば、迷う気持ちも理解できる。迷うなら決めなくてもいいんじゃないかと思ってしまう。誰だって損はしたくない。投資で負けたとして、失った額をもう一度稼ぐ術を失った世代に、それでもやる方がいいですよと言い切るには、ある種の勇気と割り切りがいる。

やっぱ、配信かな。

望月は動画配信チャンネルを運営している。開設当初はまだ大学生で、ゲーム実況が柱だった。今はゲーム実況もやるが、顔出しでファストファッションの新作レビューをしたり、カメラ片手に外に出たりもする。見知らぬ町や思い出の土地の、一見何でもない住宅地や路地裏を歩く企画は、付き合い始めた頃の美羽も好きだと言ってくれた。ヘビーユーザーではなかった美羽のために、視聴用のアカウント登録も代行してやった。

電車内で望月は、二週間前に配信した自分の最新作動画を再生した。この時は豊平川の河川敷からスタートして、卒業した私大近辺まで歩いた。再生数はそう多くないが、ついているコメントは好意的なものが多い。

『懐かしい』

『学生時代の通学ルート』

『5：36この辺にお好み焼き屋さんがあったはず』

チャンネル開設当初から望月は、事務所所属の声がかからないかと期待している。望月には動画一本で生活したいという夢があった。就活前に話が来ていたら、銀行員などにはなっていない。難しいのは百も承知だが、それでも夢を見てしまうのは、きっと生来の性格だ。望月は小さな頃から漠然と、自分も有名人になれるんじゃないかと思っている。メディアで見るタレントやスポーツ選手を、雲の上の人間と感じないのだ。彼らは早くに順番が巡ってきただけで、その順番はいずれ自分にも来ると確信している。ただこの考えは他人からすれば失笑ものだという客観性も備えているため、大っぴらに口にすることはなかった。

必要なのは、たった一つのきっかけだけだ。あの小笠原伊王のような。

車内広告に講演会のポスターが貼られてあった。金メダリストの小笠原ペアが登壇するものだ。

観覧希望があまりに多く、急遽パブリックビューイング会場を複数設けて対応と追記がある。収容人数四万人の施設も会場に含まれていた。

要はきっかけだ。小笠原ペアのようにいい波に乗れたら人生が変わる。世界なんて変わらなくていい、自分の人生さえ変わればいい。

次の動画でバズらねーかな。

近く発売されるビッグタイトルのゲーム実況を考えていたが、発売日に顧客との予約が一件入ってしまい、有給休暇が取れなかったのが悔やまれた。

「そうは言うけど、今のおまえの動画じゃなあ」

田沼は首を傾げた。

昼過ぎである。望月はバスケ部時代からの友人である田沼と、職場近くにある行きつけの洋食屋にいた。洋食屋と表現するのは、その店がイタリアンなのかフレンチなのかよく分からないからである。味も雰囲気もよく、昼休みを過ぎた時間だったが、若い客で混んでいた。

その中で田沼はビールを飲んでいる。

田沼が昼間からアルコールを飲めるのは、有休中だからである。大学卒業後、関東圏のローカルテレビ局に就職した田沼は、若手ディレクターとして番組制作に携わっている。テレビと配信ではもはや戦うフィールドが違いすぎるが、それでもディレクターならではの視点はあるに違いない。望月は意見を聞くことにした。

「俺の動画のどこがダメだよ」

「なんかつまらん。真面目な高校生みたいで」

「高校生呼ばわりは心外だわ」

「冒険心も感じられんのよな。実家のような安心感と言えば聞こえはいいけど」

田沼の言うことが全部正しいとは思わないが、ところどころでは合っていたりする。最近新作のアイディアが湧かないことはしばしばあり、そういう時望月は、再生数が多い過去の動画の焼き直しのようなことをしてしまう。

「分かってると思うけど、サムネを思いっきりセンセーショナルにして釣るのも戦略だぞ。おまえの動画のサムネはゲスさが足りない」

「だって美羽も見るしなあ」

「あと、今の旬の話題に乗っかるとか、利用するとかしてもいいんじゃね。たとえば小笠原ペアとか」

「俺全然あの手のスポーツに興味ゼロ」

「でも選手の家族を知ってるだろ。船守ってやついたの、覚えてるか?」

望月は前のめりになった。「船守? 二月に担任死んでそいつのことも思い出したわ。授業で水野に粘着されていなくなったんだよ。マジですっかり忘れてたけど、あの超スティックモード……」

「あいつ、小笠原日菜選手の兄貴だぞ」

前のめりになった望月の顎が落ちた。こいつはいきなり何言い出すんだ、これが都会に毒されたってやつか。

「信じてない顔が過ぎるけど、本当だぞ」

「船守がワイドショーにでも出て妹のことを喋ったのかよ。それともマスコミの情報網？」

「情報網もあるし、俺自身船守と同じ小中だったから」

「だからなんだよ。船守と連絡取り合ってんのか？」

「はは、全然違う」

田沼は子供の頃リトルリーグに入団していたこと、チームに船守がいたこと、しかしすぐに退団したことを簡潔に話した。

「プロ野球選手になってオリンピックに出たいとか言ってたんだぞ、あいつ。十歳くらいの時はさ」

「それなのに辞めたんなら根性なさすぎじゃん」

「妹と一緒にスケートを習うことになったって、しょんぼりしてた」

「その妹が日菜選手ってこと？」

田沼は頷いた。「ワイドショーで映る茶色い壁の実家も、あれ船守ん家なんだよ。三台くらい停められそうなカーポートもまんま。ガキの頃に見て、クソでけえ家って思った。何なら住所も分かるぞ」

「それ裏取れてるんだよな？」

「局で小笠原ペアの詳細資料は見たよ。日菜選手は十四歳の時に兄貴と組んでシングルからデュオ種目に転向してた」

「全然知らんかった。船守と日菜選手って試合で映されんかったのか」

「出なかったんじゃね。俺も取材スタッフから聞いたんだけど、デュオって技が危険だし、特に力技担当の選手は体づくりが大変らしいんだよ。二人揃って技を練習できるようになるまでに一年以上かかるのも珍しくないとか。あとよく知らんけど大会規定とか？　デュオって新しい種目だから」

「なんでコンビ解消したんだ。小笠原伊王選手と組んだってことは、解消したんだろ」

「そこまでは知らんわ。よくあることなんだろ」

「日菜選手と小笠原伊王って、いつ組んだんだ？」

「日菜選手が十六歳のシーズンで組んでるな。ちなみにその時船守は十八歳か？　高三だな」田沼はグラスのビールを飲み干した。「俺理系クラスだったから、スルーしてたけど、船守って結局どうしたんだろうな。実家取材では両親しか出て来ないんだよな」

「前に組んでたお兄さんは今何を？　って誰も訊いてないのか？」

「兄のことは絶対訊くなってのが日菜選手のお約束なんだよ。取材協定ってやつ」

一つも知らなかった船守の事情を聞かされた望月は、内容に愕然（がくぜん）となりながらも、それをどう動画に活（い）かすか、どんな動画作りができるかを考え始める。確かにこのネタは捨ておけない。

「おまえならこのネタでどんな動画撮る？」

しかし田沼は「知らね」とにべもない。

「実家に突撃とか？　責任は取らんけどバズるかも。住所教えてやるよ、言っとくけどマスコミルートじゃなくて、小中が同じの幼馴染情報としてな。とりあえず、小笠原ペアに興味持ったなら、講演会のパブリックビューイングにでも行ってみれば？　俺なら行くね」

船守の話はそれで一段落し、白麗時代の旧友らが今どうしているかという話題に移った。東京で働いている彼らのあれこれを田沼が教えてくれ、望月は目新しい話題を探した末に、華の近況を話した。

「北別府華ってやつの小説が本になるらしい。それの主人公のモデルが水野でさあ」

「北別府？　知ってる、高一の時同じクラスだったわ」田沼は鼻の付け根に皺を寄せ、唐突に嫌悪を表した。「柏崎って大人しめの女子をハブにしてた。何でもないことで嗤いものにしたりな。分かるだろ、楽しげな笑い声じゃなくてバカにしてダメージ与えるタイプの嗤い声。そんなんが毎日教室に響いてて、あのあたりの女子グループみんな嫌な印象しかないけど、は？　あいつ作家？　うわー、絶対読まねえ」

「柏崎とそんな関係だったんか？　三年六組じゃ普通だったぞ。特別親しいって感じじゃなかったけど。通夜の時も会話してたし」

「へー、そうなのか。六組の雰囲気って、他クラスからしたら引くくらいよかったからな、そういうのもあって薄まったのかも。とにかく一年の時のあいつらは中学生みたいだったぞ。俺、内心焦ったし。やべー、白麗高校ってこんな程度悪かったんかって。もうちょい頑張って北高狙えばよかったってさ」

午後はアポイントメントがなかった。望月は自分のデスクで新しい金融商品の資料を読みながら、華と優菜について考えた。

二人がいじめの加害者と被害者の関係だったとは知らなかった。

しかし、たとえ加害者側とはいえ、動画チャンネル的には、華の方が優菜よりも利用価値がある。なにしろ、今年中には書籍が刊行されるらしいのだ。今時本を出版するなんて珍しくもないのだろうが、それでもこちらと同じエンターテインメント系の活動をしている点は大きい。

小説投稿サイトの華のプロフィールページを見てみると、『鈴を鳴らす男（仮題）書籍化決定！』とあった。

通夜の日の時点で、小説投稿サイトではすでにファンもついているセミプロと自称していた。だとしたら、ファンに向けて刊行される書籍のプロモーションをしたいだろう。

こちらとしても、華のファンが視聴してくれると視聴者数が上乗せされる。

水野をモデルにした小説だけあって、件の授業について盛り込まれているらしいし、そこから三年六組のトークに持って行くのはどうだ。同じクラスだった華となら、当時を振り返って盛り上がれるだろう。その流れで船守の話題を出す。

――この船守っていう生徒なんだけど、すごい情報を仕入れちゃいました。実は金メダルの小笠原ペアとこの船守には、人知れぬ繋がりがあったんです。今日この配信見てる人、マジでラッキー。得しましたよ。明日、誰かと話すネタにしてくださいね……。

これだな。

頭の中で組み立てたビジョンに、望月はすっかり気分をよくした。小笠原ペアにはまだ大衆訴求力がある。なるべく早く計画を立てよう。

確かにこれに比べたら、路地裏歩きなんてガキだったな。

『あ、凜くん？　何？』

今日も一言も話す機会がなかったので、望月は直接美羽に電話をかけてみた。望月の退勤時には、もう美羽は支店を出ていたのだ。

『メッセージでいいのに。急用？』

メッセージだとスルーじゃん、という言葉を望月は飲み込んだ。

「今日さ、次の動画について若干ワクワクするプランを思いついて」

『へえ、具体的には何？』

「時期がくれば分かる。今月後半」

『ふうん。楽しみだね』

「今回ライブにするかも」

『そうなんだ。すごい』

会話は弾まなかった。今何をしているのか訊きたかったが、切り出す前に美羽から『今ちょっと手が離せないんだ』と言われてしまった。

『でも、投稿されたらちゃんと見るから、お知らせしてね』

美羽はそれでも通話の最後にそんなことを言ってくれた。

＊

長い授業が終わった。水野は教室を出て行った。

水野はコルクみたいだった。出て行くことによってようやく栓は抜かれて、授業中ずっと堰き止められていた言葉が三年六組の中に溢れた。

なんだあれ、やばい、すごい怖かった。

望月ももちろん言った。

「激おこ水野じゃん」

そして、女子たちの反応を窺う。望月の視線の先には彩海がいた。今日の授業のラストは俺と彩海の共同作業だったよな。こっち見ねーかな。

彩海の顔はよく見なくてもかなり整っている。頭もよく、社交的で明るい。きっと歳をとるごとにいい女になる。このクラスで誰を彼女にするかと選ぶなら、俺は彩海を選ぶね。

というわけで、望月は己のプランを満を持して、実行に移したのである。周りの友人に目撃者になってもらう。

「例のカウントダウンの最後の一手、やっちゃうわ」

「お、望月。何すんだよ」

男女バスケ部員のメッセージアドレスは全部知ってる。もちろん彩海のも。直(ちょく)で彩海にメッセージを送る。

『今日の昼休み、一時に、中庭の噴水まで来てほしい』

中庭の噴水というのは正直微妙なのだが、かといって他にどこがあるかというと、白麗にはこういったイベントに適当なスポットがない。中庭という響きだけでまあよし、の精神なのだった。

送信ボタンをタップすると、周囲の連中は大騒ぎした。指笛まで鳴る始末だ。彩海がスマートフォン片手にこちらを見た。無事着信したようだ。

望月は親指を立て、何度もウインクを飛ばして言った。

「碓氷！　お手柔らかにな！　俺振られ慣れてないから！」

この一手で、教室全体をも巻き込むことに成功。気づいていなかったその他大勢の連中も騒ぎ出す。

その騒ぎの中心が俺だ。

「マジ、望月くん彩海に告るの？」

「振られるか付き合うか賭けるか」

「なんで公開型なん？」

そりゃあ、その方が面白くて楽しいからだよ。高校生活も残り一年切って、そのうち嫌でも受験受験の毎日になるんだ。楽しいと思うことはどんどんした方がいい。

「玉砕っぷりが楽しみだわ」

「いやいや応援しろよ」

しかし、たとえ振られてもそれはそれでおいしい展開だと、望月は楽観する。元々望月は本気で彩海のイエスを狙ってはいない。もちろんイエスの返事をもらえるのに越したことはないが、それは麻雀(マージャン)の裏ドラみたいなものだ。今回の主眼は、告白することそのものにある。

どちらもバスケ部の部長だった。彼女がいる時期もいない時期も、望月は気づけば隣のハーフコートを駆ける彩海を目で追ってきた。先日インターハイ予選が終わって部活は引退となったが、最後にもう一つ、派手なイベントで花道を飾りたい。

「しかし、さっきの水野マジでおっかなかったよな」

いつまでも同じ話題にしがみつく不健康さも、また望月らにはない。来た波に飛び乗る柔軟さも一つの見せ所だ。話題を変えた一言を望月は歓迎した。

「荒ぶる指示棒」

ウケた。じゃあ、もっとだ。望月はカーテンのタッセルを取って、それを上から振り下ろした。

「超スティックモード水野」

いつもつるんでいる連中が爆笑する。

だがその中で、一木だけが笑っていなかった。

その理由は、昼休みに分かった。望月が彩海を呼び出した同じ時刻、同じ場所に、一木も呼び出されていたのだ。

「同じじゃん。一分一秒違わず同じじゃん。先に言えよ。どうすんのこれ」

しかも一木を呼び出した一年生女子が、なかなかのタマだった。彩海を前にどう切り出そうか、なんてドラマティックな時間を堪能していたら、後からやってきた一年生女子がさっさと一木に告ってしまった。

そうなればもう傍観しているしかない。一木の残酷劇場を。

「それは断る」

きっつ。

「付き合うとかいうレベルの話なら、ないんじゃないの」

ひでえ。

「いや、必要ない。絶対好きにはならないから」

こんなん後で刺されても文句言えんだろ。

誰にだってプライドはある。だから敗北するにせよ、敗北の仕方を気にする。一年生の女の子が必死に「一週間試しに付き合ってほしい」と食い下がったのは、投了に向けての形作りだ。彼女は特にプライドが高そうなタイプに見えた。

なのに一木はそういった機微が分からないのか、分かっていても気にしないのか、こう言った。

「この世に君と二人きりになったとしても、君と付き合うことは一生ないよ」

形作りもクソもない。せめて傷口に塗り込むのは塩にしろ、そいつはタバスコだ。

と思いながら、疑問も芽生えた。

俺なら女の子に好かれたら、それがどんな子であれ、とりあえず嬉しいのに、一木はそうじゃないのか。かといって迷惑って感じでもないんだよな。今は一人がいいからとか、好きな誰かがいるから受け入れられないとかいう態度でもない。

不時着した惑星で、未知の生物から未知の感情を未知の言語で捲し立てられ途方に暮れる宇宙飛行士——一木はそんな感じだった。

彩海は少しずつ一木たちから離れ、荒廃した噴水の縁をぼんやり見ていた。

彩海への告白は明日にリスケだ。望月は泣きながら去る一年生女子を見送りながら、片手でスマホを操作し、彩海にその旨メッセージを送った。彩海はすぐには見てくれず、なぜか一年生以上に泣きじゃくっている優菜の世話を始めた。

翌日の本ちゃんは、あっけなかった。

「お断りします」

先に来て噴水の縁を見つめて待っていた彩海は、どこか沈鬱(ちんうつ)な雰囲気だったのに、向かい合ってみると、キッパリしていて揺るぎなかった。彼女の断りっぷりには信念があった。こちらを見つめる目は強く輝き、撤回することなど絶対にないと伝えてきた。

エンタメの一環として告白した望月だが、告白してよかったと心底思った。あまりに見事に振られるのは、よく研いだ刀で一刀両断されるようなものだ。大して痛くない。相手への感服が上回る。振られる前よりもさらに、望月は彩海のことが気に入った。

満足感と共に三年六組の教室へと戻り、望月は大らかに言った。

「いやー振られた振られた。碓氷、カッケーわ」

笑われ、労われ、肩を叩かれ、賭けに負けたとぼやかれた最後、近づいてきたのは華だった。

「もうやめなよ、告白をふれ回るなんて最低だよ。だから振られるんだよ」

望月は戸惑った。ここで説教されるとは思わなかったのだ。しかも華に。何の関係もないだろう、彩海の友達でもないだろうに。

でも、望月は謝った。

「ごめん、ごめん。悪かったよ、騒がせて」

こちらが下手に出て女子の機嫌がよくなるなら、安いものだ。望月は自分のプライドをいくらでもコントロールできた。

「男子ってホント呆れる」

「だからすみませんでした。怒るとせっかく可愛いのが台なしになるぞ」

「何言ってんの」

華は肩をいからせたが、こちらを睨む小さな目には隠しきれない喜びが滲んだ。頬がわずかに緩んでもいた。

たとえ日頃は気にも留めないレベルの子だとしても、話をする時はできるだけ楽しくもてなすのが望月の流儀だった。望月は大抵の女子が「可愛い」「綺麗だ」と言われると機嫌をよくすることを知っている。

「マジだって。可愛いよ。笑うとみりみりんに似てる」

最近人気の動画配信者の名前を出して褒めると、俯く華の首がさっと赤みを帯びた。

＊

ハンディカメラを片手に、望月はパブリックビューイング会場への道を歩く。

七月第三週の日曜日、昼一時。望月が部屋を出た時は曇っていたが、今は日差しが脳天を焼く。歩道のアスファルトが柔らかくとろけて、下からも熱が立ち上っている。ホットサンドになった気分だった。

望月の周囲には、そんな中を進む民衆が大勢いた。おそらくこれらの人々のほとんどが、四万人収容のイベント会場に入っていく。パブリックビューイングでいいから小笠原ペアの言葉を聞きたい、という一般市民はこれほどいたのだ。

駐車場に車を停めてからものの五分も歩いていない望月だが、すでにシャツに汗が染みている感触がある。

湧き出る汗を気にしながら歩を進めていると、スマホが鳴った。華からである。

『望月くん？　今どの辺にいるの？』

「あと五分くらいで入り口かな」

『じゃあその辺で待ってる』

動画のネタを求めている望月は、田沼のアドバイスを受け入れ、小笠原ペアの講演会にも足を運ぶことにしたのだった。だが、一緒に行かないかと誘った美羽には断られた。

そこで、華を誘った。

婚約者がいる華に思うところは一つもない。要は先日思いついた動画出演のオファーを兼ねたのだ。

船守と小笠原ペアが繋がるなら、彼らの公演くらい一緒にチェックするのもありだろう。

二千字程度にまとめた動画のコンセプトや大まかな流れ、小説作品のプロモーションにもなること等をメッセージに添付して送ると、華はすぐに飛びついた。

――船守くんの件、本当なの？　この動画、絶対参加させてよ……。

「望月くん！」

会場入り口近くで待っていた華は、薄いグリーンの地に花柄のワンピース姿だった。一瞬、カーテンみたいだなと思った望月だが、ここに来るのに頑張って選んだ服なのかと思えば、途端に可愛らしく見える。女の子の容姿の印象なんて、それくらいで変わる。

「久しぶり。彼氏、大丈夫？」

「私に夢中だから全然何も言わないんだ」

「惚れられてんじゃん」

「例の作品も一番に読んでもらったの」

華と一緒に会場内へ入る。空調が効いていて、望月はほっとした。野球やサッカーといったスポーツイベントも行われる会場は、すべて自由席で、半数ほどが埋まっている状態だった。望月と華は、あまり物色することなく、手近な席に座った。アリーナ天井からは巨大映像装置が吊り下げられていた。

十分ほど経つと、その映像装置に小笠原ペアが映し出された。本会場で講演が始まったようだった。

進行役の女性が簡単な自己紹介の後で話し始める。

「司会の井ノ川っていう人、オリンピックの取材にも行ってたね。小笠原ペアのインタビューもしていたから覚えてる」華はさすがの観察眼である。「二人に気に入られたのかな」

「そういうの指定できる立場なのか」

「できるんじゃない？　もうＶＩＰ待遇でしょ」

望月は画面に映し出される小笠原ペアをつぶさに見た。特に男性側に特別な箇所を探し出そうとした。スポーツ選手らしい筋肉がついた体型で、座る姿勢もピッとしているし、父親が外国人とのことで顔立ちも申し分ないが、世界を変えたと賞賛される程の人物にはどうしても見えない。確かに金メダルを取り、泥沼戦争も終結させたが、たまたまではないのかという疑問が拭えない。彼らが結果を出さなくても戦争は自然に終わったかもしれない。ただ、それは検証できないし、口に出してはいけない空気もある。

神がもしいるのなら、分かりやすい英雄の役目を小笠原伊王に与えた、そういうことなのだろう。

オリンピックから五ヶ月経ち、彼らの受け答えは実にスムーズだった。大衆を前に語るシチュエーションにすっかり慣れた様子だ。

『改めて、お二人のデュオ結成のきっかけは?』

『二人とも前のパートナーがスケートを辞めてしまったんです。お互い相手を探していたところ、コーチ経由で紹介されました』

『お互い組んでみて、どうでしたか?』

『それが、前のパートナーとは比較にならないくらい息が合って、こんなことってあるんだなと』

『私もです。安心感が違います。デュオには危険な技も多いですが、仮に何かあったとしても、彼なら仕方ないって思える。そんなのは伊王選手だけかなって思います』

プライベートでは夫婦の二人は、折に触れて微笑み合い、互いへの愛情が伝わってきた。互いを称え、認め合う言葉が彼らの口に出るたび、会場内も自然と拍手が湧く。特に停戦の立役者でノーベル賞候補とも言われる伊王側が日菜を賞賛した。

『出会って本当によかったと、心から思える相手です。今、僕が得ている栄誉があるとすれば、全部日菜のおかげです。毎日彼女とペアを組めた運命に感謝しています』

小笠原ペアのトークは続き、拠点を置いているトロントの話題になった。同門のアメリカペアの話、日常生活のこと、普段何を食べているのか、行きつけの店はあるのか。体を作るために食トレをしているという伊王選手は「ささみとブロッコリーはもう来世分まで食べました」と苦笑いした。

すでに他の媒体で触れたことのある内容だった。

望月は退屈そうな華に出口を指さして「出る？」と訊いた。華は頷いた。二人はイベントを中座した。途中退席する人たちは望月らだけではなく、会場を出てすぐの緑地では大勢の人々がくつろいでいた。望月は緑地の木陰で待っているように華に言うと、炎天下、駐車場から車を取って戻った。

最寄駅へ華を送る途中、目についたカフェに入る。注文したアイスフロートにストローを差し入れた華に、動画について確認した。

「で、送ったコンセプトで要望やらNGやらある？　今のうちに言ってよ」

「照明はしっかり当ててよね。あとはとにかく大勢に見てほしい。私としても大衆を味方につけたいから」

「大衆を味方って、ゴツい言い方だな」

「だってさ。いるじゃん、有名になってから昔のことを持ち出してくる卑怯なやつ。そういうの、大嫌いなんだよね。でも大衆が味方になったら、それだけでガードになるでしょ」華は心底嫌そうな顔になった。「はー、めんど。こっちは立ってる地平がもう違うっていうのに。ねえ、私も小説サイトのプロフページやSNSで配信日時の告知していいよね？」

昔のことを持ち出してくるやつとは、誰を指しているのか。まさか優菜なのか。まさかな。優菜とゆすり行為を結びつけられないまま、望月は華を持ち上げた。

「もちろんだよ、それをやってほしくて言ってる。おまえもうファンがついてるんだろ？」

スプーンで掬ったアイスクリームを口に入れて、華は皮肉めいた笑みを浮かべる。「自分のチャンネルに人を呼びたいだけじゃん」

「だって俺、バズりたい」

望月は繕わなかった。すると華は思いがけずからからと笑ったのだった。

「つまり、望月くんは私にそれだけの価値があると見てくれたわけだ。嬉しい。じゃあ、その望月くんに免じて、私からもネタを提供するね」

華はテーブル越しに顔を少し望月へと近づけた。

「私、あの授業の音源データを持ってるんだ。配信で流していいよ」

配信日は土曜日の午後六時からに設定した。

望月はレンタルオフィスに機材を設置し、スタジオを作った。

通夜の際に作ったグループチャット、個人のＳＮＳなどでも告知をした。それらは想定以上に拡散された。華についている読者のおかげだろう。

配信開始前、視聴者は百人を超えていた。ライブで三桁に乗るのは、望月は初めての経験だった。

望月は今日のために華の書籍化決定作品『鈴を鳴らす男』の原稿を読ませてもらった。妻の不貞に翻弄されて消えた高校教師の哀愁と狂気を、ミステリータッチで描いた作品だった。読みながら望月は、自分らしき生徒が出てはいないか目を凝らした。

内容は、普段小説を読まない望月には刺さらなかったが、そんなことはどうだっていい。かつてのクラスメイトがかつてのクラス担任をモデルに小説を書き上げ、それが本になることが重要なのだ。

「今日はよろしくね」

華はかなりきつめの化粧で、かなり胸元の開いたサマーニットを着ていた。

「その服、昔のみりみりんっぽいね。って覚えてないか」

「そう？　全然意識してなかったけど、やっぱ私ってああいう系統のビジュなんだ」

華の機嫌はいいようだ。

配信は時間きっかりにスタートした。華の紹介、小説の紹介、あらすじと主人公のモデル……。

現時点で公開できる情報を話す。華の紹介時には、望月は用意しておいた小型のラッパ、いわゆるパフパフラッパを派手に鳴らして盛り上げた。

視聴者のコメントも好意的だ。

『面白そう』

『ミステリー？　愛憎物語？』

『レーベルのイメージよりめちゃ骨太だ』

「ところでさ、二月に会った時は、今回の小説の骨子って決まってなかったの？」

「あの二月の通夜があったからこそ、この作品は書けたとも言える」

事前に打ち合わせたとはいえ、望月の誘導に華も上手に合わせる。

「『鈴を鳴らす男』にはモデルがいるんだよね」

「主人公のモデルは、私が高校三年生の時の担任。まさにその担任が今年の二月に亡くなって。それで、通夜に駆けつけたら、みんなと再会したわけ。望月くんともね」

「通夜の後、みんなで居酒屋行ってね」

「そうそう。小さな同窓会だった」

「そこで、どんな話になったんだっけ」

「ある日突然、担任が豹変したって話になったの。とんでもなくヤバい授業あったねって。望月くんだって言ってたでしょ、超スティックモード、激おこ水野って。それにインスピレーションを得たんです。それからみんなにも覚えてること教えてって訊きまくった」

「誰か録音してないの、とかね」

「私、録音データなくしたと思い込んでたからね。でも実はあったんです、同居人が保管してくれてた。はいこれ」

「わー、SDカードじゃないですか。マジですか。こりゃすごい」

カードを受け取った望月は、派手に驚いてみせ、パフパフラッパを鳴らした。もちろんこれも芝居だ。音源は事前にチェック済みである。聞き取りづらいところは調整するつもりだったが、その必要はほとんどなかった。

生々しい音声だった。聞くだけで、三年六組のあの日にタイムスリップした気分になった。

モニターにリアルタイムで流れてくるコメントの量が増えた。視聴者数も配信開始の六時より増加している。

大衆の興味を引いているのだ。

「多治先生どうします、流しちゃいます？」

「流しちゃっていいんじゃない？　もう時効だろうし、先生も死んじゃったし」

「一応最初に説明しておくと、先生が一人の生徒に粘着して、授業中延々叩き続けてるって音声です」

「四十分くらい叩いてたよね。マジでなんであんなに粘着したのか不思議だった、当時は」

「この音源に関しては、もう一つものすごいネタがあるんですよ。この中でめっちゃ叱られてる船守くんって生徒についての大情報。それはこの音声が終わってからのお楽しみ」

望月はカードリーダーに差し込んだ。過ぎ去ったはずの音がレンタルスタジオに流入し、また望月はあの日に飛ぶ。

こんなことで、人は簡単にタイムトラベルできるんだな。あの日の俺。三年六組、六月二十一日。

音を聞きながら、望月はあの日の授業の構成要素を簡単に整理する。

漢文の授業。初めて学ぶ白文。音読を指名された船守。一方的に彼に課されたペナルティ。あとはひたすらの殴打。水野の指示棒の殴打。

俺らはいなくてもよかったような授業だったな。水野と船守だけの授業だ――。

ばちっ！

その音が流れた瞬間、華が反応した。

「これ！　これが水野先生の荒ぶる指示棒の音。だよね、望月くん」

「そうそう、これが超スティックモード水野の理由」

望月も合わせた。視聴者のために状況説明をしつつ盛り上げなければならない。

「水野先生が船守くんって生徒を叩いてる音です。指示棒ってあるでしょ、黒板なんかを指し示すやつ。あれで頭を……あ、また叩いた。ビシッって聞こえたよね、皆さん。これが荒ぶる指示棒です」

水野が船守を殴打する音は、どれも問題なく聞き取れる。

「これ漢文の授業なんですよ。なんでこんなことになっているかというと、先生がね、いきなり船守くんを指名して、その日に初めてやる漢文を読ませたんですが、これまたいきなりルールを設定したんですよね」

「ルールっていうかね。読めなかったり間違えたりしたら、そのたびに一発叩くっていう宣言があったの」

華が説明した途端、視聴者のコメントも一際騒然となった。え、やば。昭和の鉄拳。これって令和の話でしょ？　叩くってアリなの？　理解できない。

「こんな感じだったよね」望月は水野の口調を真似た。「おまえは間違えるたび、分からないたびに一発叩く」

華が笑った。「そっくりすぎてウケる」

「まあ酷いっちゃ酷いんですけど、当の船守くんがマジで異様に読めなくて、でこんなことに。ほら、また聞こえましたよね、ビシッが」

「間違えるごとに一発って言ったけど、そんなんじゃ済まなかったからね。こことかも」

『な、ん、で、お、ま、え、は、わ、か、ら、な、い、ん、だ』

ちょうどキレ気味の水野が船守の頭を連打している音が流れた。コメント欄がさらに色めき立つ。やばいってやばいって。これ問題じゃないの。スクールハラスメント。警察はよ。

「なんでおまえは分からないんだ、って言いながら、その一音ごとに叩いてるからね。なんでおまえは、で七回叩くみたいな」

「これねー、白文だったからね。送り仮名とか返り点とかない状態。多治先生ならどうでした？読めました？」

その時、低く、小さく、局地的に空気が震えた。マナーモードにしているスマホに着信が入った音だった。望月はズボンのポケットのスマホをさりげなく抜き、一瞬で確認した。自分の着信ではない。では華か？

華は何も気づいていないようだ。

「苦戦したかもだけど、ここまで読めないってことはないよ。船守くんも駄目すぎなんだよね、叩かれる原因があるっていうか。だから水野先生も予想外だったんじゃない？　てかさー、結局船守くんって何回叩かれたんだろう。望月くん、数えてみてよ」

「絶対途中で嫌になるわ。なんかもうね、数じゃないんですよ、数え切れないから。何十分叩き続けたかの世界。だからこの音源も、ここで切りますね。キリがないんで」

望月は音源データを途中でストップした。全部流すとなると三十分以上あるのだ。

コメントは次から次へと引きも切らない。視聴者数も爆増していた。この増え方は配信中にSNSで拡散されたのだ。今すごい配信やってるから見てみなよ。やばいよ、絶対見たほうがいいよ、こんな具合だ。

望月はほくそ笑んだ。手応えは上々以上だ。

『水野先生ヤバすぎて草』
『これ、配信していいの？』
『逆ギレした先生に名誉毀損で訴えられる可能性』

「あー、今コメントで名誉毀損って見えたんですけど、これは俺、あんまり心配してないですね。最初に言ったとおり、水野先生死んじゃってるし。ね、多治先生」

事前の打ち合わせどおりにことが進んでいく。華も見事にパスを受けた。

「そうなんだよね。船守くんの方もこれっきりいなくなっちゃった」

「実際のところ、多治先生はこの授業のことを覚えてました？」

「忘れてた。だからお通夜で思い出させてもらえて助かった」

「コメントでも先生ひどいっていう意見多いですけど、先生の『鈴を鳴らす男』では同情的な描写がありますよね。主人公の神部は、実はこの日の朝に……みたいな」

「そうなの、そうなの。水野先生も実は同じ事情があった。授業についても音声で流せなかったところとか書いてるし、ここはぜひ私の作品を読んで確認してほしい」華はカメラ目線になった。「コメント見てたら、水野先生を批判する視聴者が多いようだけど、きっと若い子なんだろうな。私も高校生当時は水野ひどいなって思ったけど、今は先生だって人間だったんだなって分かる。望月くんも同情してたよね。グルチャに先生の気持ちも分かるって書き込んだの、メンバーの中で望月くんだけだった」

「そうそう。教師だって人間だから、腹が痛い日もあれば、虫のいどころが悪い日もあるってね。みんなだってそうでしょ、恋人と別れた日にバリバリ仕事できる人ってむしろ異常じゃね。感情があるのが当たり前なのに。子供の頃って先生を特別すごい大人と思いがちだよな。違うぞ。普通の人間だぞ」

「ねえ、船守くんについての大情報、そろそろ言っていいんじゃない？　視聴者の皆さん、待ってない？」

望月はパフパフラッパを鳴らした。

「実はこの水野先生に叩かれっぱなしだった船守くん、あの小笠原日菜選手のお兄さんです！」

コメントが一気に大量投稿された。え、まじ、これは大スクープ、驚いた顔の絵文字、絵文字、絵文字。

「私このこと知らなくてさ。今回のオファーの時、望月くんから教えてもらってびっくりだった。誰から聞いたの？」

「関東圏ローカル局勤務のテレビマン。マジです」

「てことはさ、船守くんってもしかしてスケート選手だった？」

「はいビンゴ。で、彼は学校に来なくなった。スケートもこの時辞めたんじゃないかなー。日菜選手とのタッグを解消しているのがこの年なんで」

台本のとおりだが、望月の気持ちは本当に盛り上がっていた。これは本気ですごい配信になったんじゃね？　センセーショナルランキング一位じゃね？

「つまりはですよ、先生があの授業をしたおかげで、小笠原ペアが誕生して、今年金メダルとって、世界平和になったと言えるんです！　皆さん、水野先生を責めないでくださいねー。さっきまでは水野先生ボロクソでしたけど、ちょっとやんちゃな授業しちゃっただけなんです。あれのおかげで世界平和が達成されたんですよ」

「小笠原選手じゃなくて、水野先生にノーベル平和賞あげてもいいよね」

「はいきた、多治先生の天才発言」

配信はそろそろ終了時刻になろうとしていた。望月はまとめに入る。

「そんなわけで、多治先生の本を読む時は、こんな先生実際いたんだな、実際にあった授業なんだな、しかもこれで世界平和になったんだなって思うと、よりいっそう面白いってわけです」

「ぜひ買って読んでね」

その時、望月の目が一つのコメントを捉えた。

『良識を疑う。船守くんって人は本当にどうでもいいの？』

パフパフラッパを鳴らそうとしていた望月の手が止まった。

『音声公開の同意は船守氏に取っているのか』

同意？　同意なんて取っていない。大体船守が今どうしているか知るわけがない。配信見てたら分かるだろ。

華はコメントに気づいていない。どこを改稿する予定かを嬉しそうに話している。

『先生だって人間だって言うけど、叩かれた生徒も人間なんだけど？　そっちの気持ちは考えないの？』

『人一人の人生ダメになってるかもしれないとは微塵も考えてない様子の配信者と物書き、胸糞』

「……だよね、望月くん？」

「え？」

華が話しかけてきていた。華は望月の反応に、いくらか目を険しくさせた。

「聞いてなかったの、私の話。配信時間短かったなって言ってたの。第二弾やらない？」

「ああ、第二弾ね。いいね、今日めっちゃウケてるし」

「またノーギャラで来てあげるから」

「じゃあ、プランニングして連絡するわ。てわけで、今日の配信はこの辺で。皆さんご視聴ありがとうございました」

望月はカメラを止めた。モニターが暗転すると、華が苦言を呈してきた。

「どうしたの？　最後上の空だった」

「あー、何でもない。ごめん」

「ま、いいけど。ねえ、次の放送いつ？　夏にお通夜仲間でもう一度集まるよね、そこで告知できるように決めちゃおうよ」彩海たちとの再会予定も、もはや華にとっては宣伝の場でしかないようだ。「本当を言うと、グルチャメンバー全員小説に出したんだよね。集まる日取りってまだ決まってないよね。あー、楽しみ」

「そういや配信中に着信あったけど、おまえじゃね？」

「え？　あ、本当だ」

ポシェットからスマホを取り出した華の顔色が変わった。

「どうした？」

「森村さんからだ。何だろう」

その場で折り返しをし、始まった会話は、すぐさま雲行きが怪しくなった。華の言葉しか聞こえないのに、それは明らかだった。

「え、私が何か問題でも？　ネタバレ的なことは何も……」

森村は男性のようだ。話す内容まで聞こえはしないが、声の高低は分かる。

「待ってください、私何も悪くない。なんで白紙なんですか？　嘘ですよね？」

さっきまで得意げでハイテンションだった華が、色を失っている。大きなトラブルがあったのは明白だ。

「モデルとした出来事があっただけです、それのどこが……いえいえ、だって原稿では名前変えてるし、誰も傷つけてないし、全然問題なくないです？　え、音声データ？」

公開の同意の有無が必要だったとでも？　この森村というのがさっきのコメント主か？

「そんな、今日の音声で特定できるって……無茶苦茶です、冤罪です。だったらさっきのはスクハラの問題提起ってことで……違います、笑いものになんてしてないってば！」華はもう半泣きだった。「はい……分かりました、お願いします。週明けに、はい」

通話を切った華は、涙を拭いながら絞り出した。

「編集がどうしてだか怒ってるの。今日の配信、モラルとか人権的にどうとか。意味分かんない、来週また話す」

華はレンタルオフィスを出ていった。

華が帰った後、望月は機材を片付け、車に詰め込み、掃除をして、レンタルオフィスを元の状態に戻した。

最後に見たコメントが精神の芯に突き刺さっている。

『良識を疑う。船守くんって人は本当にどうでもいいの？』

どうでもいいなんて思っていなかった。

正確には、どうでもいいとすら思っていなかったのだ。だって船守はいなくなった人間だ。存在しないのだ。だから望月は、びっくりした。十人の部署だと思っていたのに、実は十一人いたと知らされたような感じだった。

『そっちの気持ちは考えないの？』

『人一人の人生ダメになってるかもしれない』

いや、どっかで普通に生きてんじゃないのか？　底辺の暮らしかもしれないが。

望月は車に乗り込むと、発進はさせず、運転席でスマホを操作した。スマホで動画配信用のアカウントにログインすると、先ほどの動画についた大量のコメントから、例のコメントを探す。

誰が投稿したのか、チャンネル名だけでも把握しておきたかった。

優菜ではないかという漠然とした予感が、望月にはあった。根拠はなく、ほとんど言いがかりレベルだった。なのに、どうしてもそんな気になる。

コメントは程なく探し出せた。

終盤、船守に同情的なコメントは、望月が気づいた限りで四つあった。それらは望月の想像に反して、全員別のユーザーからの投稿だった。てっきり一人が四回投稿したと思っていた。

【なっとう…】

【侍雪之丞】

【たけちゃんだよ！】

そして、一番最初の『良識を疑う。船守くんって人は本当にどうでもいいの？』を投稿したのは【MIU0829】だった。

チャンネル名もアイコンにも見覚えがあった。なぜならそれは、望月が作ってあげたものだったからだ。自分の動画を見てほしくて、そうした。

それは、美羽のチャンネル名だった。


『そうだよ、私がコメントしたの。だって、リアルタイムで見ていたんだもの』

その後、望月は美羽にメッセージを送り、何度か電話をかけた。それらはことごとくスルーされたのだが、午後十時ごろのコールをようやく取ってもらえた。

「俺の配信、いつもはコメントしないだろ。最近のは見たかどうかも怪しいのに」

『若干ワクワクするプランを思いついたって自分で宣伝したじゃん』

美羽はスマホの向こうで、はあと大きな溜め息をついた。

『望月くんって、いつもああいう感じの動画だったっけ。違ってたような気がするけど、それにしても酷かったよ。え、バズってる？　炎上してるの間違いでしょ。ほんとああいうの、私は無理。自分が船守くんだったら怒ってたと思うし、望月くんも隣の女性も船守くんの気持ちをまるで考慮してないのがありえなかった。水野先生にだって理由はあったんだ、はいいけど、船守くんにだって漢文読めない理由があったのかもよ。船守くんがドロップアウトしたから世界平和になったんです、みたいな超展開に至っては、本当脳みその健常さを疑う。あの自称小説家と一緒に脳ドック受けたら？』

「船守は目立たなかったし成績もよくなかった。読めない理由なんてないよ、マジで能力低くて読めなかっただけ」

『知らんがな』美羽は投げやりに言った。『私に言い訳しないでよ、みっともない。とにかく幻滅した。悪いけど、ああいうのを何とも思わないで配信しちゃうようなメンタル構造の人は無理。百パー無理。いい機会だから言うけど、今この一瞬からもう付き合わない』

取ってくれなかった電話をやっと取ってもらえたと思ったら、一方的に別れを告げられ、切られてしまった。望月は呆然として、少しの間沈黙したスマホを眺めた。その後、気を取り直してもう一度電話をかけてみれば、ツーツーという音が一定時間流れてから自動的に切れた。個別チャットにメッセージを送ろうとしてみれば、ブロックされていた。

＊

ライブ配信のアーカイブ動画は急激に再生数を伸ばしていたが、日曜の夜、望月のアカウントはバンされた。

とりあえず異議申し立てだけはした。

週明け月曜、望月は普段どおりに仕事をこなした。美羽とは支店内で顔を合わせたが、話さなかった。

望月と顔を合わせた時、美羽は軽く微笑んで会釈した。他部署の同僚に接する態度として、教科書みたいな振る舞いだった。しかし、その日はちっとも笑っていなかった。

その日一日で、望月は三件契約を取った。配属以来、初めて課長からまともに褒められた。

華からは連絡がなかった。ただ、小説サイトのプロフィールページにあった『鈴を鳴らす男（仮題）書籍化決定！』の文言は消えていた。

田沼も特に何も言ってこない。

残業を二時間ほどして、望月は退勤した。美羽はもうとっくにいなかった。

支店を出た道端で、望月はこれが最後と思って美羽に電話をかけた。相変わらず繋がらなかった。

とりつく島もないというのは、こういうことなのだろう。

帰り道の途中でコンビニに寄り、弁当を買った。ついでに、滅多に買わないビールと焼酎（しょうちゅう）、会計の時にはタバコも買った。銘柄は適当に番号で決めた。

望月はタバコを吸う習慣がなかった。今までの人生で吸ったのは、高校最後の夏休み、引退したバスケ部の連中と遊んでいて、ふざけて吸った一度だけだ。タバコを吸うなんて自分を傷つけることだと思っていた。

その夜望月は、酒を飲んでタバコを吸った。買った酒とタバコはすべて消費した。

朝までに望月は五度吐いた。

六時になり、朝のアラームが鳴ると、望月はきちんと起きて土気色の顔を洗い、髭（ひげ）を剃（そ）った。身支度を整え、朝食は食べず、水だけを飲んだ。

望月は仕事は好きではない。仕事をせずとも生きられるのなら仕事になど行かない。ましてや体調は最悪だった。頭の中で釣鐘が鳴り響いているかのように痛く、腹は緩く、体は泥のように重い。だが、望月は休むことを考えなかった。

　このコンディションで出社してみたかった。

　俺には分かる。あの日の朝の水野もこんな気分で家を出た。

　水野の気持ちが分かる。それの何が悪い。

『鈴を鳴らす男』第一章　発端

（誰？　今くしゃみしたの。）

　白石藍良（しらいしあいら）は肘をついた姿勢のまま、くしゃみが聞こえた方へ視線を動かした。教室の真ん中あたりから聞こえた。男子生徒のそれだった。大きくて、ここに俺がいるとあたりに触れ回るみたいなくしゃみであった。

「船田（ふなだ）。おまえが読め」

　神部（かんべ）が矢を放つように言い放った。それで藍良はくしゃみをしたのは船田だと推測した。

　神部は船田の席の横に立ち、愛用の銀の指示棒を構えながらさらに続けた。

「題名から全部読んでみろ」

　初見の白文を音読しろと、神部は命じたのだった。これは譬えるならば、地図もコンパスもガイドもなしで、密林を一人進めと言われるのと同義である。

(何が起こるのかしら？)

藍良はつぶらな瞳を瞬いた。奥に銀河を閉じ込めているような彼女の瞳の美しさを、同級の幼い男子はまだ気づいていない。

「五十歩百歩。孟子。り……りょうけい」

ばちっ。

指示棒が船田の頭に振り下ろされた。

(嘘でしょ？)

藍良は驚きに目を見開いた。指示棒はまるで銀の稲妻の如く、猛烈なスピードで迷いなく船田の脳天を直撃した。

「おまえは間違えるたび、分からないたびに一発叩く」

(いったい何が始まったの？)

藍良がクラスの中を見回したのは、何らかの仕掛け、ドッキリとかそういう類のイベントなのではないかと疑ったからだ。

(全然聞かされてないけど、何かやる予定でしたっけ？　学校祭に向けての準備？　ううん、それはまだ先よね？)

でも仕掛けはなかったのだった。それは教室内の他の生徒たちの挙動で明白であった。誰もが猛禽類に狙われた雛の如く身を固くし、事の次第を把握しようとしている。つまりこれに台本はないのである。

たどたどしく船田が一行目を読む。早速間違えた。すぐさま稲妻が落ちた。指示棒が船田の頭を叩く音は派手で大きかった。叩くふりではなく真実叩いているのだと音は教えた。

（へえ……。教師も生徒を殴るのね）

学校というものに通うようになってから今まで、藍良と接してきた教師は生徒に手を上げるような暴挙は犯さなかった。それは親の世代の古臭い因習で、もはや都市伝説みたいなものだった。

驚きと戸惑い、さらにはほんの少しのお祭り感を胸に、藍良は同じ教室内で進行しているイベントを観察した。

「違う」

「分からないのか」

（あーあ、まただ）

殴打はインパクトがあった。しかし強いインパクトも継続すれば受け取る方は慣れていく。藍良はインパクトに順応しつつあった。

藍良は机の中に入れた手でそっとスマホをいじり、録音を開始した。交通事故現場の写真を撮るようなもので、後々何かの役に立つかもしれないと思いついた所以(ゆえん)だ。

何かしらの言葉を唇から外に出すたびに、船田は叩かれた。それもそうだ、間違えているのだから。間違えるたびに一発叩くというルールを、授業の冒頭で神部は設定した。

船田は黙っても叩かれた。仕方がない、分からないが故の沈黙なのだから。神部の決めたルールでは沈黙もペナルティを受けるのだ。ルール違反をしているのは船田だった。

「何でおまえは分からないんだ」

そう言いながら、神部は一音ごとに叩いた。

「な、ん、で、お、ま、え、は、わ、か、ら、な、い、ん、だ」

間違えるたびに一発叩く、のルールは、神部一人の中でいつしか改正され、一ミス対一殴打ではすまなくなっていた。殴打音の合間に、細いものがちぎれる音も微(かす)かに聞こえた。指示棒の先端にはオレンジの部分がある。その部分と棒の僅かな隙間に船田の髪の毛が絡まり、棒を引く時に引き千切(ちぎ)られたのだと、藍良は推理した。

(あれってやっぱ痛いのかなあ。ううん、あんなに叩かれまくっても読み続けてるんだから、大して痛くないんじゃないかな?)

(っていうか、今日の神部どうしたんだろう?)

(何かあった?)

船田がまた詰まった。分からないというよりは、何かを言おうとして詰まったふうだったから、もしかして泣きそうになって言葉が出なかったのかもしれない。神部はそれももちろん咎めた。

「望むなかれ」

「望むなかれと、だ」

最後の一文も間違えた船田の頭に、指示棒が勢いよく炸裂（さくれつ）した。

パァン！

（はあ。やっと終わった）

しかし、神部は終わらせなかったのである。

「船田。もう一度読め」

（うっそー。もう一度やるの？　もう四十分以上経ってない？）

すると、船田はいきなり席を立ったのだった。船田は何も言わずに教室前方の戸口に向かい、そのまま廊下に出て行った。

神部は船田の席の隣に立ったまま、船田が出ていくのを真蛇（しんじゃ）の如く睨みつけていた。

その顔つきを見て藍良は、

（何かあったんだ、神部に何かあったんだ、絶対に）

そう直感したのだった。

水野思

柏崎先生。授業のこと、船守さんのこと、話してくれてありがとうございます。もう一度詳しく教えてもらえますか、なんてお願いしてごめんなさい。無茶苦茶な授業のことなんて、先生も思い出すのは嫌ですよね。私も父のそんな姿が本当は嫌です。

でも、知りたいとも思います。物体に影をつけたら立体感が出るじゃないですか。そんな感じです。私と二人で暮らす父は、優しくて明るくて、私に不自由掛けまいと一生懸命だったと思うけど、よきシングルファーザーを描いた書き割りみたいでもあった。

あの朝のことは私も鮮明に覚えています。六月二十一日火曜日で、私は九歳で、小学校三年生でした。

朝起きたら、朝ごはんがなかったんです。母がいなくて。

実はその前の週末に、両親がすごい喧嘩をしました。理由は知りません。でも、母の方に何らかの落ち度があると、今では分かります。父が母をそんな感じで罵っていましたし、言い返す母も、父の罵り自体は否定していなかった。

何より、私が母に引き取られなかったのは、そういうことなんだと思います。

基本的に言いたいことは相手に言うタイプの両親だったので、それまでもたまに喧嘩はありましたが、あれほどまでにひどい喧嘩をしたことはなかったので、私は怯(おび)えて自分の部屋で泣きました。それまでだと、私が泣いているのに気づいたら両親は喧嘩をやめていたのに、その時はやめずにずっと続きました。

どちらかというと、やっぱり父が母を責めていたように思います。

それでも月曜日は、両親とも変わりなく仕事に行ったので、私は仲直りをしたんだとばかり思っていました。

でもあの日、朝起きたら、いつもテーブルに並んでいるはずの朝ごはんがなくて、父がリビングのソファに座って何もない空中を見つめていました。

リビングのテーブルには、手紙のようなものがありました。

今思うと、あれは離婚届です。

母が何時ごろ出て行ったのか、私は知りませんでした。あの様子だと、父も知らなかったみたいです。別々の部屋で寝てたし。あの時期って、三時を少し過ぎたら、もうあたりは白んでくるんですよね。だから結構早い時間に出ていったのかも。

離婚届を用意してたってことは、母もそれなりに前から、計画立ててたんじゃないかなって思うんですよね。そう考えると、不仲とか喧嘩とかは、あれでも見せないようにしてくれていたのかな。

多治先生とＤＭでやりとりをするようになって、六月二十一日に何があったか教えてほしいって言われた時、すごく驚きました。どうしてこの日のことをピンポイントで知りたがるのか、まだ分からなかったからです。それでも出来事を教えると、先生はとても喜んでくれました。私にとっては嬉しい思い出じゃないけれど、他人にとってはこの話が喜ばしいことになるんだなって、何だか不思議でした。

どうしてこの日のことを知りたいのか尋ねたら、授業のことを教えてくれたんです。

とにかく、母はいなくなって、それきりです。ものすごくたまにメールが来るだけです。今は大阪で、新しい家族と暮らしています。

私はお父さん子だったので、母に出て行かれた父がかわいそうでした。だから父と二人暮らしするようになっても、毎日友達と遊んで、勉強も一生懸命しました。お父さんを悲しませたくなかった。お父さんといられて楽しいよってアピールしました。

父も仕事大変だったと思うんですけど、夜八時には帰ってきて、一緒にご飯食べました。父は毎日、白麗高校がどんなに楽しいか、今日どんなことがあったのか話してくれました。全部、肯定的なことでした。生徒が頑張ってる、生徒の成績が上がった、生徒がいいことを言った、今度学校祭をやる、お父さんのクラスが一番まとまりがある、白麗高校で一番いいクラスだ……。

だから、私の白麗高校のイメージはすごくよかった。高校は絶対に白麗に行こうって、小学校の頃から決めていました。

転勤で勤め先の高校が変わっても、父は白麗高校と三年六組のことを褒め続けていました。私が白麗高校に進学して「今はそんなにすごくよくもないよ、別に普通だったよ」って言ったら、笑っていました。褒めるのが習慣になってしまっていたのかもしれません。

柏崎先生や多治先生とお話しして、私も父がことさら白麗高校と三年六組を褒めた理由が分かった気がします。

きっと、私と同じだったんですね。母がいなくなったことで、私を悲しませたり寂しがらせたりしないように、精一杯楽しいアピールをしていたんだろうと思います。

一度はひどい授業をしたかもしれませんが、父はそういう人でした。


そうなんですか。一年生の時にそんないじめがあったんですね。

すみません、それについては納得です。私、柏崎先生と多治先生ってそんなに仲良くなさそうだなって思っていたので。前にも言いましたが、柏崎先生は多治先生の小説のこと、微妙に嫌そうにお話ししてたし、多治先生の方が柏崎先生を見下してるのは、作品やＤＭから察せられました。

『君とニアラの異世界外交記（ルサンチマン・ドクトリン）』の中に出てくるアリエル嬢は、先生のお友達がモデルですよね。そのアリエル嬢のお友達のルギって、あんまり出てこないけれど、バカにされてる描写しかないじゃないですか。お友達っていうか、下女だし。確か下女だけが一方的にアリエルを友達だと思っていて、それをニアラが分不相応だと叱責するシーンも、ラスト近くでありましたよね。

読んでて思ったんですけど、あのルギって人は、別に物語に必要じゃないんですよね。ラウンドスプリングでの告白ブッキングシーンにもついてきていたけれど、何も役目がなかったし、最初から最後まで出てこなくても、物語は回ると思う。でもわざわざキャラとして入れた理由があるとしたら、作者がこのキャラをバカにしたかったからかなって。

あの小説が三年六組の人たちをモデルにして書かれているなら、きっと作者はルギ役の人が好きじゃなくて、内心見下してたんだろうなって感じました。

だから、アリエルイコール彩海さんだとしたら、ルギは彩海さんの友達の柏崎先生なのかな、柏崎先生のことを多治先生はこんなふうに思っているんだなって読めたんです。

嫌なこと言ってごめんなさい。

先生、大丈夫ですか。

ですよね。柏崎先生だってとっくに気づいてましたよね。先生が私に「この人は誰それがモデルだと思う」って教えてくれたんですもんね。

こういうの、私だったらムカつく。紙の本だったらマジックで全文塗り潰して、出版社に着払いで送りつけると思う。

でも先生は最初の時、この作品面白いっておっしゃいましたよね。

私、柏崎先生のそういうところが好きです。彩海さんもそうだから友達なんだと思います。

多治先生はそれが分からなかったんですね。


なるほど。

面白いけれど、私は好きじゃない。その後段が言えなかっただけ、ですか。

言いたくても言えないことって、ありますよね。

分かります。先生の言いたいこと、分かると思います。

でも、ひとつ聞いていいですか？　逆にあの時、どうしてその後段を言えなかったんですか？

私は多治先生じゃないのに。

大人気ない、か。

柏崎先生。

大人ってなんですか？　どういう振る舞いをするのが大人だと、先生は思いますか？

四たび山中

「一回ダメだったから死のうとかいう、そんな単純な話じゃないんだ」

あの日教室を出ていかず、学校もスケートも続けていたら——部外者はきっと、そんなありきたりの後悔をオレがしていると想像するんだろう。でもオレはそんなことは一度たりとも思っていない。教室を出たこともスケートを放り出したことも、一瞬たりとも後悔していない。

そんなレベルじゃない。

この辛さを、誰が分かるのか。

オレが受けた仕打ちは、もっとひどく残酷だ。

おまえはダメだから要らない、じゃない。これならまだ踏みとどまれた。

でもこの状況は二月に終わったのだ。

おまえが消えたほうが、世界はよくなった。だから、顧みられないおまえが今どんなに辛かろうが、それは世界にとって正しいことだ。

おまえがいない世界線こそが正義だ。

そう突きつけられたのだ。

オレはいきなり足元の土を摑み、暗闇に投げつけた。

なんでオレなんだ。なんで神様はオレにこんな苦しみを与えてよこした。オレなら悲しんでいいのか。オレなら耐えられるはずとでもいうのか。

四つのピザの空き箱を見つけた母親は、文字通り腰を抜かして、リビングにへたり込んだ。金輪際(こんりんざい)氷に乗らないと言ったら泣き、次に怒り、その次には絶対に後悔するとオレを脅した。妹は何も言わず、軽蔑したようにオレを見た。軽蔑の奥には微かな安堵(あんど)も透けていた。あいつはオレを見限るきっかけを待っていたのだ。これを好機とばかりに新しいパートナーを探し、唯一無二の相手を見つけ、カナダへ渡るその前の日、ようやくオレにこう告げた。

――お兄ちゃんって、自分だけが辛いと思っていそうだよね。違うよ。みんな辛いの。私だって辛いことが数え切れないくらいにあった。それを我慢して乗り越えてきてるの。

――間違えてるのはお兄ちゃんだってことを、私が証明してみせる。

「ははっ、マジでうちの妹はクソだ」

彼が柔和に尋ねる。「柿ピーくんには、妹がいるんだ」

「いるよ。日菜っていう」

ブラボー小笠原日菜。有言実行とはまさにこのこと。おまえは本当にオレの妹か？　DNAの共通項が見当たらない。

おまえは本当に残酷なやつだな。あんなことを言われたらオレは、保身のためにおまえの失敗を祈ってしまう。成功してほしくないと願ってしまう。そして余計に自分の醜さを突きつけられる。おまえと小笠原伊王の勝利に怯え、負けたニュースに胸を撫で下ろす自分が、オレはこの世で一番嫌いだ。

勝ったのはおまえたちだ。おめでとう。オレはこの期に及んでおまえたちに祝福の言葉すら言えない惨めな兄だ。

そして、オレを教室で嬲りものにした水野。おまえは最高にクソだよ。おまえにも理由があったんだよな。サディスティックな気分のままに誰かを傷つけたくなるような理由が。でもオレはその衝動を自分に向けた。おまえはオレに向けた。そんなクソなおまえがいる教室に誰が戻る？何度も電話をかけてきて、家にまで押しかけて、玄関先で頭を下げて土下座までして、ホームラン級のアホだな。

そんな気持ち悪いパフォーマンスが、あの時のオレの気持ちと等価だというのか？

おまえの謝罪に価値はない。取り返しのつかない傷つけ方というのはあるんだ。オレはみんなの前で見せ物のように殴られたのに、なんでおまえの土下座はうちの玄関という外界の目から守られた場所なんだ。

おまえ、オレを何度殴ったか分かってるのか？

オレも分からないよ。

三年六組の連中も憎い。あの屈辱を見聞きしていた連中が憎い。あの場に存在していただけで憎い。あの時教室内に満ちていたのは、緊張感と共に、憐れみだった。かわいそう、自分じゃなくてよかったとあいつらの全員が言っていた。あいつらにはオレの気持ちなど分からない、悲しみと絶望の深さなど分からない。あの時の、オレのたった一人感が分かるやつなどこの世にいない。

親もきっともう諦めている。泣いたり怒ったり脅したりした母親も、やがて優しくなり、そのあと普通になり、いつのころからか静かだ。一緒に病院へ行こうとか一緒に旅行へ行こうとかこういう手もあるぞと通信制高校の資料をドアの前に置いてくれたりした父親も、もう何も言わない。

先日、あの日の音をネットで聞いた。

オレのことでもあるのに、オレは水野と一緒に死んだかのように、当たり前に公開されていた。

オレはどこにいる？

船守大和（やまと）はどこだ？

こんな思いをするのは、やっぱりいない方が正義だからか？　正義の前に、個人の悲しみなんてなかったレベルにされるのか。そうかもしれない、正義の陰に泣いている人間がいるなんて知らされるのは、祝勝気分に水を差すようなものだから。

そうか、そんなになかったことにしたいのか。だったらそうしてやるよ。

水野の思い出の場所でな。

顔面にいきなりむせかえるほどの土の匂いが張り付く。知らないうちにオレは泣いていて、土を投げた手で涙を拭こうとしていた。

「使うか？」

彼が丸めたティッシュを差し出してきた。熊よけの鈴に詰められていて、そこいらに放り出したやつだ。オレはそれを拒否した。

「いい」

こんなに悲しいのに、どうして生きているんだろう。

ちくしょう、なんでだ。

「人間も、悲しみで死ねたらいいのに」

オレは心からそう言った。

「そうしたら、どんなに悲しんでいたか伝わるのに。遺書なんて残さなくても、死ぬだけで死ぬほど悲しかったって知らしめられる。悲しませたやつに自分らが殺したって罪悪感を植え付けられる、だからあの日も書いてやったんだ。学校に戻って、鞄と食い損ねた弁当を取って……誰もいない中庭に出て、持ってたマジックで」

「中庭？　書いてやった？」

「噴水に、死ねって書いた。オレ死ねって」

水野死ねと書くつもりだった。コーチ死ねでも、母さん死ねでも、白麗死ねでも、スケート滅びろでもよかった。

でも、文字になったのは『オレ死ね』だった。

「ほんとオレ、マジで死んだ方がいいよ」

「なんで中庭の噴水に？」

「スケート習い始めた頃、滑った跡で円を描く練習をさせられた。ちょうどあれくらいの大きさの円を。中庭の噴水見るたび、その練習を思い出してた。あの噴水、マジで大嫌いだった」

「でも、おまえはもう死にたくないんだよな？」彼の口調は、咎めるようでもありつつ、懇願するようでもあった。「ヒグマを怖がってた。ていうことは、今は死にたいとは思って……」

「死にたいわけあるかよ！」

またしてもオレは、ツェルトの端に座ったまま、届く範囲の土やら落ちた枝やら腐った落ち葉やらを、手当たり次第に摑んでは闇に投げ、摑んでは投げした。やりきれない気持ちが極限まで昂ると、暴れずにはいられない。

「なんでオレが死ななきゃならないんだ。そりゃオレは底辺だよ。期待されてないどころか、いない方がいい。何の役にも立たないし生産性もない。みんなと全然違う。みんなは明るいところにいる。オレだけ見えない場所に一人だ。すごく離れてて、こっちに来るな、おまえがこっちに来るのは間違ってる、なんならそこで死ねって言われてる」息継ぎもせず、捲し立てる。「でも悔しい。オレだって当たり前に生きたかった。なのになんでオレがいない方がいいとか言われなきゃいけないんだ。オレが一人退場しなきゃならないんだ。痛いのもごめんだ。痛いのはマジで辛い。スケートやってた頃は怪我ばかりしてた」

同時にオレは幽体離脱をして、少し上から暴れるオレ自身を眺めおろす。みっともない。さすが底辺。小笠原ペアとの格差ときたら。かたや金メダリストのノーベル賞候補、かたや無職引きこもり。自らを恥じずに、よくも周囲に当たり散らせるな。おまえは無価値。マジで死んだ方がマシ。おまえがいなくなった世界を見ろ。おまえに金メダルが取れるのか？　おまえに戦争が止められるのか？　おまえは負け犬。負け犬は黙っとけ永遠に。

死ぬな、なんて、誰もおまえを引き留めやしない。

サディスティックな衝動に、頭が支配されそうになる。ものすごく死を近くに感じる。それはもう目と鼻の先にいる、そいつの口臭まで臭ってくるほどに。

「それのどこが悪いんだ」

くぐもった声で彼は言った。

「離れてたって、一人だっていいよ。それのどこが悪い」

なぜ声がくぐもっているのか。両手で顔を覆っているからだった。

サディスティックな衝動が霧消する。彼の姿に毒気を抜かれた。

両手で隠していても分かる。彼も泣いていた。

「俺は間違ってるなんて言わない、船守」

柏崎優菜

——嫌いな人が書いた小説を面白くないって言うのは、なんだか大人気ないかなって。

そう答えたら、水野思は言った。

——大人ってなんですか？

胸に突き刺さった思の言葉に触れるたびに、優菜には思い出される姿がある。

階段の半ばに腰を下ろしたジャケットの背。黙々と弁当を食べていた彼。

優菜はカウンターに近い図書室の窓を、少しだけ開けて風を入れた。

白麗高校の図書室は、夏季休暇中休室する。だから気楽だ。

照明を必要最低限に落とした図書室内は、窓辺だけが明るい。優菜は日頃つい後回しにしがちなカウンター奥を二日かけて整理整頓した。それから、蔵書を一つ一つ点検し、補修が必要な本を抜き出した。

一人の作業は落ち着く。

少しだけ開いた窓からは、野球部のノックの音と、テニスのストロークの音が聞こえてきた。

優菜はそれらの音が好きだ。悪天候の日や冬の季節に聞くことはないからだ。

今日、八月になった。

作業が一段落して小休憩を取ろうかと思ったタイミングで、ドアが開く音がした。

「失礼します」

やってきたのは、水野思だった。


夏季休暇の今、思はほぼ毎日図書室を訪れる。休室中で他の生徒は来ないからこそ、思は気兼ねなく来られるのかもしれなかった。

校則に則って、きちんと制服姿で来るところが真面目だ。

優菜も思の訪問は歓迎だった。

部活動や講習で登校する生徒もいるが、長期休暇中の校舎には独特の無人感がある。優菜は時に、思と一緒に校舎を歩きながら話をした。

この日も優菜と思は、しばらくカウンター付近で喋ってから、図書室を出た。

中庭を見下ろす廊下を歩きながら、思は言う。

「夏休みの前に、クラスの女子が隣のクラスの男子に告ったんですよ。駐輪場の横の白樺の下に呼び出して」

「今はそんなところが告白場所なんだね」

「他にもありますよ。場所なんてどこでもいいんです。でも、中庭に入れるなら、そこがいいとは思う」

思と白麗の中を歩きながらも、優菜は思に沈んだ気配がないかどうかを気にした。

七月下旬、夏休みが始まって間もない時期に、水野の肉声が望月のライブ配信で流された。思もそれを聞いていたそうだ。華がゲストに呼ばれていたからだろう。

望月のチャンネルは炎上し、華も刊行が白紙に戻ったようである。そして水野も非難を浴びた。バンされるまで望月の動画には水野への罵詈雑言コメントが殺到していたし、白麗高校にも苦情の電話やメールが多く寄せられた。

思が暮らす祖父母の家には、そういった電話はないとのことで、それは救いだった。

「昨日莉緒の家に泊まったんですよ。来い来いってしつこく誘われて。お寿司とハンバーグとザンギでもてなされちゃった。すごいご馳走でした、莉緒のお父さんがお料理上手だった」

「本当にご馳走だね。よかったね、楽しかった？」

「莉緒の部屋でゲームして話をしてネット見て一緒に作業してたら、普通に朝になっちゃった」

「作業？　なんの作業？」

「イラスト描いたり小説書いたりです。莉緒なんてＳＳ四作も書いてました。萌えるのもあれば怖いのもあって、めっちゃ面白いんですよ、莉緒の小説」

あの派手な友達は、そういうやり方で思に寄り添おうとしているのか。

「こっちが莉緒のイラストです」

思はスマホのホーム画面を優菜に見せた。水平線の向こうに沈もうとしている夕陽と、それを見つめる二人の少女がシルエットで描かれていた。空の鮮やかな赤色は、ＳＮＳで思がアイコンに使っている色を思わせる。綺麗なイラストだが感傷的ではない。後ろ姿の少女らは、自らを奮い立たせるために夕陽を見ていた。

「莉緒さん、すごいんだね」

優菜が心から言うと、思は自分が褒められたかのように嬉しがった。「自慢の友達なんです」

誰もいない生徒ロビーに入る。昼休み時間は人気の惣菜パンの争奪戦が起こる購買の一角も、グリルシャッターが下ろされている。

「噴水の取り壊し工事って、今月からでしたっけ」

「八月二十日からだよ、夏休み前に掲示も出た」優菜は中庭に通じる出入り口に貼られた告知を示した。「ついになくなるのか」

「寂しいものですか？」

「そりゃあね。私、毎朝ここから噴水見ているから」

「青春の思い出なんですね」

優菜はガラス越しに見えるボロボロの噴水に目を細めた。「青春か。そうだね。あれが青春だね」

優菜は自動販売機で紙パックのジュースを買った。思がいちごミルク味を好むことは、もう知っている。丸テーブルの席に腰掛けると、思は素直に礼を言い、ストローを差して美味しそうに何口か飲んで言った。

「校門力士の噂話があるじゃないですか」

「うん、あるね。遭遇するといいことが起こる、っていう」

「夏休み前に六月の模試の結果が戻ってきたんですけど、そのせいで私の周りでも力士待望論がまあまあ高まっているんですよね。眉唾なのも、ちゃんと勉強するのが一番なのも、もちろん分かっているけれど、会えたら嬉しい、みたいな。そうこうしていたらすぐに三年になっちゃうのかな、っていう怖さもあります」

「三年になればなったで、楽しいこともあるよ」思相手にこの言葉はどれだけ説得力があるだろうか。「うん、あると思う」

「先生が父のクラスになったのは三年ですよね。通夜には父の教え子もたくさん来てくれたみたいなんですが、あの場ではどなたが白麗高校時代の生徒なのかが分かりませんでした」

「思さんからすれば、みんなオジサンオバサンだったでしょ」

「柏崎先生のお友達の彩海さんは、まだ大学生なんですよね」

「彼女は院生だし、理転してるから。二年生を二回やってるの」

優菜は親友の今を思う。今年も何でもなかったよ、そんな報告を信じていたのに、彼女は名前がまだない病気と戦う準備をしている。

——別に、どこかが痛いとか苦しいとかいうわけじゃないから、心配しないで。大学院もやめないし。ただ、ちょっと検査で忙しくなるかもね。

——今までも一年後はどうなるか分からないと思って暮らしてきたし、大きく変わるわけじゃない。ただ……。

「どうしたんですか、柏崎先生」

電話をくれた彩海のことを考えて、ぼうっとしてしまっていた。下から顔を窺うように見上げてくる思に、優菜は作り笑いをする。

「ごめん、ごめん。そういえば彩海も、この噴水のことを気にしていたなあって」

――ただ……白麗高校の噴水。いつ取り壊されるんだっけ？

どうして急に噴水のことなんか訊くのか。問えば、彼女はこう答えたのだ。

――あそこに若干の心残りがあって。

通夜の晩もそんな感傷が垣間見えたのを、優菜は思い出した。

「先生って、好きな人いますか」

いちごミルクジュースを飲み切った思がふいに訊いてきたので、優菜は慌ててしまう。

「えっ、なんで？ ぼーっとしてたから？ 好きな人のことでも考えてそうとか思った？」

思は快活に笑った。「それもありますけど、先生はどんな人が好きなのかなあって。高校時代の好きな人ってどんな人でしたか？ その人のこと覚えていますか？」

「うん、覚えてる」

「その人も父のお通夜に来てくれましたか？」

「来てたよ」一木の顔を思い浮かべて、優菜の頬は緩んだ。「かっこよかったな、相変わらず」

「かっこいいのは顔ですか？」

「顔も、かっこいい」

「告白とかしました？」

「あー、それはね……」

「彼女、いる感じでしたか？」

「ううん、そうじゃないんだ。でも、言っても無駄かなって」

一年生を無下に振るのを目の当たりにした。あれを見れば優菜も、言っても無駄だということくらいは分かる。

――この世に君と二人きりになったとしても、君と付き合うことは一生ないよ。

あれを言われたのは一年生だけど、自分もまた言われたのだ。

「思さんは好きな人いるの？」

「そりゃいますよ。推しも二次元と三次元でいますよ」

紙パックとストローを分別してゴミ箱に捨て、思は優菜を促した。

「踊り場に行きましょう、先生。船守さんの痕跡があるかも」

「あはは、さすがにもうないでしょ」

笑い飛ばしつつも、優菜は思と歩き出す。船守の痕跡がもしも白麗に残っているなら、いまさらかもしれないが見つけ出したい。

＊

昼休みの一年五組は、優菜にとって焼けたフライパンみたいに身の置き所がなかった。だから優菜は出た。教室でお弁当を食べていれば、必ず一度は華たちの嘲笑を聞く。彼女らは優菜がぼっち弁当しているのが面白いらしい。そんな針の筵でお弁当を食べるのはもう嫌だ。

でも、どこで食べようか。

生徒ロビーは競争率が高すぎる。中庭はロビーや廊下から丸見えだし、座るところは噴水の縁しかない。

校舎内で人目につかないところがいい。

一人でお弁当を食べているところなんて、見られたくないから。

トイレの中はできれば避けたかった。白麗高校のトイレは、それほど近代的じゃないのだ。

お弁当を抱え、人目を避けるように歩きながら、ふと優菜は思う。

一人って、どうしてこんなに惨めなんだろう?

一人で生まれて一人で死ぬのに、一人で生きることはどうしてこんなに辛いのか。学校を出たら、楽になるのか。

生徒の声がしないところを求めて進むうち、優菜は自然とロの字型の校舎の北東に行き着いた。北東側には印刷室や備品庫といった限られた用途の部屋が固まっていて、教室はないのだ。

校舎北東の階段を登った。一階、二階、三階。三階を過ぎれば屋上だ。もはや生徒の居住地ではない。ならばそこを安住の地としよう。

と思ったのに、先客がいた。

屋上へと通じる出口と、その下の踊り場とのちょうど半ばに、男子生徒が一人、腰を下ろしていた。大きな半透明のタッパーを手に、口をもぐもぐさせている。

「あっ」

思わず声を出すと、その男子生徒はこちらを見て嫌そうな顔になった。だがすぐに目を逸らして、こっちに来るなとも言わなかった。

不思議なことだが、もうここで弁当を食べてもいいかなと、優菜はその時思った。人目につかない場所を探していて、男子生徒も十分に人目であるのに。

この人は私と同じだと、理屈ではなく感覚で分かったから。

「ごめん、いい？」

恐る恐る伺いを立てると、男子生徒はこちらを見ずに小さく頷いた。優菜は男子生徒の脇を過ぎて、より高いステップに腰を下ろした。

階段の下方に、男子生徒の背と踊り場を見る格好だ。足を少し前に投げ出すようにして角度を緩やかにし、腿(もも)の上にお弁当を広げる。

優菜がどんな昼休みを過ごしているかを知らない母が作った弁当は、彩りがよくて可愛らしい。茶色いおかずだけじゃなく、卵焼きも野菜もフルーツも、いつも欠かさず入っている。ミニパックの野菜ジュースだってある。

今日はご飯の上に、ふりかけで描かれた熊が笑っていた。

それを見て泣きそうになったので、咄嗟に男子生徒の背を見下ろした。彼のブレザーは真新しかった。それで、同じ一年生だと分かった。名前は尋ねなかった。向こうもこちらを振り返ることなく、無視して弁当を食べ続けた。

彼のタッパーはとても大きかった。ぎちぎちに詰めれば、ご飯二合くらい入りそうだった。でも入っていたのは、大量のブロッコリーとささみだった。塩茹でしたと思われるそれらを、彼は刑罰をこなすかのように無言で食べていた。

どうして、そんなものを食べてるの？

問いは当然胸の内に秘めておいた。おそらくそれが彼にとって、一番訊かれたくないことなんじゃないかと思った。弁当について揶揄われ、もうとやかく言われたくないから、こうして一人で教室ではない別の場所で食べているのでは。

男子生徒の食べるスピードは遅かった。優菜がお弁当箱を空にしても、まだタッパーの端にブロッコリーとささみが見えた。最終的に彼はマイボトルの飲み物でそれらを流し込んだ。そして、優菜より先に階段を後にした。

立ち上がった男子生徒は、意外にも背が高かった。でも、ひょろりとしていて、どこか頼りなさげでもあった。まるで波に揺られる昆布みたいだった。

＊

「それが船守さんだったたんですよね」思は廊下を歩きながら言った。「夏休み明けくらいまでは、一緒に食べたんですよね」

「私は九月から場所を変えたの。百人一首部に入っていたから、顧問に頼んで、書道準備室にいさせてもらうようになった」

「船守さんとは、一度しか話さなかったんですよね。沈黙は気まずくなかったですか？」

「多少はね。教室にいるよりはよかったから」

ちょうど書道室、書道準備室の前を通りかかるところだった。

藤宮という姉のような顧問は、何も詮索することなく、また大袈裟に問題化することもなく、ただ一緒に弁当を食べて居場所だけをくれた。

「藤宮先生にはお世話になった。私が着任する前に、転任されていて残念」

「彩海さんと友達になったのは二年からですよね」

「そうなの。一緒にお弁当食べようよって話しかけてくれた日のこと、今でも覚えてる」

――毎日、どこに行ってお弁当食べてるの？　よかったら一緒に食べない？

進級しても教室内で弁当を広げられず、書道準備室へ行こうとした優菜を、明るく呼び止めてくれた。四月二十日。日付も覚えている。

――優菜のお弁当、めっちゃ可愛いね。カラフルで美味しそう。え、この海苔（のり）の形、もしかして黒猫ちゃん？　これ、お母さんが作ってるの？　わお、めっちゃセンスあるね。

「あの日、どうして誘ってくれたのって、後になって訊いてみたことがある。でも特に理由なかったの。ただ、私とお喋りしたかったからだって」

「そんな友達と巡り会えてよかったですね」

「中学でもいい友達はいたんだけどね、彩海みたいなのは初めて。でも、日付まで覚えてるのは、若干引く案件じゃない？」

「それくらい忘れられない日ってことでしょ？　私にもあります。私の六月二十一日はいい思い出じゃないけど」

　廊下は静かだった。

　思い出の階段はさらに静かで、何日も人が訪れていない雰囲気だった。人が来ない分、あの時とあまり変わっていないような錯覚を覚える。優菜は船守が腰を下ろしていたあたりを注視した。思にはもう痕跡なんてないと笑い飛ばしたくせに、階段の角に設置された滑り止めの溝に、船守の制服の繊維が残っていないかな、などと思う。

「三年生になっても、船守くんはきっとここで一人で食べてた。昼休みに教室にいなかったから」

　見るからに味気なさそうな弁当を食べ続けた果てに、船守は何を得たのか。

「一度だけ、船守くんと話をした時のことだけど」

「はい」

「その時、船守くんが言ったことを、近頃になってよく考えるんだ。でも、当時の私は聞き流してしまった。もしかしたら船守くんは当時の私よりずっと大人で賢かったのかもね」

「スケートを習ってるって、柏崎先生に打ち明けたんですよね」

「そう、妹さんと一緒に習ってるって。でも船守くん自身は野球をやりたかったみたい。練習はすごく厳しくて、体を作るのも練習なんだって言ってた」

「食トレってやつですね」

「本当は辞めたいとも言ってたの。コーチとも合わない、いつも叱られる、なのに無駄に一人前を要求されるってこぼしてた」

反応に困った当時の優菜はこう言った。

――一人前扱いってすごいじゃん、どういうふうに？

すると船守はコーチの言葉をそのまま教えてくれたのだ。

――大人というのは、自分の考えをちゃんと持って、恐れず相手に伝えられる人のことだ、だってさ。

あの時の船守の言葉が、今になって優菜に問うのだ。

華たちを考えると必ず胸に湧くモヤモヤは、どうして言語化できない？

本当はできるんじゃないのか？

言語化せずに過去のことは水に流して、あんな時もあったねと、それでもそれなりに楽しかったねと笑うのが大人の振る舞いで、正しいことだ――という理屈を信じているから、できないことにしているだけでは。

理屈や常識はさておき、自分は一番どうしたい？

「柏崎先生」考えに耽(ふけ)っていると、思が話しかけてきた。「夏休みに、お通夜で再会したメンバーとまた会うんですよね？」

「ああ、それね。どうかな。お流れになりそうな気配もある」

「どうしてですか？」

「一番音頭とってセッティングしそうな望月くんが、今そんな余裕なさそうだから」

「垢バンされたままなんですよね。厳しいですね」

「華もきっと来ないいんじゃないかな。あの人プライド高いから。書籍化の話が復活したら勇んで来そう」

「先生は会いたいですか？」

モヤモヤの言語化。私にも言いたいことはあるけれど。「どうかな。どうして？」

「もし皆さんと会うんでしたら、伝えてほしかったんです。父はずっと、皆さんを褒めていたってことを」

優菜は思わず絶句した。思は腕を後ろに回し、腰の後ろで指を組んだ。

「皆さんはきっと、父のことをあまり好きではないと思います。父も私のために嘘をついていたのかも知れません。でも本当に三年六組は私の憧れでした。白麗に入学するほど憧れたんです」

「思さん……」

「あと、父を庇うわけじゃないですが、父が船守さんのことを一切気に病まなかったとはどうしても思えないんです。妹さんの小笠原日菜選手までチェックしていたんです。でも父はもう、船守さんを思うことができない。だからせめて、皆さんで船守さんのことを思い出してあげてほしいです」

「分かった」

優菜は思の気持ちと言葉に胸を打たれた。水野は悪くないとは言わないし、好きでもないが、思にここまで言わせるのは素直にすごい。同時に、水野が彼女に語り続けた三年六組もきっとすごい。だったら、リアル三年六組メンバーとして、できるだけのことはしよう。

「私、みんなに呼びかけてみるね。上手くいかなかったらごめんね」

「ありがとうございます。もう一つ、これは多治先生に。作品が本になったら買いますって言ってください」

「えっ、なんで」

「父なら買ったと思うから」

多治先生からはこないだブロックされちゃったんで、どうかよろしくお願いしますと、思はぺこりと頭を下げた。

＊

再会は八月第二週の土曜日となった。場所は前回と同じ居酒屋だ。

優菜が音頭をとったからなのか、集まりは芳しくなかった。これが彩海や望月の声掛けであればきっと違った。ただ、優菜は欠席を伝えてきたクラスメイトらも理解できた。かつては生活のほぼすべてだった三年六組も、今は過去だ。懐かしむことよりも優先すべき今の何かがあるのだ。

すぐさま出席の表明をしたのは、彩海のほか二人しかいなかった。

一木は「行けたら行く」と煮え切らない返事だった。

意外だったが、望月と華は出席だった。

再会の日、優菜はバスターミナルから一駅分ほどの距離を歩いた。

あたりにはまだ日中の暑さが充満していた。だが空を見れば、すでに黄昏の色が広がっている。日が落ちるのが随分早くなった。

途中、水野の葬儀が執り行われた斎場の前を通った。斎場には電気が灯っていて、歩道に面した案内板には岸辺家式場とある。赤口の今日も、通夜があるのだ。

通夜の日は十人以上集まった偽同窓会に、今回は七人しか来なかった。幹事の役目の優菜の隣は、彩海が座った。一木はやっぱりドタキャンだった。トレッキングに行くという。

「いやー久しぶり。みんな元気だった？　俺は世間に叩かれて彼女にも振られたけど、元気です」望月は面やつれが見えた。「柏崎さん、俺の最後の動画にコメントくれたりした？　もしかしてなっとうっていうチャンネル名だったりする？」

「え、違うけど……」

「動画のことはいいよ」

華が言った。

小説について、華は語りそうもなかった。婚約指輪も、今日はしていない。書籍刊行が白紙に戻った今、プライドの高い華はこの会を欠席するんじゃないかと想像していたのだが、あえての参加もまた、そのプライドゆえかもしれないと優菜は思う。再会の場を敬遠する負け組だと思われたくない、というような。

彩海の顔色は悪くなかったが、少し疲れが滲んでいるようだ。

「もし体調が悪かったら我慢しないで言ってね」

検査結果のこともある。彩海こそ、かつての集まりよりは、今の自分の研究に時間を割きたいだろうに、どうして無理を押して来たのだろう?

彩海の返答は、優菜の疑問を読み取ったかのようだった。

「ありがとう。大丈夫だよ。私もやり残していることがあるし」

「やり残していること?」

優菜が思から伝言を預かってきたのと同じようなミッションが、彩海にもあるのだろうか。

「前に言っていた噴水のこと?」

彩海はテーブルの下でピースサインを作った。

「小笠原伊王、アメリカの勲章もらったな」

「デンゼル・ワシントンがもらったやつな」

「賞金あるの、あれ」

「あれから半年経ったのに、まだ小笠原ペアの話が出るとは」

最初の乾杯を済ませて、会は始まった。

料理をシェアし、タレや醬油を渡し合い、ザンギに勝手にレモンを搾ろうとする誰かが睨まれる。望月が空元気全開なのが、逆に痛々しかった。

早々にビールや各種料理が追加となる。みんなが完全に酔っ払う前に、思の伝言は言わねば。

「柏崎さんが音頭取ってくれるとは思わなかった」吉田が言った。「三月の講演会に参加してくれたよね。それでメンタル的に何か変わったとか？」

「違うけど、実は」

そうではない、ただ言伝があるのだ。

「実は今日、みんなに伝えたいことがあるんだけど……」

おずおずと切り出すと、テーブルに座る旧友らの目が優菜に集まった。優菜は気後れを覚える。華と目が合った。気のせいか敵意を感じる。

「言いなよ」彩海が言った。「私は聞く」

優菜は意を決した。ほとんど飲んでいないジョッキをよけて、テーブルのメンバーを見回す。

「私、水野のお嬢さん……思さんから、伝言を言付かってきたの」

優菜は思から告げられた、伝えてほしいと言われていた水野の家庭での様子や、船守への思いを話した。

それはひとしきり座を静かにさせたが、本当に極めて短いひとときだった。

「へえ。そうなんだ」華はそっけなかった。「あの子、私には教えてくれなかったのに。それほんと？」

「ほんとだよ」

望月は追加のジョッキもすでに半分にしている。「それ、俺たちに聞かせて、どうしてほしいんだ？」

「それより来月また講演会があるんだけど」

吉田が会話を終わらせてしまった。

優菜は戸惑っていた。想像の中で旧友らは、もっと情緒的な反応をしていた。水野や船守へ、悔いや申し訳なさや、あるいは不服や怒りなど、いくばくかでも感情を表明するのだろうと思っていた。だが、そうではなかった。彼らの態度で、優菜は自分の心に引っ掛かるあれこれが、他者にとっては過ぎ去った物語なのだという事実を突きつけられた。

「……全然何とも思わないの？」

しまったと思う前に、吉田に反応されてしまった。「何ともって、たとえばどんなこと？」

「水野、私たちを褒めてくれてたんだよ。最高だって言ってたんだよ？」

「そんなこと、頼んでないしな」

「じゃあ、船守くんのことは？」

華が小さく舌を打った。「水野が船守くんを気にしていたってのは、思さんの主観でしょ。私もあの子とやりとりしたけど、話に主観入るタイプの子だと思ったな」

望月が華を援護射撃する。

「仮に水野が船守のことを気にしてたのが事実だとしても、それ、自己弁護の類じゃね。自分の罪を軽くするために船守を気にしてたんだろ。てか船守や水野の話、したくねえ。俺と北別府さん、トラウマなんだよ」

「垢バンされたままの人と一緒にしないで。私にはまだ編集者がついてる。だいぶほとぼり冷めてきてるから、そろそろ向こうも前言撤回するはず。撤回させるまで諦めない」

「ていうか、そこまで俺らが水野にこだわる必要あるのかな」吉田が自分の取り皿にラーメンサラダをよそった。「過去は今のためにあるはずだ。俺らは今を大事にしなきゃ」

「もう俺たち四捨五入したら三十なんだよな」

「白麗時代は遠くなりにけり」

「優菜はさあ、心がまだ若いんだよ」華が笑った。「現役で青春してるんだねー」

華の笑いは嗤いだった。

優菜は猛烈な春のにおいを嗅ぎ取った。料理や酒の匂いがあっという間に駆逐され、優菜を中心とした半径一メートルの空間は、高校一年生の春の空気で満たされた。

言語化できないモヤモヤが身体中の細胞を侵食していく。

優菜は急に自分がバカみたいに思えた。

みんなが時効と思っている出来事にいまだとらわれて、問題視している。みんなが卒業した教室で、たった一人で追試をしている。

――現役で青春してるんだねー。

あれは追試お疲れ様、という意味だ。

そして、通夜の晩に言ったこれも。

──色々あったかもしれないけど、今となってはいい思い出だよね。

いじめた側はいつだってさっさと卒業する。

春のにおいとモヤモヤで、息が詰まった。

優菜は俯き、華を視界から外してカイワレダイコンのサラダを食べた。ピリッとした辛みが舌を刺すと、決壊しそうな涙腺がきゅっと閉まる感じがして、食べるのをやめられなくなった。

「優菜」

彩海の手がそっと肩に触れてきた。惨めな気分だった。

その時、春の時間が少し進んで、優菜は薄暗い階段にワープした。階段で弁当を食べるもう一人が言った。

──大人というのは、自分の考えをちゃんと持って、恐れず相手に伝えられる人のことだ、だってさ。

本当は言語化できるし、言語化したものを言いたくてたまらない。でも、大人気ないとか、言っても仕方ないとかで、勝手に言わないでいることを選んだ。

華は嫌いだ。もう会いたくない。こういった集まりがこの先あっても、華が来るなら行きたくない。だとしたら、華とはこの場を限りに、一生会わないかもしれない。

なら、伝えられるのは今しかない。

「こっちだって卒業したいよ」

カイワレダイコンの皿をテーブルに置き、優菜は華を睨んだ。

「そっちがいじめたくせに、なに、上から目線で言っちゃってんの？」

「はあ？」華は半笑いだ。「どうしたの急に。キレ芸？　似合わないことはやめなよ」

「こっちは今もずっと苦しいんだよ。思い出すんだよ、春になると。華たちにシカトされ続けたことが頭に湧いてくんの。自然に。嗤われた声が聞こえるの。誰もいないのに」

「え、何それ。ちょっと怖いんですけど」華は隣の望月に同意を求めた。「ねえ、この人怖くない？」

「華たちのしたことは、今も私を傷つけてんの。私にとってはまだ現在進行形なの。なのに、なんであんたたちだけ終わらせてんの？」

「だってあれ一年のことじゃん。三年六組で普通に過ごしてたくせに、あんたこそなんでいまさら蒸し返してんの？　頭おかしいんじゃない？」華も反撃してきた。「ムカついてたならその時に言うべきでしょ。黙って受け入れてたくせに。しかも三年で同じクラスになっても何も言わずに普通にしてたくせに。だったらもう時効でしょ。今いつだと思ってんの？　何年経ったと思ってんの？　過去じゃん」言いながら華も興奮してきたのか、飲んでいるジョッキを勢いよくテーブルの上に置いた。「あんたのそういうところが嫌い。田沼くんにだってはっきり言わないから円香やうちらもムカついたんだよ。原因は優菜にあるの。それを何なの、いまさら被害者ヅラして、今も傷ついていますみたいな顔してさ。三年六組の時にはその傷治ってたんじゃないの？　てっきりそう思ってたよ」

テーブルを囲む他のクラスメイトは静まり返っている。ばかりか、他のテーブルからもこちらへの視線を感じる。だが優菜は黙らなかった。摘み出されたって構わない。

「三年の時だって本当はモヤモヤしてた」

「へー。それを今になって言っちゃうんだ。え、それって退化してない？　十八歳時点では大人の判断力で流せてたのに、二十六歳の今になってムキーって？　やっぱり傷ついてたんです、って？　うっわ、何それ大爆笑」大爆笑と言いつつ、華は一切笑うことなく優菜を睨みつけた。

「嫉妬なんでしょ？　昔自分をシカトした人が小説サイトで大人気、本を出して有名人になるかもしれない。でも自分はしがない非常勤だから嫉妬してるんでしょ。凡人は私の足を引っ張らないでよ。どうせあんたも編集部にクレーム送った口でしょ。ほんと社会の迷惑、上の人間を自分のところに引き摺り下ろそうってムーブ。ありえないよ、こんなどうでもいいことでさ」

「クレームなんて送ってないし、全然どうでもよくない」

「暴力振るったわけでも、持ち物を壊したわけでもない。ただ一年喋らなかっただけじゃん」

「バカにして嗤った」

「面白いから笑ってただけ。うちら笑っちゃいけなかった？　好きな時に笑う権利を、優菜は侵害するんだ」

「それでも私は傷ついた」

「あんなの大したことじゃない。私だったら全然平気だけど？　ね、そうだよね。みんなもちょっとのシカトくらい、自分にも悪いところがあったんだなって自己反省してやり過ごすよね。そして、新しい人間関係作って新しい経験して、記憶上書きして忘れてく。普通そうなの。そうやって人間成長してくの。何でもかんでもいじめにこじつけたら、他のまともな人間が何もできなくなっちゃうんだよ」

「大したことないって判断を、なんで傷つけた方がしてんだよ」

店員が声をかけてくる。お客さま、すみませんが周りの方に迷惑ですので。それに彩海と望月が頭を下げる。

「じゃあ、どうすりゃいいの！」

華が切れて、テーブルを平手で叩いた。小さな目が血走っている。

「もう終わったことなのに。いまさらどうにもできないじゃん。謝れば気が済むの？　はいはい、一年生の時はシカトしてごめんなさい。ほら、謝った。これでいい？」だが優菜が何か返す前に、華はさらに切れ散らかす。「いいわけないよねえ？　まだ傷ついてる、まだ苦しいって言うんでしょ、どうせ。あんたのことだもん。だから嫌われるんだよ。教えてあげる、そういうところが駄目なの。あんたは自業自得なの。全然進歩ないね。だからそんなに恨みがましいんだわ。ほんと、マジで不毛。過去のどうにもならないことをいつまでもネチネチネチネチ粘着して、それこそ水野かよ。もうどうにもならないんだし、過去は変えられないんだから、あんたが諦めるしかないんだよ！」

過去には戻れない。この諍いに先はない。優菜だって分かってはいる。だから黙っていたのだ。でも苦しい。より辛い。なぜ黙らねばならないのかと思うから。

「私は今でも現に苦しいんだよ。それを一方的に諦めろって？」

「だって他にどうしようもないじゃん。じゃあ、逆にどうすりゃ満足なの？　私も同じように苦しめって？　私が不幸になったら満足なの？　あんたが春になったら苦しくなるみたいに、私も死ぬまで苦しんだら、あんたは気が済むの？　苦しんで自殺でもしたら万々歳ってわけ？」

自分自身の喉元にナイフを突きつけてみせるような言葉だ。ほら見ろ、おまえが引かなきゃこっちが死ぬぞ、死んでやるぞ、おまえは私を殺したいのか、という意味の脅し文句。

「そんなのは不毛だよね、やっぱ」優菜は睨みつけてくる華を、冷静に見返した。「とでも言ってもらえると思った？　あの時、私が自殺するかもとは微塵も考えなかった？　自分が苦しめるのはいいけど、苦しめられるのは嫌とか、虫がよすぎる」

吉田がお金を置いて逃げるように席を立った。他にも続くものがいる。彩海はまだ店員に謝っている。

優菜は胸の中の最も手に触れたくないモヤモヤを、握り固めて言語化した。

「そうだよ。気が済むよ。私が苦しい分、あんたも同じかそれ以上に苦しんでほしい」

「ちょっ……」

華の顔に初めて怯えが浮かぶ。優菜はその怯えを見定め、呪詛(じゅそ)を吐く。

「一生苦しめと思ってる」

「……おかしいよ。そんなひどいことしてないのに」

怯える華がこちらを見る目は、もう睨んではいない。代わりにはっきりとした拒絶があった。

――大人というのは、自分の考えをちゃんと持って、恐れず相手に伝えられる人のことだ、だってさ。

これは伝えたと言えるのか。

優菜は敗北を悟った。自分の苦しみは華に伝わっていない。

結局、大人気ないのか。

「すみません、今出ます」

いつの間にか、テーブルには優菜と華の他、彩海と望月しか残っていなかった。他のメンツは、突如始まった喧嘩に怯えて、あるいは呆れて帰ったのだ。

華はメソメソしだしていた。

会計は望月が済ませていた。足早に店を出る。

「えっとさ、とりあえず、他の店行く？」

望月が必死に場をとりなそうとする。華は首を横に振った。

立て替えてもらったお金を払わなければ、とぼんやり思う。華も払っていないが、どうするのか。

「やっぱり不毛だよね、もう変えられないことをどうこう言うのは」

彩海がつぶやいた。

優菜はショックを受けた。信じていた人に救命胴衣を取り上げられた感じだ。華はほら見たことかというように優菜を睥睨（へいげい）した。

彩海は言葉を継いだ。

「でも変えられない今が苦しいっていうのも、紛れもない事実なんだ。一度でも相手を迫害したら、何かが歪む。それは不可逆で決して元には戻らない。完全な解決方法はないの。だから、絶対にやっちゃいけない、最初から」

今度は華が救命胴衣を奪われた顔になる。彩海は優菜に笑いかけてきた。

「さっきのようなことを、ずっと優菜は華に言いたかったんでしょ。時と場所と言葉が適切だったかは置いておくけど、言い残していた、やり残していたことをやったんだね」

「言われた私はどうでもいいの？」

泣きながら食ってかかった華には構わず、彩海はいきなり告白した。

「私、病気なの」

望月と華の動きが止まった。

「え、なんの病気だよ。元気そうなのに」

「普通の病気？　それとも……」

「まだ名前のない病気なの。これからも不自由なく過ごせてみんなより長生きするかもしれないし、来年は死んでるかもしれない。だから、この間からやり残したことはないかって考えてて、それで、白麗高校に関することが一つあったわけ」

優菜は反射的に反応した。「噴水のこと？」

「うん。取り壊されちゃうんだよね」

「二十日から工事に入る」

彩海は日付を聞いて決意を固めたように頷いた。

「明日、白麗高校に行かない？　私、これを言いたくて今日来たんだ」

——俺は間違ってるなんて言わない、船守。

彼はオレの名を言い当てた。オレを知っているのだ。

衝撃だった。

オレたちはしばらく何も言わなかった。彼はひとしきり泣き、時々手で顔を擦るように拭い、やがて落ち着き、抱えた膝頭にがっくりと顔を埋めた。

彼が泣き止むまでの時間は、オレにも幸いだった。衝撃のショックが徐々に和らぎ、人と会話をする余力が戻ってくる。

「なんでオレが分かったの」

勇気をふるって訊けば、彼は理由を話してくれた。

「死に場所に風冷尻を選んだ理由を、復讐だと言っていただろ。自分をブチギレさせた張本人の好きな山だからって」

「言った」

「でもそれ、違うんだ。そいつ、この山のこと嫌いになったんだよ。俺たちはそのことを知っているんだ。授業中に好きじゃないって言ったのをはっきり聞いてるからさ。知らないのは出て行ったやつだけなんだ。おまえしかいないんだ」

彼は、白麗高校三年六組の同級生なのだろう。でもオレは彼が分からなかった。似たような顔を知っている気もするが、名前はどうしても思い出せない。

オレからは名前を呼べないことについて、彼は特に何もなかった。

一方彼は、なぜ泣いたのかについては頑として答えてくれなかった。

それもいい。話したくないことの一つや二つ、誰にだってある。彼は言った。

「おまえは分かると言われたくないかもしれないけれど、それでもおまえが言う、すごく離れてるって気持ちだけは分かるんだ」

多分彼は、本当に分かったのだろう。

オレには根拠があった。

テーピングをした足首を撫でる。

この怪我をしたのは、背後から話しかけられて驚いたからだった。つまりオレは、彼の接近に気づいていなかった。

熊よけの鈴にはティッシュが詰められていた。電子ホイッスルも鳴らしていなかった。あの時オレは、首を吊る枝探しに夢中になっていたが、どちらか片方でも鳴らされていたら、さすがに気づいた。

ツェルトを素早く組み立て、ビバークにも手慣れていた彼が、山歩きのセオリーを知らないはずはない。

彼は心のどこかで、ヒグマの事故に遭ってもいいと思っていた。

明確な意識を持っていたとは言えないかもしれない。でも彼も自殺するみたいにして、この山に入った。

彼もすごく離れていて一人なのだろう。

それが分かったから、オレは彼の言葉を信じることにした。

夜の最も深いところが過ぎ去り、気温がさらに下がる。空気の中に少しばかりの湿り気の匂いを嗅ぎ取る。

結局眠らないまま夜明けが近づく。

「今の時期の日の出時刻、船守は分かる？」

彼は多分、オレが知らないと踏んだのだ。朝は怠惰にいつまでも寝ているみたいに想像しているのかもしれない。

「四時半ごろだろ」

読みが外れて、彼は分かりやすく驚いた。「なんで知ってんの？」

「起きてるから」

「ああ、昼に寝る派だったか」

「昼間は部屋にいて、行きたいところがあれば、夜歩いて行っていた」

「ちなみにどこへ行ったの？」

「コンビニ。後は昔の通学路を歩いたり、小学校や中学校、公園、スケートリンク……白麗高校にも行った」

「へえ、マジで」

「白麗には何回か行ってるんだ。あの日も放課後に鞄取りに戻ってるし。噴水にも落書きしたしさ。誰もあんなの見ないのにな。その後はもっと深い時間に行った。誰もいなくなった校舎を眺めると、なんでか落ち着いた。でも歩くと膝が猛烈に痛くなるんだよ」

見上げながらいつも思っていた。オレはまるで、卒業できなかった亡霊みたいだと。

「どこら辺から見たの」

「校舎に向かって右側の校門のあたり。あそこが三年六組の前だから」

「白麗って今どうなってんのかな。俺はずっと行ってないや。俺、忌引き(きび)で卒業式に出なかったんだ」

マグライトの灯りがなくても、だんだんと彼の顔が見えるようになってきている。

「水野の葬儀会場にも行ったよ。通夜が終わった夜遅くに」

「そうだったのか」

「新聞のお悔やみ欄を見た親が教えてきたんだ。いまだにうちの親は新聞を読む。日菜が載るから」

「おまえの親は、そういうことをきちんと教えてくれるんだな。おまえはそうは思わないかもしれないけど、俺はおまえのことを気にかけてるんだと思うよ」

オレは答えなかった。

彼が空を見上げる。「晴れそうだ。じきに朝日が昇る」

「山の夜明けなんて初めてだ」

「足はまだ痛む？　立てるか？」

リンクに乗っていた頃は、もっと痛みがあっても黙って滑ったことがあった。「立てるよ」

「じゃあ、ちょっとツェルトを出ろよ」

彼に言われたようにする。彼はリュックから眼鏡を取り出すとツェルトの横に立ち、一方向を指差した。

指で示した先には、風冷尻山の頂上がそびえている。あたりは灌木帯の中でも木の密集度が薄く、さらに低い木が多い。頂はよく見えた。

ビバークする時、場所を随分吟味していたようだったが、ビューポイントを探していたのかもしれない。

真っ暗な空がだんだんと青くなり、影だった木々の形に色がついていく。オレたちの背後から太陽は昇る。

風冷尻山の山肌に光が差す。

まだ夜の余韻を残す空を背に、鋭く荒々しく屹立(きつりつ)する風冷尻がみるみる燃える。鮮やかな、目を見張る色彩に山肌が染まる。赤ほど濃く深くはなく、オレンジよりは強さを感じるその色の名前を、オレはどうしても言い当てられない。

「あれがモルゲンロートだ」

朝焼けは空だけのものではないことを、オレはその時初めて知った。

そして、光はオレの記憶にも差して届く。モルゲンロートを眺める彼の横顔を見て思い出した。

授業中、こんなふうに彼方の楽園を望むような目で、教室から手稲山を眺めていたやつがいた。

眼鏡をかけた横顔が重なる。

「ああ、おまえ、一木か」

かつて高校生だったものたち

彩海のやり残したことって何だろう。

彩海への心配とともに純粋な興味もうずいて、優菜は日曜日の時間を費やすことを、少しも面倒に思わなかった。

正午、待ち合わせ場所のカフェに行く。白麗生だった時代からあるカフェだ。ケーキが美味しくて、今は釜焼きピザも評判だ。

店内には彩海がすでにいた。望月も程なくやってきた。正午を十五分くらい過ぎて、仏頂面（ぶっちょうづら）の華も現れた。

「……お待たせ」

でも、華も来たのだ。

それだけ、病を得たという彩海の告白は衝撃的だったのだろう。

カフェからは歩いて白麗高校へ向かう。優菜以外は、卒業後白麗高校を訪れたことがないと言った。

日曜日らしい、のど自慢の鐘の音がぴったりの快晴だった。

「それにしても、なんで俺たちを誘ったんだ？」

望月が質問した。彩海は「他のみんなはもう帰っちゃっていなかったもの」と明快に答えたのち、こう言った。

「証人がほしかったのかな。私も望月くんのことをとやかく言えないね」

今度は優菜が問う。「噴水に行くんだよね。そこに何があるの？」

「それは行ってみてからのお楽しみ……ああ、懐かしいね」

白麗高校の正門前で彩海は立ち止まり、校舎を眺めた。望月と華もそうした。

「月夜に校舎を見上げる力士の話、知ってる？」

そんな彼らに、優菜がつい最新の白麗高校都市伝説を口走ると、

「えっ、何それ」

真っ先に反応したのは華だった。華もとっさのことだったのだろう、しまったという表情を作る。そんな華に助け舟を出すように、彩海と望月も「初めて聞いた」と食いついてきた。

「今、白麗高校でまことしやかに囁かれている都市伝説。月が出ている夜に、力士が現れるんだって。ちょうどさっきの正門のあたりから、校舎を見上げてるの」

「なぜに力士なの」

「都市伝説だから？　でも実際見かけた生徒がいるらしい。見たらいいことが起こるんだって。模試でE判定だったのに合格したとか」

彩海は楽しげに声を立てて笑った。「卒業後にそんなトンチキな都市伝説ができてるなんて」

グラウンドに、部活動の生徒の姿はなかった。

来客名簿に彩海ら三人が名前を記入している間に、優菜は彼ら用のスリッパを出した。彩海はシューズロッカーを使わず、靴をビニール袋に入れて手に持った。玄関から内部へ入ると、三人の表情はいっそう感慨深げになった。生徒ロビーや生徒用玄関のあたりを懐かしそうに眺めて言う。

「変わってないな。でも古くはなった」

「茶道室って今もあるの？」

彩海が廊下から生徒玄関を振り返った。

「置き勉してた教科書を取りにきた時のことを覚えてる。ちょうどこの時期だった。夏休みで暑かったな、優菜に付き合ってもらったんだよね」

「午後だったね。今よりももう少し遅い時間帯だった」

四人で校内を巡った。二つある体育館を覗いた。望月がバスケットリングに向かってシュートを打つ真似をした。水飲み場で意味もなく手を濡らし、新聞局部室の前では華が足を止め、貼り出されているコラムを読んだ。各階の教室に人影はなかった。校舎のどこにも生徒がいないとは考えられなかったが、本当に誰にも会わなかった。

かつての三年六組も無人だった。

それから四人で一階まで戻り、生徒ロビーへと立ち入った。自販機の商品ラインナップをチェックする望月と華をよそに、彩海はさっさと奥へ進む。中庭へと通じるドアに貼られた掲示に、彩海は顔を近づけた。

「噴水老朽化のため立ち入り禁止、か」

「うちらが三年生の年からだよね。学校祭が終わって割とすぐ立ち入り禁止になったような」

「俺らのせいだとか噂立ったよな」

望月と華もこちらへ来る。華がガラスの向こうを窺った。「因縁の噴水だ。こう見ると、あの頃から特別古びたって感じではないなあ。元々ヤバいくらい古かったから？」

「やり残したことって、噴水に行かなきゃ駄目なの？」優菜は彩海に確認する。「一時的にここ開けてもらおうか？　事務の人に頼んでみるね」

それが可能かどうか分からなかったが、確認するのがいいだろうと事務室へ行きかけた優菜を、彩海が止めた。「ううん、行かなくていい」

「どうして？」

「バレたくないから」

彩海はいたずら好きの小学生みたいな顔でそう言い、ゆるく立てた人差し指を口の前に当てた。そして、出入り口のドアから少し離れた窓へと移動した。

一メートルほどの高さにあるごく普通の窓だ。中庭が見える。彩海は窓のクレセント錠を回した。

「彩海、まさか」

優菜は慌てた。望月と華も驚いている。だが彩海だけが余裕だ。窓を全開にすると、スリッパから持ち込んでいた靴に履き替え、ジーンズの脚を躊躇いなく上げて、下の窓枠にかけた。

「一木くんと一年生が話している時、私は噴水の縁を見てたの。目のやり場に困ってさ。その時は何もなかったんだよね。でも、次の日に同じところを見たら、あれが書かれてあった」

優菜なら椅子を使うシチュエーションだが、彩海は身軽だった。少し反動をつけると、猫のように窓枠の下部に上がってしまった。

「あれを確かに見て読んだのに、私は何もしなかった。なかったことにして卒業して、今日まで来てしまったんだ」

「待て、中庭に降りるのか？」

「私も靴持ってくる」

幸い玄関はすぐそこだ。優菜たちは靴を持ってきて、同じように窓のそばで履き替えた。彩海はひらりと中庭へ飛び降りた。望月が続き、優菜と華は椅子と望月の助けを借りてなんとか乗り越えた。

噴水を間近に見る。

水を噴き上げる噴水口は、もはやただの金属製の穴だ。黒ずんで劣化し、仮に水を通したとしても水圧に耐えられそうにない。かつては爽やかな水色に塗られていたらしい縁は、ヒビはもちろん、ところどころ欠け落ちてすらいる。水が溜まる縁の内側は、土と枯れ葉で底が見えない。

彩海は噴水の縁に沿って、ほんの少し奥へと進み、立ち止まった。

「まだある」

優菜は縁の一角を見つめる彩海の視線を辿った。ヒビと汚れで分かりにくいが、そこに古い落書きがあった。黒マジックで書かれたのだろう簡単な文字列。

『オレ死ね』

「授業中、何も持たずに船守くんは出て行った。でも翌日には、荷物はなかった。六月二十一日の放課後に誰かが片付けたんだと思う。船守くん本人が戻ってきたのかもね。目撃情報は聞かないから、人目につかない、でも施錠はまだされていないくらいの時間に」

望月が四文字をためつすがめつする。「これ、船守の字なのか？　碓氷」

「分からない。でもそんな気がしてならないの。遅い時間に荷物を取りに来た船守くんが、ついでに中庭に出てこれを書いたんじゃないかって。次の日の昼休みに見つけた瞬間から、そう思った」

彩海は肩にかけていたトートバッグの中から何かを取り出した。

「あの日の船守くんなら、これを書いたかもしれない。船守くんじゃなくても、こういう気持ちの誰かはいた。でも私はスルーしてしまった。どうせ誰が書いたかは分からない、私には何もできない、何か働きかけたとしても、どうせその人には届かない。無駄だって。無駄なことするって微妙にカッコ悪くて恥ずかしいよね。虚無の空間に必死でパンチ繰り出してるみたいでさ。そのうち中庭に出られなくなって、卒業しちゃったんだけど」

彩海がバッグから取り出したのは、黒のマジックだった。キャップを取る。

「でも、本当はこうしたかった。無駄でも」

『オレ死ね』の隣に、彩海は力強く書きつけた。

『生きろ！』

校舎の中に戻るのは、出る時よりもよほど大変だった。望月がなんとか先に入り、優菜たちは一人ずつ中から引っ張り上げてもらった。

「やべえ、床に土ついたわ」

「ここら辺綺麗にしなくちゃ」

「このタオルハンカチ、雑巾（ぞうきん）にするよ」

汚したところを有り合わせの持ち物で掃除しながら、優菜は共犯者めいた奇妙な連帯を四人に感じた。

「華」

優菜はウェットティッシュで床を拭く華に、最後の伝言をした。

「思さん、本が出たら買うって言ってたよ。水野なら買ったはずだからって」

華は驚いたようだった。それから視線をうろつかせ、早口で「そうなんだ」と言い、それまでよりも猛烈に床を拭いた。

来た時よりも綺麗にして生徒ロビーを出、水道で手を洗う。

優菜の指にはマジックの黒が黒子（ほくろ）のように付着していた。

彩海が書き付けた言葉は、優菜も書いた。『オレ死ね』を書いた本人は、こんなこと言われたくないかもしれない。だとしても、伝えたかった。この思い、考えが存在していると、知ってほしかった――見ないだろうけれども。

だから、この言葉は届かない。書いた当人がここに来るわけがない。噴水も近々なくなる。もし船守がこれを見るなんてことがあるとしたら、スピーチ一つで戦争が終わる以上の奇跡だ。

分かっている。起こらないから奇跡だ。

なのに、書かずにはいられなかった。

だからこれは、伝える言葉というより、祈りの言葉なんだろう。

望月と華にも自然にペンが回った。彼らもやはり優菜らと同じ言葉を書いた。寄せ書きのようになった。

虚空へのパンチも、四人集まればそれなりに見えた。

祈りの言葉だからかもしれない。

「ああ、さっぱりした。やり残したことがこれで一つ消滅。みんな、付き合ってくれてどうもありがとう」

彩海は本当に晴れ晴れとした顔だ。

「さて、帰るか」

望月が歩きながら伸びをした。

「もう来ないかもなあ」

「さよなら白麗」

「さらば青春ってやつ？」

優菜は新聞局にうっかり答えたおためごかしを思い出した。

――白麗高校で悔いのない青春を送ってください。

本当はあんなこと一つも思っていない。

悔いのない青春なんて青春じゃないくらいに思っている。

もちろんそんなことは、恥ずかしすぎて口に出せない。虚空にパンチとは別のベクトルの恥ずかしさだ。

「まだまだ暑いな」

「今何度だろ」

数多(あまた)の蟬が声を限りに鳴いている。校舎の前の舗装には逃げ水が揺らめく。優菜は手庇(てびさし)を作った。

その逃げ水を踏んで、一台のＳＵＶが走ってくる。山奥の湖に映るリフレクションのようなグリーン。運転手の顔をなんとなく眺める。逆光だ。

＊

モルゲンロートを眺めたあと、オレたちは下山した。

足が痛いなら救助を呼ぼうかという彼の提案は固辞した。オレは痛みを感じながら歩きたかった。

道迷いしていたはずなのに、彼は三十分ほどで登山道に戻ってみせた。

九時ごろ登山道入り口に辿り着いた。そこからまたさらに駐車場まで足を引きずって、ようやく森に溶け込むような色のSUVに乗り込むと、さすがにほっとした。

「足、どうする？　救急病院に行くか？」

オレは断った。「帰るよ」

「家どこ？　送ってく」

住所を言うと、彼は運転しながらデータをナビに入れて、バックミラー越しにこちらを見た。どうやら何か名案を思いついた目つきだ。

「帰り道、白麗の近くを通るな」

「そうなの？」

「近所にカフェあったの覚えてる？」

「覚えてるよ」

「そこでピザ食ってくか。釜焼きで美味しいらしい」

ピザは大好きだ。「賛成」

「ついでに白麗にも寄っていこうか。夏休みだけど」

「白麗に？」思わずそう質（ただ）したが、言葉が終わる前にもう、行く気になっているオレがいる。

「いいな。昼間の白麗なんて久しぶりだ」

「俺ら、卒業式出てないしな」

「真夏に卒業式か」

何も面白くないやりとりなのになぜか面白くて、オレたちは笑った。その裏で、彼は知らないがオレは卒業式って感じでもないな、と思う。じゃあなんだ？

「俺、降りていい？　せっかくだから少し中、見ていきたい」

彼はどうやらオレを車内に残していく気だ。

「オレも降りるよ」

「おまえ、足大丈夫か？」

「少しだろ？　少しならオレも見たい」

「じゃあ、そうしよう」彼はアクセルを踏んだ。「見納めだしな」

彼の『見納め』は、心なしか仰々しく聞こえた。卒業式を意識したせいだろうか。

とにかくオレは一つの決心をする。彼とピザは食べる。でも不摂生に食べるのはこれで終わりだ。痩せよう。もっと楽に歩けるようになりたい。山道を歩くのがこんなに膝に来るなんて、驚きだ。

「オレがもう一度風冷尻にチャレンジするとなったら、一木、付き合ってくれる？」

「ええ？」

だが、彼の不服の言葉には笑いが混じっている。

「嫌か？」

「いいよ、付き合うよ。でも初心者向けの山からな。円山にしよう。円山の次が三角山、そのまた次が藻岩山だ」

彼と山歩きをするのは、きっと楽しい。

それから、帰ったら親と話そう。何を話していいか分からないから、とりあえず今朝見たモルゲンロートのことを。

そして、日菜の連絡先を教えてもらおう。日菜と伊王にまだおめでとうを言っていない。日菜のために言うんじゃない。オレのためだ。オレが生まれ変わるために言う。言えたらオレはオレを弔って、もう一度生きられる気がする。

彼がウィンドウを少し下げた。エアコンの人工的な冷気が爽やかな夏風に押し流され、オレは夏風と共に入り込んだ嗅ぎ慣れない生きもののにおいを確かに嗅ぎ取る。

だから、卒業式じゃない。

今日は葬式だ。

書き下ろし

この物語はフィクションです。登場する人物・団体・名称等は架空であり、実在のものとは関係ありません。

乾ルカ

1970年北海道生まれ。2006年、「夏光」でオール讀物新人賞を受賞。10年『あの日にかえりたい』で直木賞候補、『メグル』で大藪春彦賞候補。映像化された『てふてふ荘へようこそ』ほか、『向かい風で飛べ！』『龍神の子どもたち』『花ざかりを待たず』など著書多数。８作家による競作プロジェクト「螺旋」では昭和前期を担当し『コイコワレ』を執筆。近著の青春群像劇『おまえなんかに会いたくない』『水底のスピカ』が話題となる。

葬式同窓会（そうしきどうそうかい）

2023年10月10日　初版発行

著　者　乾（いぬい）　ルカ
発行者　安部　順一
発行所　中央公論新社
〒100-8152　東京都千代田区大手町1-7-1
電話　販売 03-5299-1730　編集 03-5299-1740
URL https://www.chuko.co.jp/

DTP　ハンズ・ミケ
印　刷　大日本印刷
製　本　小泉製本

Published by CHUOKORON-SHINSHA, INC.
Printed in Japan　ISBN978-4-12-005697-0 C0093

乾ルカの本

〈白麗高校三部作〉

おまえなんかに会いたくない

十年前に校庭に埋めたタイムカプセルの開封を兼ねて、高校同窓会開催の案内が届く。だが……⁉ モモコグミカンパニーとの対談を収録。

〈解説〉一穂ミチ

中公文庫

乾ルカの本

〈白麗高校三部作〉

水底(みなそこ)のスピカ

夏休み明け、ひとりの転校生がやって来た。汐谷美令——容姿端麗にして頭脳明晰。完璧な彼女は学校中から注目を集めるが、些細な事からクラスで浮いた存在に……。

単行本

乾ルカの本

向かい風で飛べ！

スキージャンプの天才美少女・理子に誘われて競技を始めたさつきは、青空を飛ぶことにどんどん魅入られていく。青春スポーツ小説。

〈解説〉小路幸也

中公文庫

乾ルカの本

コイコワレ

日本の敗色濃厚な第二次大戦末期。相剋するふたりの少女が、目覚め、祈るとき……。新しい世界の物語が始まる。特別書き下ろし短篇収録。

〈解説〉瀧井朝世

中公文庫